U0617605

集人文社科之思 刊专业学术之声

集 刊 名：燕赵中文学刊

主办单位：河北大学文学院

主　　编：田建民

执行主编：高　永

YANZHAO ZHONGWEN XUEKAN

《燕赵中文学刊》编委会

特约编委（以姓氏笔画为序）：

方　勇　过常宝　刘　勇　杨宝忠　吴子林

陈　剑　赵平安　郝　岚　郭英德　蒋承勇

主　　编：田建民

执行主编：高　永

编　　委（以姓氏笔画为序）：

马　兰　田建民　杨清臣　宋贝贝　宋　宇

张琼洁　周小艳　都刘平　高　永

第 2 辑

集刊序列号：PIJ-2022-460

中国集刊网：www.jikan.com.cn

集刊投约稿平台：www.iedol.cn

燕赵中文学刊

YANZHAO
ZHONGWEN XUEKAN

河北大学文学院 主办

【第2辑】

社会科学文献出版社
SOCIAL SCIENCES ACADEMIC PRESS (CHINA)

目　录

·文献整理与理论研究·

·语言与文字研究·

汉魏六朝志怪小说中的云南想象

徐　娟[*]

摘　要：汉魏六朝之际，地理博物学盛行，中原文人的文学视野随之扩大，思维模式中也多了一种自由想象的经验，探求远方异物的兴致持续高涨，远方绝域的异物、异俗、异产激发了中原文人的猎奇心理。云南以其地理位置和自然风物的独特性成为汉晋文人重点关注的玄远地域，开阔了中原文人的文学视野与想象空间，在汉魏六朝志怪小说中，出现了以想象进行虚饰的云南之异民异俗、异产异物、神话传说，不仅体现出新的审美观照，亦是云南与中原勾连之桥梁。

关键词：汉魏六朝　志怪小说　云南想象　审美观照

汉魏六朝之际，博学之风盛行，中原文人的文学视野随之扩大，有了新的审美意识，思维模式中也多了一种自由想象的经验，探求远方异物的兴致在地理博物学的影响下持续高涨，文人看世界的观念不再局限于中土的范围，而是拓展到离自己千里之外的广袤空间，以中华民族主体意识为主，各地域文化开始发生碰撞融合，远方绝域的异物、异俗、异产刺激着中原文人的猎奇心态，给他们的创作带来了新异的内容。云南因其独特的地理位置和地势风貌，自然而然被归入与中原相对的远国异民、殊方绝域范畴里。云南是名副其实的动植物王

＊　作者简介：徐娟，昆明文理学院人文学院副教授，研究方向为魏晋南北朝小说。

国，早在唐以前，伴随着中央王朝统治势力的进入、中原文化的传播，中原文人就已经将视野转向了云南这块充满神奇色彩的土地，他们编织着各种各样关于远国异民的幻想，试图在作品中注入新鲜的血液。

一 汉魏六朝志怪小说对云南的想象描写

云南以其地理位置和自然风物的独特性成为汉晋文人重点关注的玄远地域，虽然在那个时期并没有志怪小说家真正踏足云南，但这恰恰在一定程度上迎合并拓展了文人们想象的空间，文人们赋予这片土地以各种各样恢诡谲怪的幻想，构建出专属于这一范围的叙事空间，描述云南的各种奇珍异物。各类地理博物志怪小说以尚奇观异、探究玄远的心理来看待云南，给文人们提供了玄远地域山川动植、草木鸟兽、奇风异俗等方面的信息，开阔了文人们的文学视野与想象空间，并且志怪小说家试图在作品中构建新异奇玄的内容以满足时人的猎奇心理。

（一）异民异俗

云南是一个边远神秘的文化空间，在中原文人看来，当地人或有奇特之长相，或具有某些超乎常人之能力，或为动物变化而来，云南当地也有迥异于中原的奇风异俗。诸种记载，无不带有云南想象。今略举几例。

> 西南大荒中有人焉，长一丈，其腹围九尺，践龟蛇，戴朱鸟，右手凭青龙，左手凭白虎。知河海斗斛，识山石多少；知天下鸟兽言语，知百谷草木咸苦。名曰圣，一名哲，一名先，一名无不达。凡人见拜者，令人神智。（《神异经·西南荒经》）[①]

[①] （汉）东方朔撰，（晋）张华注《神异经》，（明）程荣纂辑《汉魏丛书》第 32 册，吉林大学出版社，1992。该本以明万历新安程氏刊本为底本，参校民国十四年乙丑（1925）上海商务印书馆涵芬楼本影印。此本未标明标点。

《神异经》与《山海经》一样，所记方位十分复杂，非实指。仅凭"西南大荒中"几个字并不能确定其所述地在何处，自然也不能确定在云南。但在唐以前，西南三省并没有十分明显的地域划分，西南地区历史事件往往互有交涉，而地理风貌、民俗风情等也有一定的相似性，所以人们在论述云南时也不可避免地会涉及川、贵。因此在不可确定具体所指的情况下，这里暂且以西南为大背景，又包含云南来讨论。

《神异经》承《山海经》而来，无论内容笔法都有意模仿《山海经》，但在模仿之外又有创新。此条记西南大荒中的异人，其形象充满了夸张和想象，并被赋予了超乎常人的神异性，他"知河海斗斛，识山石多少；知天下鸟兽言语，知百谷草木咸苦"，无疑是一本人形化的"百科全书"，表现出了作者丰富的想象力。此人是"天下神圣"，这里在描写远方异人神异性的同时又体现出作者的儒家思想，正如李剑国先生所说："《神异经》书中掺合着神仙方术和儒家观念。"① 而这样充满神奇色彩的人物，似乎只有存在于西南（云南）这一片同样具有神奇色彩的土地上才能彰显其合理性。

> 狗封氏者：高辛氏有美女，未嫁。犬戎为乱，帝曰："有讨之者，妻以美女，封三百户。"帝之狗名槃护，三月而杀犬戎，以其首来。帝以为不可训民，乃妻以女，流之会稽东南二万一千里，得海中土，方三千里，而封之。生男为狗，生女为美女。封为狗民国。②

方国瑜主编《云南史料丛刊》收郭璞《玄中记》之"狗封氏"条，

---

① 李剑国：《唐前志怪小说史》，南开大学出版社，1984，第157页。
② （晋）郭璞：《玄中记》，《鲁迅全集》第八卷《古小说钩沉》，人民文学出版社，1973，第485～486页。

认为"狗封氏"乃关于云南的神话传说。① "狗封氏"是和盘瓠神话联系在一起的，盘瓠神话是南方少数民族关于民族起源的神话，"犬"是一种图腾崇拜，有着共同的氏族标识。此条由《山海经》郭璞注"犬封国"而来，字句不同但内容一致，更具文学色彩。这里包含着人兽婚的母题，情节怪诞，属于《玄中记》中远国异民传说一类的故事。

> 僬侥国人，长一尺六寸，迎风则僵，背风则伏，眉目具足，但野宿，一曰僬侥，长三尺。其国草木，夏死而冬生，去九疑三万里。(《外国图》)②

《外国图》全系模仿《括地图》之作，材料也多取自《括地图》，内容无甚新意，唯此条稍显别致，尽显变化之能事。"僬侥国"也出现在《列子》《山海经》之中，但对于其具体所在，并未有人做出过考证，只知僬侥国是永昌郡徼外诸国之一。方国瑜《中国西南历史地理考释》言："永昌徼外僬侥夷，当即古之小黑人，惟不详其地理。"③ "僬侥"乃中国古代西南少数民族名，也指矮人，《国语·鲁语下》有："仲尼曰：'僬侥氏长三尺，短之至也。'"韦昭注云："僬侥，西南蛮之别也。"④ 《后汉书·明帝纪》言："西南夷哀牢、儋耳、僬侥、槃木、白狼、动黏诸种，前后慕义贡献；西域诸国遣子入侍。"⑤ 这里描绘了僬侥国人之行状，而"其国草木，夏死而冬生"亦充满神异性和无穷想象。

另外，南朝时期志怪小说《桂阳列仙传》记汉安帝观赏西南少数民族所献幻人之表演事："永宁元年，西南夷献乐及幻人，能吐火，自

① 方国瑜主编，徐文德、木芹、郑志惠纂录校订《云南史料丛刊》（第一卷），云南大学出版社，1998，第 219 页。

② （宋）李昉等：《太平御览》卷三七八，中华书局，1960，第 1746 页。

③ 方国瑜：《中国西南历史地理考释》（上册），中华书局，1987，第 216 页。

④ 徐元诰：《国语集解》，王树民、沈长云点校，中华书局，2002，第 203 页。

⑤ （南朝宋）范晔撰，（唐）李贤等注《后汉书》，中华书局，1965，第 121 页。

支解，易牛马头。"① 大抵是杂技、魔术一类的表演，在《东观汉记》《后汉书》等作品中都有记载，西南幻人精湛的表演、神奇的技艺，无不让中原人咂舌称奇。云南境内各少数民族风俗迥异奇特，中原人前所未闻，于他们而言，不可思议感似乎格外强烈，而种种记载，或采自他书，或听自传闻，甚或是凭空想象，反映了当时中原士人对于玄远土地的认识与探求。

> 荆州极西南界至蜀，诸民曰獠子，妇人妊娠七月而产，临水生儿，便置水中，浮则取养之，沉便弃之，然千百多浮。既长，皆拔去上齿牙各一，以为身饰。（《博物志》卷二《异俗》）②

《博物志》所记内容十分博杂，几乎涵盖了地理博物题材与当时社会生活的方方面面。此条归入《异俗》之下，介绍了荆州③西南界至蜀地一带少数民族迥异于中土的风俗，是有关生育的内容，文中提到的"獠子"应该就是《华阳国志》中的西南濮獠。《华阳国志·南中志》建宁郡下载，"谈槁县，有濮、僚"，"伶丘县，主獠"④。濮、僚是汉晋时居住于建宁、牂柯、永昌等郡的西南少数民族，"牂柯郡一带的僚、濮是近代贵州、广西、云南东部和东南部仡佬、壮、布依、侗、水、傣等族的先民"⑤。透过《博物志》对居住在云南、贵州等地的"僚"民的奇异生育习俗的描述，往往可以看见道德因素的评判作用，映射出少数民族的生育观。同时，《博物志》也是考察"僚"族风俗的材料。

---

① （宋）李昉等：《太平御览》卷二九，时序部十四，元日引，中华书局，1960，第136页。
② （晋）张华撰，范宁校证《博物志校证》，中华书局，1980，第24页。
③ 古荆州地，具体地理方位今不可考，大约在长江中游一带。
④ （晋）常璩撰，任乃强校注《华阳国志校补图注》，上海古籍出版社，1987，第249页。谈槁县在今云南路南地区，伶丘县在今云南罗平与富源之间。
⑤ 尤中：《中国西南民族史》，云南人民出版社，1985，第44页。

(二) 异物异产

在云南与中原产生交往关系以前，中原人或许不知道在大西南有这样一片广袤的土地。云南对于中原人来说是极其陌生的，在中原人看来，云南只是玄远偏僻、"蛮夷"聚居、贫穷落后的不毛之地，到处都有令人望而生畏的烟瘴和毒水，然而云南却是人类最早的发源地之一，是孕育人类文明的摇篮。秦修"五尺道"，两汉在云南设置郡县，开南夷道、西夷道、交州道等，中原开始与云南有了经济文化上的往来，云南丰富的物产通过各种渠道传入中原。《后汉书·南蛮西南夷列传》载："（永昌）出铜、铁、铅、锡、金、银、光珠、虎魄、水精、琉璃、轲虫、蚌珠、孔雀、翡翠、犀、象、猩猩、貊兽。云南县有神鹿两头，能食毒草。"① 如此丰富的物产、全新的物种，包括各种动物、植物、矿产、香料、玉石等，都让中原人感到无比新鲜，大开眼界。这为他们提供了想象的基础与空间，使他们形成了全新的写作视角。

> 南方有兽焉，角足大小形状如水牛，皮毛黑如漆。食铁饮水，其粪可为兵器，其利如刚，名曰啮铁。（《神异经》）②

"啮铁兽"神异非凡，竟可食铁饮水。此兽实质就是郭义恭《广志》③、常璩《华阳国志·南中志》④、《后汉书》李贤注引《南中八郡志》⑤

---

① （南朝宋）范晔撰，（唐）李贤等注《后汉书》，中华书局，1965，第 2849 页。
② （宋）李昉等：《太平御览》，中华书局，1960，第 3614 页。
③ 《太平御览》卷九〇八引晋郭义恭《广志》曰："貘大如驴，色苍白，舐铁消十斤。"参见（宋）李昉等《太平御览》，中华书局，1960，第 4026 页。
④ 常璩《华阳国志·南中志》言永昌郡"有貊兽，食铁"。参见（晋）常璩撰，任乃强校注《华阳国志校补图注》，上海古籍出版社，1987，第 249 页。
⑤ 《后汉书·南蛮西南夷列传》唐李贤注引《南中八郡志》曰："貊大如驴，状颇似熊，多力，食铁，所触无不拉。"参见（南朝宋）范晔撰，（唐）李贤等注《后汉书》，中华书局，1965，第 2850 页。

以及左思《蜀都赋》① 中所记之 "食铁兽",即貊(貘)兽。它大如驴,状似熊,可消化铁水,而排泄物能为兵器,《华阳国志·南中志》说此兽出永昌郡(今云南保山、临沧等地),《后汉书·南蛮西南夷列传》说此兽出哀牢(今滇西、滇南,保山一带)。这种出于云南的舐食铜铁的异兽可谓奇异非凡,其在文学作品中屡屡出现,颇具影响力。

越巂国有牛,稍割取肉,牛不死,经日肉生如故。②

汉武帝经过三十多年的经营,在西南夷设四郡,越巂郡领十五县,其中青蛉(今永仁、大姚北)、姑复(今华坪)、遂久(今永胜、丽江)三县在今云南省境内。此条记越巂国异兽,言该牛具有 "割肉复生" 的神异功能,与《玄中记》中的 "日反牛" 相似,是当时魏晋小说盛行的死而复生的重要情节内容,想象极为丰富,表达了一种生命生生不息的思想,使云南之神秘色彩愈加浓郁,更为小说增加奇异怪诞之美。

《神仙传》云:"松柏脂入地千年化为茯苓,茯苓化为琥珀。" 琥珀一名江珠。今泰山出茯苓而无琥珀,益州永昌出琥珀而无茯苓。或云烧蜂巢所作,未详此二说。③

此条从《神仙传》而来:"松柏脂入地千年化为茯苓,茯苓化为琥珀。""千年" 乃超越时间的生命意识,实则也体现出魏晋时人对于生命不息的渴望。琥珀为永昌珍物,而此处云 "益州永昌出琥珀而无茯

---

① 左思《蜀都赋》有 "戟食铁之兽",刘逵注曰 "貊兽,毛黑,白臆,似熊而小,以舌舐铁,须臾便数十斤,出建宁郡也。有神鹿两头,主食毒草,名之食毒鹿。出云南郡。此二事,魏完《南中志》所记也"。参见清嘉庆十年(1805)胡克家刻本《文选》刘逵注《蜀都赋》,中华书局,1977,第80页。
② (晋)张华撰,范宁校证《博物志校证》,中华书局,1980,第36页。
③ (晋)张华撰,范宁校证《博物志校证》,中华书局,1980,第48页。

苓"也引得人们对此产生好奇，千年化物之想象给小说的叙述增添了奇异之美。

> 云南郡土特寒凉，四月五月犹积雪皓然。①
> 永昌郡出茶，茶首，其音为蔡茂，是两头鹿名也。兽似鹿两头，其腹中胎常以四月中取，可以治蛇虺毒。永昌亦有之也。②

此为《博物志》两条佚文，一为《北堂书钞》引，一为《事类赋》引，两条佚文，笔者认为前条可归入《博物志·杂说》类，其内容为杂说云南郡与其他地域所不同的地理风貌；后条可归入《博物志·异兽》类，其以永昌郡为现实空间，记异兽"茶首"的神异性，颇具想象力。

> 汉时，永昌郡不韦县有禁水，水有毒气，唯十一月、十二月可渡涉，自正月至十月不可渡，渡辄得病杀人。其气中有恶物，不见其形，其作有声，如有所投击，中木则折，中人则害，土俗号为"鬼弹"。③

这里的"鬼弹"指的是瘴气，《辞源》对它的解释为"水中毒气"④，它能于无形中摧折树木，并使人中毒生病，它的形状不可得见，但能够发出声音，让人惧怕。"鬼弹"在《搜神记》中属于记物怪及其形性变化一类的内容，因古人无法用科学的方法解释自然现象，于是赋予其神秘性，以灵奇之物解释之。另梁祚《魏国统》载："西南夷有大湖，名曰禁水。水中有毒气，中有物啧啧作声，射中木石则破裂，

---

① （晋）张华撰，范宁校证《博物志校证》辑《北堂书钞》引，中华书局，1980，第 126 页。
② （晋）张华撰，范宁校证《博物志校证》辑《事类赋》引，中华书局，1980，第 128 页。
③ （晋）干宝撰，李剑国辑校《新辑搜神记》，中华书局，2007，第 281 页。
④ 《辞源》（修订本），商务印书馆，1983，第 3497 页。

中人则死，其俗名曰'鬼弹'。"① 《水经注·庐江水》《华阳国志·南中志》等也有记载。

> 越嶲门会元县，有元马河，有铜钹船。河畔有祠，中有碧珠，若不祭祀，取之不祥。②

此条见于卷二，是记述神异之物及山川动植的异闻。"碧珠"一说，亦见于常璩《华阳国志·蜀志》："今有濮人冢，冢不闭户，其中多珠，人不可取，取之不祥。"③ 据说古代西南一些少数民族有用碧珠殉葬的习俗，而这里所记之"元马河"及"碧珠"或与金马碧鸡神话有关，或是金马碧鸡形质形成之原始素材，亦未可知也。

> 魏明帝即位二年，起灵禽之园，远方国所献异鸟殊兽，皆畜此园也。昆明国贡嗽金鸟。国人云："其地去燃州九千里，出此鸟。形如雀而色黄，羽毛柔密，常翱翔海上。罗者得之，以为至祥。闻大魏之德，被于荒远，故越山航海，来献大国。"帝得此鸟，畜于灵禽之园，饴以真珠，饮以龟脑。鸟常吐金屑如粟，铸之可以为器。昔汉武帝时，有人献神雀，盖此类也。此鸟畏霜雪，乃起小屋处之，名曰"辟寒台"，皆用水精为户牖，使内外通光。宫人争以鸟吐之金用饰钗珮，谓之"辟寒金"。故宫人相嘲曰："不服辟寒金，那得帝王心？"于是媚惑者，乱争此宝金为身饰，及行卧皆怀挟以要宠幸也。魏氏丧灭，池台鞠为煨烬，嗽金之鸟，亦自翱翔矣。④

---

① （宋）李昉等：《太平御览》卷七九一，四夷部十二，南蛮七，西南夷引，中华书局，1960，第4册，第3504页。
② （南朝宋）刘敬叔：《异苑》，范宁点校，中华书局，1996，第9页。
③ （晋）常璩撰，任乃强校注《华阳国志校补图注》，上海古籍出版社，1987，第210页。
④ （晋）王嘉撰，（南朝梁）萧绮录，齐治平校注《拾遗记校注》，中华书局，1981，第168页。

此条任昉《述异记》亦载，文字简略，仅"三国时，昆明国贡魏瀿金鸟，鸟形如雀，色常，翱翔海上，吐金屑如粟。至冬，此鸟即畏霜雪，魏帝乃起温室以处之，名曰辟寒台，故谓吐此金为辟寒金也"①。相较而言，《拾遗记》有完整的情节内容。《拾遗记》是一部典型的杂史杂传体志怪小说，其所记内容上起庖牺下迄石赵，为各代历史轶闻逸事。《拾遗记》还记有三十几个国家的风俗物产，此条是对云南之异物的描述，为昆明（今晋宁晋城）所贡之噉金鸟。文中详细描画了噉金鸟的神奇，进行了大胆的艺术想象，而昆明国国人来献异鸟，"闻大魏之德，被于荒远，故越山航海，来献大国"，表明云南与中原加强了交往联系，当然，正因为四方之国纷纷来献奇珍异物，才在一定程度上刺激了文人去探索远方绝域奇闻逸事的心理欲望，也迎合了他们的创作需求。此外，对于灵禽之园及宫人邀宠等的描写也从侧面反映出了魏明帝的奢侈荒淫。

（三）神话传说

在云南这片多民族聚居的土地上，自古以来就蕴藏着丰富多彩、独具特色的神话传说。而唐以前的汉文学作品，已经开始关注并且记载云南的神话传说，通过这一方式，那个时候云南的神话传说得以在以汉字为表现形式的汉文学作品中凸显出来，从而更加广为流传。同时也表明，中原文人将文化视野投放到云南，云南少数民族文化参与到中原多元一体化的格局之中，呈现一定的云南想象。

1. 九隆神话

九隆神话在被文本写定之前，最初是以口头传承的方式在民间流传的。这一神话，最早可追溯到现已亡佚的东汉杨终的《哀牢传》，然此传我们今天可见的只有《后汉书·南蛮西南夷列传》李贤注中所引

---

① （南朝梁）任昉：《述异记》，中华书局，1983，第 27 页。

的"九隆世系"一条。① 此神话产生于古哀牢地,是哀牢氏族的起源神话。关于哀牢人,范晔《后汉书》及东晋常璩的《华阳国志·南中志》"永昌郡"中对其文化特征有较为详细的记载。

九隆神话的记载主要出现在史传文学作品之中,但这里需要额外提出的是,在南朝梁任昉的志怪小说《述异记》中,也有这一神话的记载。

> 哀牢夷,西蜀国名也。其先,有妇人捕鱼水中,触沉木,育生男子十人。沉木为龙,出水上,九男惊走,一儿不去,背龙因舔之。后诸儿推为哀牢王。②

此条及《后汉书》李贤注云取自应劭《风俗通》③,记述较简略,但可以说明九隆神话在史传文学之外也成为古小说的创作题材。

从《哀牢传》《华阳国志》《后汉书》到其后的小说文本,这则神话所呈现的触木而孕的母题是一脉相承的。沙壹无夫,触木生子,九隆神话的原生形态就是关于氏族起源的感生神话,这里反映出了"哀牢夷"朴素的生育观和母系社会的痕迹,子女只知其母而不知其父。九隆神话中的"木"是作为一种文化机制而存在的,即感生神话中的感生源,感生神话中以"沉木"为隐喻符号,沉木置于水中,显现出最容易被人们所接受的龙形,只有木与龙幻化才可能产生触木而孕,这块沉木既具有了父亲的功能,又与云南少数民族祭祀的龙树相结合,说明了龙和树木所具有的潜在关系。

"哀牢夷"主要分布在今云南西南澜沧江、怒江流域及今缅甸迈立

---

① 李贤注引"九隆世系"一条,共68字。《哀牢传》曰:"九隆代代相传,名号不可得而数,至于禁高,乃可记知。禁高死,子吸代;吸死,子建非代;建非死,子哀牢代;哀牢死,子桑藕代;桑藕死,子柳承代;柳承死,子柳貌代;柳貌死,子扈(粟)[栗]代。"(南朝宋)范晔撰,(唐)李贤等注《后汉书》,中华书局,1965,第2848页。

② (南朝梁)任昉:《述异记》,中华书局,1983,第28页。

③ 检今本《风俗通义》不载此条,盖已亡佚。

开江流域等广袤地域。① "哀牢夷"包含了多民族的成分，其文化构成也应该是多元的。沉木化龙，九隆成为哀牢世系的始祖，九隆神话在感生神话的基础上又具备了图腾神话的性质，龙在九隆神话中成为图腾崇拜的关键。龙不仅是华夏民族的原始崇拜，"哀牢夷"濮人作为百越民族的一个分支，皆文身象龙文，可以看出，"哀牢夷"受到百越以龙为祖先，刻画龙身的影响，也有崇龙的习俗。东汉设永昌郡以后，"哀牢夷"和中原交往密切，华夏龙文化的传入对当地人的龙崇拜产生了一定影响，这从诸葛亮赐画神龙事件即可见出。龙文化认同使得中原和云南少数民族在一定程度上碰撞出共同的心理契合，成为文化整合的标识。九隆神话既是汉文化传播的体现，又带有强烈的地方文化特色。九隆神话开始出现在汉文学作品之中，并成为经久不衰的题材内容，说明当时的汉文化对少数民族文化是认同的，这样的认同在文人的创作上产生了影响，这也是中华民族背景下的中华文化的圆融过程。

2. 夜郎竹王传说

竹王传说乃古夜郎流传下来的著名传说，其在汉文献中首见于常璩《华阳国志·南中志》及《后汉书·南蛮西南夷列传》。

南朝宋刘敬叔的志怪小说《异苑》卷五就载有"夜郎竹王"传说。

汉武帝时夜郎竹王神者名兴。初，有女子浣于豚水，见三节大竹，流入足间，推之不去。闻其中有号声，持破之，得一男儿。及长有才武，遂雄夷獠氏，自立为夜郎侯，以竹为姓。所破之竹，弃之于野，即生成林。王尝从人止石上，命作羹，从者曰无水，王以剑击石，泉便涌出。今竹王水，及破竹成林并存。后汉使唐蒙开牂柯郡，斩竹王首，夷獠咸诉，以竹王非血气所生，甚重之，求为立后。太守吴霸以闻，帝封三子为侯。死配食父庙。今夜郎

---

① 祁庆富：《西南夷》，吉林教育出版社，1990，第 89 页。

县有竹王三郎祠，是其神也。①

此外，任昉《述异记》也有记述。

> 夜郎县者，西南远夷国名也。其先有女子浣纱，忽见三节竹流入足间，闻其中有号声，剖竹视之，得一男，归而养之。及长，有武略，自立为夜郎侯，以竹为姓。汉武帝元鼎六年征西南夷，改为牂柯郡，夜郎侯迎降，天子赐以玉印绶。后卒，夷獠咸以竹王，非血气所生，众为立庙。今夜郎县有竹王神是也。②

与九隆神话一样，竹王传说也成了志怪小说中的重要题材内容，丰富了志怪小说这一绚丽奇妙的园地。

夜郎在今贵州省境内，也包括云南东南地区。竹王传说主要流传于贵州地区，但它"围绕着夜郎县这个中心点，形成了一个不小的'传说圈'，这个'传说圈'包括了今天贵州的黔南、遵义以及四川、云南、广西、湖南、湖北等地方"③。竹王传说在云南通海等地至今仍有流传，因此这里也把竹王传说看作与云南有关的神话传说简略来谈。竹王传说发生的地点在豚水，郦道元《水经注·温水》说："郁水即夜郎豚水也……豚水东北流径谈稾县，东径牂柯郡且兰县，谓之牂柯水。"④豚水即遯水，就是今天发源于云南，流经贵州西南部的北盘江。竹王传说文本中大致包含着几层意思：当时夜郎境内主要居住着以夷僚（僚族、濮族）为主的人民，竹王相当于当时僚族部落的首领；竹王传说显示，夜郎僚人、濮人以竹为图腾，竹是西南地区最常见的植

---

① （南朝宋）刘敬叔：《异苑》，范宁点校，中华书局，1996，第42页。
② （南朝梁）任昉：《述异记》，中华书局，1983，第31页。
③ 何积全：《竹王传说流传范围考索——〈竹王传说初探〉之一》，《贵州社会科学》1985年第9期。
④ （北魏）郦道元：《水经注》，（清）王先谦校，巴蜀书社，1985，第555页。

物,具有蓬勃旺盛的生命力,因此西南少数民族赋予竹丰富的文化内涵,并形成了浓郁的竹崇拜意识,于是竹王成了他们氏族的祖先,备受崇拜。与九隆神话一样,竹王传说也包含触异物而孕的母题,女子浣于豚水,而三节大竹流入足间,与触木而孕母题所蕴含的隐喻相同,三节大竹具有父母的功能;竹王传说也折射出西南少数民族反抗封建统治者的斗争精神。竹王传说以其强大的生命力和独特的艺术魅力或在文学作品当中或在民间流传,并呈现经久不衰之态,与其他神话传说一样,它也在不同程度上对后世文学形成影响,成为文人作家的云南想象。

二　汉魏六朝志怪小说中云南想象的审美观照

云南这一偏远神秘的土地触发了中原文人的求知欲及认知新世界的乐趣,他们不断在知识的陌生处寻找未曾涉足的领域。他们感叹奇珍异物带来的内心冲击与惊喜,编织充满异地色彩的新幻想,领略不同地域不同文化融合碰撞带来的全新审美体验。"西南夷"的部族分布、社会经济,永昌"哀牢夷"的文化内涵、神物瑰宝,云南境内各少数民族的奇风异俗、生活方式,满足了汉魏六朝文士认知域外世界的渴望,也形成了探索未知的好奇心与欣赏奇异的审美取向。

(一) 夸饰与玄想的审美体现

魏晋以来,谈玄之风盛行,佛道二教昌炽,中华大一统思想随着秦汉的发展更加深入人心,中华文明与各地域文化发生交流碰撞,中华文明圈不断向外扩展,地理博物学也逐渐从经学的附庸独立出来,中原文人的地理博物学趣味持续高涨,对世界的认识也随之扩大,他们试图把文学视野投向殊方绝域的奇闻逸事,通过想象和幻想构建一个神秘莫测的新世界。对远国异民的好奇心理,拓展了中原文人的文学创作空间,激发了文学的艺术想象力。而云南这个玄远地域,恰恰满足了志怪小说家的心理期待与文学构建。

志怪小说中云南地理博物的内容，一些已经趋于比较科学如实的记载，即便杂以神异，也仅仅是稍加点缀而已；一些则从现实生活取材，试图由单纯描写荒远瑰异的神仙幻境转向对真实世界的虚幻反映，在增加真实感的同时又充满夸饰与玄想，在远方异地建构创作空间，丰富作品的内涵，形成新的审美意识，促进了知识的沉淀和积累。种种关于远方异物的记载充满夸饰与玄想，无疑又增强了文学的艺术表现力。如《西京杂记》中载"长鸣鸡"："成帝时，交趾、越嶲献长鸣鸡，伺鸡晨，即下漏验之，晷刻无差。鸡长鸣则一食顷不绝，长距善斗。"① 此鸡报时准、啼鸣长、善争斗，从现实生活而来，既保留鸡的某些典型特性，又夹杂一定的想象，通过细微之夸饰，方显其珍贵奇特。另《搜神记》里神奇灵异的"鬼弹"，越嶲国割肉复生的"神牛"，《拾遗记》《述异记》中昆明国的"嗽金鸟"，凡此种种，无不让汉文学作品多姿多彩，妙趣横生，丰富和影响着汉文学作品的内容。周处《风土记》有"南中，六月则有东南长风，风六月止，俗号黄雀长风。时海鱼变为黄雀，因为名也"②。由于认知的局限性，人们还不能解释一些自然现象，于是做出诸如"海鱼变为黄雀"的想象，使内容变得神奇荒诞。谯周《异物志》则载"越嶲河有鱼，皆人形而着冠帻。俗语曰：故没郡，人悉变而为鱼也"③。越嶲河人形戴冠帻之鱼，为人鱼形象的奇异想象，打破了人们的定式思维，满足了文人的艺术幻想，当然也满足了读者的期待。

（二）好奇尚异的审美意识

志怪小说中的云南想象，表现出中原人士强烈的尚奇心理和探究

---

① （晋）葛洪：《西京杂记》，周天游校注，三秦出版社，2006，第203页。
② （宋）李昉等：《太平御览》卷九，天部九，风目，中华书局，1960，第45页。
③ （宋）李昉等：《太平御览》卷八八八，妖异部四，变化下，中华书局，1960，第3946页。

未知领域新知识的渴望，在文人笔下，它常常被披上神秘的面纱，"奇"的内涵变得丰富起来，在文学作品中呈现多彩性，民俗风情体现出奇，地理风物也带上了奇。志怪小说家们每每将自然物超自然化，或赋予所载之物形体特性方面的"奇异"，或结合生活经验将所载对象某一功能属性夸大化，或以所载之物为基础，极力虚构其功能特性，以满足人的心理愿望。越巂国割肉复生的"神牛"，展现出人们对生命生生不息的祈愿与玄想。《博物志》中记载永昌异物琥珀"松柏脂入地千年化为茯苓，茯苓化为琥珀"，"千年"即为超越时间的夸张，同时也反映出时人超越自身局限的愿望，表现出一定程度的忧患意识。《博物志》对居住在云南、贵州等地的"僚"民的奇异生育习俗的描述，在某种程度上可以让人了解少数民族的生育观，其是考察"僚"族风俗的典型材料。这些奇俗是中原士人闻所未闻的，他们在感到匪夷所思的同时，也极大地改变了自身对世界的认识。当然，一些记载中往往带有失实或夸饰的痕迹，是文人为了营造出更为神秘的氛围而有意为之。千年生成的永昌郡"琥珀"、久服可"梦寤魇寐，轻身致神仙"的永昌"木香"、世间之事无所不晓的"天下神圣"、神异非凡的"食铁兽""食毒鹿"等，无不带有"奇"的色彩。文人对云南一方土地的种种想象和构思，各种文化之间的相互碰撞与融合，使得"奇"的文化形态被挖掘出更深层次的审美因素。

好奇尚异的前提是"博"，志怪小说之博，一是所涉空间之广阔无垠，一是所记对象之丰富多样，一是魏晋志怪小说家之博学多识。古之西南，地理范围十分广阔，既包括今云贵川三省，又涉及越南、缅甸等东南亚国家。关于云南的想象是置于辽远的广阔空间之内的，而这一时期的志怪小说家们，如"鬼董狐"干宝、"博物君子"张华、前秦王嘉等，无不是博识之士。在好奇尚异的审美意识之下，带着对博学名物的新追求和认知空间的新拓展，这些想象通过一一罗列、描绘云南的异民异俗、山川河道、地理风物、飞禽走兽、草木虫鱼、花果珍物、神话传说等，以内容的宏博来体现"奇"的内涵。

志怪小说中的云南想象，极大地开阔了人们的观察视野，也带来了"拍案惊奇"的审美体验，体现出新的审美观照，增强了文学作品的艺术表现力。

结 语

汉晋时期中央王朝对云南的开发与经略，以及汉人大量迁入云南，使得云南与中土有了经济贸易上的往来，两地关系由陌生到逐渐熟稔，汉文化得以在云南传播，云南这片土地开始浸润新的文明。云南始有学校，兴起儒学，并得到汉文学的熏陶。与此同时，云南丰富的自然资源、特有的地域性与民族性为中原人所惊叹。云南仿佛是一座文学宝库，为中原文人提供了各种各样的写作素材，云南以其丰富的自然资源、优美的自然环境、特殊的地理风貌，令中原文人心驰神往。中原文人以新视角游观四境，其对于遥远世界的审美观照，亦是魏晋时人在失序社会形态下尚奇观异心理的体现。他们在对云南少数民族的地理位置、部族分布、经济文化有所了解的同时，惊叹于云南各种各样的新奇物产、珍异瑰宝，见识了"西南夷"幻人的精湛表演、神奇技艺，探寻了云南这个异域遐方少数民族的奇风异俗，关注神话传说带来的艺术魅力与不同文化的深层碰撞。中原文人在自己的笔下建构了全新的空间，在扩大视野的同时，充分汲取来自中原以外地域的文学养料，极大地刺激了志怪小说家的文学想象力及文学创造力，促进了志怪小说的发展。

张力与博弈

——韩国新世纪文学现实主义刍议 *

王敏雁 **

摘　要：延续 20 世纪 90 年代末对现实的关注，新世纪的韩国文学以更加内向的反思性与批判性，在现代主义与先锋主义的外壳下，聚焦真实。在进入千禧年后，韩国社会产生"世界化"变革的同时，被新世纪遗落的低收入人群出离主流观念之外，徘徊于社会边缘。对小人物与其周围伦理关系的关注与表现是新世纪韩国文学的重要趋向之一。新世纪作家以敏锐的洞察力发现了在韩国奋力加入世界贸易体系时，传统与现代观念博弈所产生的多重问题，更加冷静而理性地呈现了普通人在现实面前所展现的情感矛盾与内在张力。

关键词：韩国文学　新世纪文学　现实主义

引　言

新世纪韩国文学，即 2000 年以后近二十年间韩国作家所创作的小说、诗歌、散文、戏剧等作品。韩国的新世纪文学承袭 20 世纪 90 年代

---

　* 本论文为国家社会科学基金重大项目"新世纪东方区域文学年谱整理与研究（2000－2020）"（17ZDA280）阶段性成果。

　** 作者简介：王敏雁，天津农学院人文学院讲师，天津师范大学文学院博士研究生，研究方向为东方文学与文化。

以来的现实主义传统，又在此基础上实现了现代性的突破与转型，这与韩国近年来的社会发展关系密切。作品中的主题、情节与人物大多和社会热点问题相关，与时代的变迁基本一致：经过 20 世纪六七十年代经济迅速腾飞的"汉江奇迹"、80 年代到 90 年代的 GDP 高速增长，至 1997 年因外汇金融危机陷入暂时性的低谷。整体来看，21 世纪之前的韩国社会从日本占领、朝鲜战争到战后快速建设，实现了飞跃性的国力增长。迈入千禧年，韩国加快发展资本主义，奋力融入世界经济体系。此时的社会经济结构开始从由外及内向由内而外转变，但在经济结构重塑的过程中，韩国人的传统思想与社会观念在不同年龄、不同性别、不同社会身份上出现了较为明显的分层。朝鲜半岛的日占与解放、战后重建、民主化运动、"三八线"分割等历史问题依旧萦绕于现代韩国人的意识之中，[①] 在经济西化的同时牵动其内心，在 21 世纪形成一定的文学性延续。

尽管如此，新世纪韩国文学作品的政治主题却在逐渐淡化，取而代之的是对"人"生存问题的拷问。在体制革新的带动下，旧的思想与秩序土崩瓦解，资本主义的车轮全速滚动，但作家笔下的人们依旧没有实现与经济发展同步的跨越，反而被时代、社会、家庭所遗忘。他们独立于精神与物质富足的主流社会之外，承载着被经济发展裹挟而来的苦痛，或挣扎，或麻木，或逃离。在新世纪作者的聚光灯下，隐匿在校园、职场、家庭等场所的社会弊病在小说中悉数登场。无论出路在哪，人们存在本身即是现实本身。

尽管迈入了新的世纪，问题依然存在，路径依旧值得寻找。人们生活质量提升的背后，精神世界的创伤并没有被有效疗愈，新的疾病以新的方式出现，生死迭代，苦乐交织。该如何与急遽变化的世界、激烈竞争的他人共存，在传统与现代、历史与现实中寻求一条和解之路，是 2000 年后韩国作家群体所致力表现的内容。

---

① 朴宰雨：《东亚文化经验：韩中文化文学互动百年》，《华夏文化论坛》2015 年第 1 期。

一 现实中的"人"与人际关系

2000 年后，韩国经济逐渐摆脱 1997 年金融危机的影响，在相对稳定的国内环境与逐渐国际化的贸易背景下，国民经济逐步恢复增长。韩国国民生产总值在 2000 年小幅下拉后一路攀升，在新世纪初的二十余年间达到新高。然而，收入提高并不能遮盖社会中所存在的个体差异化问题。被经济社会所忽略的弱势群体，成为新世纪文学的主要描写对象。女性、老人、青少年、贫困者等人物的境遇与喜悲同时代形成对比，人际关系给他们带来的压力与痛苦，是这一阶段多数作家所反映的现实主题。

（一）新世纪文学中的"人"主题

2000 年至 2009 年，韩国不仅通过《南北共同宣言》（2000）稳固了半岛局势，而且通过日韩共同举办的世界杯（2002）扩大了国家影响力，在韩国国内，KTX 列车将首都首尔与东南部港口城市釜山贯通（2004），提高了列车速度和运载能力。此后，朝韩首脑第二次会晤于 2007 年正式举行，卢武铉成为第一个越过军事分界线的韩国总统。新世纪前十年间，政治与国力的向好发展，为经济的进一步腾飞打下基础。2010 年后，韩国已基本做好向世界经济体系融合的准备，韩国与欧盟（2010）、韩国与美国（2012）、韩国与加拿大（2014）、韩国与中国（2015）自由贸易协定的签署突破诸多贸易壁垒，促进国内市场经济全球化迅速开展。

然而，在世界化进程中，社会低收入人群的问题更加凸显：职场分布上，全职与临时聘用人员收入悬殊。3D（英文 Difficult, Dirty, Dangerous）职业的从业者以老龄人员为主。家庭分工上，男主外女主内的传统观念依然存在，妇女地位没有得到实质性提高。教育层面上，儿童的竞争社会已经出现，针对青少年的欺凌事件时有发生。在"强者得到世界，弱者失去世界"的资本主义现实中，青少年、女性、老年人、农民、残疾人、试图融入韩国社会的外国人等低竞争力人群更易为时代忽略，成为经济发展的牺牲品。[①] 因此，"人"的主题，成为2000年后重要的写作题材。这些或不能或不愿融入经济世界化体系的人们，该如何在发生巨大变化的社会中保持生存的权利与尊严，是新世纪文学所反映的主要内容。

在新世纪韩国小说中，弱势人群占据作者的写作中心。他们中间，有从不幸原生家庭中逃离的少女（全镜漣《江村》，2011）；有为了寻求事实真相而身陷水中的少年（金爱兰《水中歌利亚》，2010）；有在艰辛环境中直面生死的老人（赵京兰《近乎祈祷的》，2014）；还有努力工作却依然无法脱生活困境的人（李惠敬《缝隙》，2006）。在新世纪诗歌中，也有被无情社会吞噬的"牡蛎少年"（李起圣《牡蛎少年之歌》，2014）与"棉田少年"（朴赏淳《路过棉田，少年离去》，2005）。面对社会阶层造成的距离和差异，将"人"的现实问题置于文学的考量之下，以客观、冷静的笔触审视被时代裹挟的"不安者"，是新世纪韩国文学较为明显的特点之一。

由个体反映群体，从"一个人"带入"一群人"。新世纪韩国作家以巧妙的视角，借其笔下人物的个性和现实生存状况拼凑出新世纪韩国社会的全貌。从问题中的"人"折射出"人"的问题，饱含对现实主义的批判价值与力量。

（二）新世纪文学中的"现代病"

文学中展示的人物个性差异是现实社会在人精神面貌上的投射与反映。当资本集中在少数人手中，财阀经济日盛，中下层市民难以通过努力突破阶层限制，经济收入和社会地位的实质性改变都难以实现

---

① 李嘉文：《走近韩国文学的另一种方式——韩国当代文学奖研究》，《渤海大学学报》（哲学社会科学版）2020 年第 6 期。

时，就会产生与之相应的各类精神性问题。职场竞争、层级固化、加班熬夜、聚餐文化等诸多在 21 世纪前不曾或曾经出现的压力在新世纪的韩国社会愈演愈烈。越来越多处于亚健康状态的职场人长期缺乏运动，人际关系紧张。和 2000 年前相比，人们的精神、心理、身体疾病与现代化的生活方式关联度更高。抑郁症、酒精中毒、暴力倾向等"现代病"成为韩国文学作品中更加侧重书写的内容，在 2010 年后，此类作品的表现尤为突出。

2004 年，赵京兰在小说《致蜗牛》中描述了患阿尔茨海默病的姐姐与精神不正常的妹妹相互依存的生活。2005 年，其小说《鸡蛋》中再次出现患阿尔茨海默病的病人，而且主人公也患上了罕见的"鸡蛋过敏症"。2009 年，金衍洙在《散步者的五种乐趣》中直面痛苦，寻求治愈癌症的精神解药。2010 年，朴玟奎在《清晨之门》中将意图"集体自杀者"作为主要人物之一放置在小说背景之中。2011 年，金劲旭进一步探讨"自杀许可证"问题（《人生多娇》）。至于作家金钟玉与郑容俊的作品，"自闭症少年"的视角是他们作品的重要创作特色（《街头魔术师》，2012；《宣陵散步》，2015）。2015 年，权汝宣的小说《你好，酒鬼》将焦虑症、强迫症、疑心症等各类现代疾病在酒精作用下放大。2019 年，崔哲秀以"毒"为线索，在《毒之花》中展现了人性的残酷并试图探求人生超越的解药。

新世纪文学作品中所表现的人物，很少是精神健全的人，即便身体健康，依然患有各类不为人熟知的现代病症，对社会和他人的过度反应以特有的精神方式表现出来。形形色色、千奇百怪的"病人"交织出社会与人际关系的病态。因此，疾病与疗愈是新世纪韩国文学的重要主题之一。对老年问题的关注、对生与死的思考、对人类精神世界的探析是韩国新世纪文学创作较为明显的转变。该如何实现人在精神层面的社会价值与意义，是作家所致力解决的核心问题。

二 冲突中的家庭、历史与社会

千禧年后，韩国经济的市场化日趋成熟，国民收入进一步提高。物质文明的迅速发展带动韩流文化的热风，韩国人的日常被快节奏的生活方式所改变。然而，由于其数千年来所因袭的传统，农耕社会及其家族秩序的观念很难在短时期内被完全解构。在一定程度上，新与旧、传统与现代的思想意识形成博弈，在韩国新世纪文学中，家庭与社会的新格局在人们的传统认识下形成了冲突与对比。

（一）新世纪文学中的家庭

2000 年后，韩国家庭状况虽然仍以传统形式为主，但也随时代和社会的发展发生了潜移默化的改变。首先，婚姻关系在原有基础上逐渐松动。韩国统计厅的数据表明，韩国人的平均初婚年龄，从 2000 年的男 29.28 岁、女 26.49 岁，经过二十年时间，在 2020 年达到男 33.23 岁、女 30.78 岁，而在 1990 年，初婚年龄为男 27.79 岁、女 24.78 岁。新世纪的二十年，人均初婚年龄提高了四岁左右，比较 20 世纪 90 年代，人均初婚年龄提高了五岁左右。晚婚、晚育使传统家庭产生了结构性变化。人们的恋爱、婚姻关系更为松散，新型家庭关系由此产生。同居、双职工、大龄未婚男女、离异家庭等都是新世纪小说中经常出现的题材。其次，老龄化社会的亲子关系也是韩国新世纪文学中不容忽视的部分。对独居老人的赡养、对单亲家庭的福利、对超大龄未婚子女问题的解决，都反映出新世纪文学对表现新式家庭成员生活的侧重。

文学作品中，对婚恋、家庭关系中女性地位的讨论在新时期达到高峰。关于家庭主妇、职场女性、老年妇女等女性主题的作品占据韩国家庭小说的主体。2000 年，河成兰的短篇小说《普世欢腾》描写了一名被恋人设计、未婚先孕的女性的遭遇，率先对性别暴力的群体性事件展开批判。同年，孔善玉的《单亲妈妈》将女性所体验的家庭与社会双重大男子主义放大，坦诚面对单亲问题。2017 年，赵南柱在《82 年生金智英》中对金智英在职场与家庭中所遭遇的日常偏见进行了细致入微的描述，引发广大女性读者的同感与共鸣。即便到了 2000 年后，"家"对于韩国女性来说，依然在一定程度上意味着束缚与压迫。探索"家"对于女性的真实意义，解决女性"不想回家"（白秀麟《我还不想回家》，2019）的现实问题，是新世纪韩国家庭小说重要的创作目的之一。这些家庭中的女性不再是任劳任怨的传统妇女，而是具有自我认知能力的现代女性，然而，她们所积蓄的力量尚不足以突破现有的家庭关系，实现真正的人格独立。① 因此，在文学作品中，常展现出韩国现代女性的矛盾性与两面性，以及在两种价值观之间的摇摆。

不仅如此，新世纪韩国家庭呈现更加多元化的特点，未婚、不婚或离异的独身人士，年长后依然与父母共同生活的大龄子女，与外国人结婚所成立的多文化家庭，他们的家庭关系，都很难用传统家族的相处模式加以套用。2010 年后，越来越多的作品反映出这些家庭的新现象与新情况。作家具孝书对新家庭问题关注较多，他的《通奏低音》被誉为 2012 年"年度社会问题小说"，故事情节发生在老父亲与没能结婚的儿子相伴的一天之内。2016 年，具孝书又在《风景之书》中描绘了一个具有单亲原生家庭成长背景的女性的经历，女主人公的母亲未曾结婚，因此，她的父亲究竟是谁也难以得知。2017 年，金英夏发表小说《只有两个人》，进一步剖析畸形家庭中的父女关系。这类作品对新式家庭的亲子关系进行反思，也对新家庭的教育问题进行质疑。同年，金爱兰《捂嘴的手》以混血儿童及其家庭为描写对象，暴露了韩国社会中存在的歧视和对多元文化家庭的偏见。

---

① 焦艳：《绝望中的警觉——新世纪韩国文学十年回顾》，《外国文学动态》2011 年第 5 期。

（二）新世纪文学中的历史与社会

新世纪的韩国社会问题一直是新世纪文学关注的重心。文学中的社会是现实社会的缩影，静观世界经济一体化背景下的朝鲜半岛历史与现实纠葛，现代化社会的贫富、城乡、地域差别以及职场权利与竞争，将现实主义精神融入作品之中见微知著地反观真实，是新世纪文学自觉担负的责任。

朝鲜半岛的历史与战争一直是韩国文学作品经常表现的内容。直到当代，朝韩文学作品对历史的反思始终未停。[①] 第三十二届东仁文学奖的获奖作品《刀之歌》（金薰，2001）以现代角度重新审视人性，回顾1592年"壬辰倭乱"时独立于战争与历史的武将李舜臣。他在小说中的内心独白联通古今，凸显了命运支配下的个体对生命意义的思考。2000年后，朝鲜战争主题在韩国文学中反复出现：2005年，作家金衍洙在小说《不能说》中描写了韩国战士与朝鲜军医之间超越战争的情谊。全成太的《扫墓》（2014）与金采原的《柏林爱乐乐团》（2015）则深入挖掘朝鲜战争对现代人生活潜在的影响，探究战争所造成的精神创伤，探索战争对普通人所造成的精神伤痕的治愈。此外，孔枝泳2010年的作品《赤足转文巷》将数次战争内容穿插在同一部小说中，将日本侵华战争、第二次世界大战中德国对波兰的战争以及阿富汗战争中普通人命运改变的历史与日常现实结合，显示出作者驾驭战争背景下命运悲剧的能力，是又一部关于历史在现实上投影的重要作品。

2000年后，韩国社会阶层分化严重，人成为资本累积链条上的环节。农民丧失固有的农业经济基础。人的"异化"特征明显。面对资本主义制度下层出不穷的社会问题，文学表现的内容更丰富多样，批判性也更强。新世纪文学延续对农村和地域差别的思考，世纪初即出现了《我的身体站了太久或者走了太久》这部反映农民现实生活的小

---

① 刘广铭：《朝鲜半岛当代文学论略》，《东疆学刊》2004年第1期，第46页。

说集（李文求，2000）。在西方生活方式的影响下，韩国传统农村、农民的生活发生巨大改变，身处农村的年轻农民已逐渐城市化，记忆中的农村将成为永远的回忆。《父亲的沉睡》（李舜源，2000）将过去与现在重叠，寻求"农民之子"的未来道路，反映出现代农民即便脱离了农村身份，依然难以摆脱过去影响的实际情况。2002 年，金衍洙的小说《如刀疤似刀刃般》将庆尚道与全罗道之间的纠葛以地域歧视的形式展现出来，通过一个移居家庭所受到的排挤问题，反思地域差别明显的社会关系。

在对市场经济发展过程中的贫富差距、等级差别与恶性竞争的表现上，新世纪作家们的笔力同样不容小觑。他们以敏锐的观察力展示快速经济发展给普通人的生活带来的剧变与苦痛，提出韩国社会该何去何从的问题。2001 年，孔枝泳的小说《复活时分》以失去土地的农民女性与城市中上层女性的共同生活为背景，展开情节冲突，揭露底层劳动人民的艰辛与中上层城市人群的伪善。2004 年，获得第 49 届现代文学奖的小说作品《我亲爱的朋友》（成硕济）将世间百态融于赵上尉与李中士的上下等级差别中，将大人物桀骜不驯和小人物卑躬屈膝的现实问题以幽默诙谐的讽刺夸张手法表现出来，达到良好的喜剧效果。2008 年，第五届现代文学奖又一次将小说奖颁发给讽刺经济社会恶性竞争现象的现实主义小说《99%》，作家金劲旭塑造了同公司、同年龄的韩国职场人崔代理与"海归"员工史蒂夫·金之间胶着的博弈关系，反映出公司职员对他人能力的过度防备与恐惧，折射出当下韩国社会恶性竞争所造成的人性扭曲。

新世纪韩国文学中的历史事件与当下的历史进程形成对照，作品中的微型社会反衬现实社会。家庭、历史与社会构成文学创作的主要书写背景，在这三重平面的交汇构建下，一个立体而多元的韩国现代社会与为之付出的冲突与牺牲在作家们的笔下凸显。

三　世界化的韩国与韩国的世界化

2000 年后，韩国与世界的关联更加紧密，在政治、经济、文化、体育等领域与西方及周边国家开展各项合作。不仅发挥 20 世纪后期"汉江奇迹"的后续力量，同时迈入 21 世纪全球经济一体化的发展之中，经济体总量激增。从初步由外向内到由内向外，世界化的韩国与韩国的世界化由被动到主动，诠释出一个崭新的时代。新世纪韩国文学中表现出世界化的倾向，一方面表现为对全社会高度资本主义化现象的批判，另一方面也表现为对异域文化的追寻与包容。

（一）新世纪文学中"世界化的韩国"

随着与世界各国及国际组织之间自由贸易协定的逐渐生效，韩国在得到相关优惠政策的同时，传统经济所受到的约束也与日俱增。国家影响力日益提升的同时，大幅度经济开放所导致的负面效应日趋显现。文学作品中，世界化的韩国建立在资本主义制度之上，其对普通人生活具有不可抗拒的改变和不可逆转的影响。对资本主义本身的批判、对人"异化"的同情成为这一时期现实主义文学作品内容上的主要特征。

不仅新世纪文学的表现内容具有现实性，现代主义的写作方法也被用于观照资本主义社会人的"异化"现象。2005 年，郑梨贤的《三丰百货店》以"三丰百货店"倒塌事件为中心，牵引出与百货商店相关的社会各阶层人物的人生，他们的生活条件迥然不同，却在百货商店倒塌、社会资本层叠消散的瞬间被一同埋葬。2008 年，在金劲旭小说集《危险的阅读》中，《捍卫麦当劳大作战》对西方经济制度的"麦当劳式本土化"现象提出质疑。此类象征主义与意象主义常在文学作品中出现。较为典型的是 2011 年片惠英所创作的小说集《暮夜的求欢》中的两篇短篇小说《兔子的坟墓》与《罐头工厂》，满眼通红的

"兔子"与日复一日被开启的"罐头"都是韩国当代人生活在城市的困境的写照。同年,金英夏的《玉米和我》以魔幻现实主义的创作方法,将"鸡"追逐"玉米"的形象赋予资本追逐剥削对象剩余价值的内涵。资本主义产业链中被"锁死"的链条仿佛人与人之间被"围困"的身份,在充满欲望的都市里,用扭曲的人际关系形成人间怪相。

世界化的韩国是西方政治制度与资本主义体系向内涌入而呈现的韩国,它进入"快速车道",迅速脱离朝鲜民族传统的农耕经济轨道,撞击汉文化圈既有的儒家文化与思想,在全球化的过程中,作家群体感受到底层人士身处其中的阵痛与创伤,用现代的写作方式加以表现。在小说、诗歌等体裁之外,新世纪的影视、戏剧文学中经常出现的"僵尸""寄生虫"等意象,也是作家眼中被资本异化的韩国人的形象。

(二) 新世纪文学中"韩国的世界化"

在时代潮流的推动下,韩国与世界的关联不仅限于外部对内部的影响,由内而外的世界化也在不断推进。首先,部分韩国家庭的成员构成发生变化,跨国婚姻逐年增加,其主要原因在于韩国社会中,男性的国内配偶选择范围日趋狭窄,需要通过跨国婚姻解决婚恋与生育问题;而女性与世界交流的机会增加,与男性的整体情况相反,具有了更多的婚姻选择权。

尚处在文化适应期的韩国人,如何面对外来的家庭及社会成员,成为新世纪文学中一个新颖而重要的话题。2004 年,李明朗的长篇小说《我的异腹手足》中,描写了为改善生活条件而来到韩国的异国人的生活。他们之中有因"跨国婚姻"被骗到韩国的中国妇女、也有因"跨国劳工"而出卖廉价劳动力的印度青年,还有随意支使这些外国工人的韩国人群。生活在韩国社会的最底层,他们的付出与贡献,他们的苦痛与艰辛,一一复现在作家笔下,重塑在夹缝中艰难寻求生存的"他者"的韩国社会。2015 年,白秀麟的《中国姥姥》将小说的主要人物关系设定在一位年华老去的华侨女性的再婚关系上,韩国普通家庭成员对"中国姥姥"的歧视与排斥，反映出华侨家庭在韩国社会中的尴尬处境与异质文化之间的沟通困难。新世纪文学作品中时常出现对多元文化家庭及异国背景女性处境的关注，2016年，首尔大学教授申惠兰以民族性的视野在报告文学《我们都是朝鲜族》中展开叙事，探讨移民者在世界范围内的迁徙问题。

其次，"韩国的世界化"还表现在文学的异国化创作倾向中。21世纪，韩国与其他国家的政治、经贸、文化往来频繁，政界、商界与民间交流更加密切，人员流动性增强。韩国社会性的人口迁移与变动，在新世纪文学中则表现为对"移民""逃离""回归"等题材的偏好。由于前文所阐述的资本主义发展过程中出现的诸多问题，韩国新世纪文学在2000年至2010年间对"异域乌托邦"类主题的取向性明显。从游记、报告文学等文学类别上看，关于中国各地的风俗人情题材众多。2001年，韩飞野的长篇游记《韩飞野的中国见闻录》、郑璨周的《去往敦煌之路》，2003年朴景利的《万里长城之国》，2004年李东洵的《丝绸之路上的600小时》等长篇游记都属于韩国作家从亲身经历中有所感发的作品。此外，以2013年赵廷来《丛林万里》为代表的中国主题小说，展现出历史文化悠久、经济蓬勃发展的中国在韩国作家心中的独特魅力。

随着中国题材小说影响的扩大，"移民"与"逃离"主题成为韩国新世纪文学写作的新趋势。不但中国是距离韩国最近的能够摆脱韩国资本主义束缚的"新大陆"，而且其他国家和地区也成为作家笔下韩国人得以施展抱负的异域平台。2007年，全镜潾小说《天使在此停留》中的德国、金衍洙小说《去往月亮的戏剧演员》中的美国，2009年金仁淑小说集《再见，埃琳娜》中的巴西都寄托着主人公希望在异乡实现的理想。然而，近年来，韩国文学作品开始出现对"异域乌托邦"的批判与反思：2017年，朴玟贞在小说《塞西尔，珠熙》中质疑以"美国梦"与"韩流"为代表的异质文化热风背后的盲目性。2020年，第51届东仁文学奖的获得者金息（原名金修珍）的长篇小说《漂泊的土地》回顾了朝鲜半岛历史移民问题，将"移民"放入历史环境中加以复现，展示移民者的漂泊、苦痛与无助，从另一个侧面思考祖国强盛对于普通人的意义。

　　尽管新世纪文学的内容与形式表现多样，但从其深层次的思想内涵上看，对现实的关注与思考占据韩国 2000 年后文学创作的主线。对于人、家庭与社会的出路问题的探讨，是新时期韩国国内的热点话题在文学作品上的映射。对资本主义高速运转的社会如何实现人的全面发展问题的探讨，蕴含着作家们始终未曾放弃的现实主义精神，既包含对亲情、爱情、社会关系的冷静审视，又寄托着对超越与救赎的殷切期望。二十年间，从"逃离"到"回归"，新世纪文学的根基又回到了韩国本土，为下一个阶段的文学创新提供了创作土壤。

三重韵中见不同

——同题散文名篇《桨声灯影里的秦淮河》再解读

李艳敏[*]

摘　要： 在同题散文《桨声灯影里的秦淮河》中，俞平伯写的是具有古典韵味的抒情美文，以小圈子内文人雅士为预设读者，以情思为主线，更侧重才情个性的释放，追求清新俊逸的禅韵、情韵和声韵，以虚写为主，是不可模仿的灵性创意写作，带着炫才扬己的成分。而朱自清写的是具有现代特色的游记散文，他以普通新文学接受者为预设读者，以游踪为主线，前半部分偏于外物的客观描摹和如实呈现，后半部分侧重事件记叙和心理活动，其写法讲究现代语法和修辞的运用。这两篇散文是俞平伯和朱自清在现代散文创作上最早也是最亲密的交流，显示了他们不同的性情和心理，是中国现代同题散文创作中典型的互文文本。

关键词：《桨声灯影里的秦淮河》　俞平伯　朱自清　三重韵

俞平伯和朱自清的同题散文《桨声灯影里的秦淮河》1924 年 1 月发表于《东方杂志》第 21 卷第 2 号，是《东方杂志》创刊 20 周年的纪念号。自那以后，这两篇名作就成为中国现代散文的双璧，被一代代文学创作者和研究者进行比较阅读。其中朱自清文得到了很多大家的肯定和赞誉。如王统照认为它的文笔"别致，细腻"，字句"讲究，

---

　　* 作者简介：李艳敏，衡水学院文学与传播学院讲师，文学博士，研究方向为中国现当代文学。

妥帖"①，浦江清也称它是"白话美术文的模范"②。这篇文章作为写景抒情经典之作的地位自此确立。叶圣陶的看法则不同，他以为朱自清的早期散文如《匆匆》《荷塘月色》《桨声灯影里的秦淮河》"都有点儿做作，过于注重修辞"，"不怎么自然"。语言表达也没有现代口语的韵味，"不尴不尬"，"面貌像说话"，但"没有一个人真会说那样的话"。③因注重修辞而显得不自然，这是朱自清早期散文最大的缺陷。相比而言，俞平伯的文字像青果一样有点夹生，带着涩味，但却耐咀嚼、有韵味。这种韵味来自他信手拈来的音韵和意境，来自宛如天成的篇章安排，也来自其独特的生命体验和个性特征，比如他毫不避讳自己好吃的天性，自然而然地把游览和吃联系起来，甚至由白雪联想到白面条（参见《陶然亭的雪》）。又比如他在悠悠的诗意讲述中，忽然会插入一句调侃性或自嘲性的句子，让已经浅醉的读者跟着他忽然醒来，哑然失笑。总之，俞平伯的写作是一种随性的、轻松自如的心游过程，没有那么多的条条框框，也不准备对谁负责任，只要如实传达出自己的心意即可。这两篇同题散文是俞平伯和朱自清舍弃新诗转向散文创作的开始，代表了他们对散文的不同理解，这种理解以具体文本的形式在两者之间形成一种潜在的对话和交流。这两篇作品基于同样的行踪，以各自不同的创作心理和行文方式表现了两个作者不同的心情和意绪、不同的气质和文风、不同的审美取向和艺术品位。

一　三重韵味两种风格

概括说来，俞平伯的预设读者是更高一层的圈内文人，其文本妙

---

① 王统照：《悼朱佩弦先生》，杨洪承主编《王统照全集》第六卷，中国工人出版社，2009，第182~183页。

② 浦江清：《朱自清先生传略》，浦汉明编《浦江清文史杂文集》，清华大学出版社，1993，第20页。

③ 叶圣陶：《朱佩弦先生》，秦人路、孙玉蓉选编《文人笔下的文人》，岳麓书社，2002，第242页。

如琴音，空灵悠渺，内含三种韵味——禅韵、情韵和声韵。作者虚实结合，以虚写感受为主，更多体现出一种诗心的畅游，写得虚空灵动，更能给人以味外之旨。而朱自清的预设读者是一般的普通读者，其文本相比之下则坦白直露，如工笔画般细腻，客观地向读者袒露了真我的复杂性，突出的是实际的身游以及美中不足的心理活动，写得精细切实，更能让人抓得住意思。

（一）空灵洒脱的禅韵：虚空与写实

俞平伯和朱自清都喜欢佛学，也都有一定的佛学经典阅读基础。在这篇同题之作中，俞平伯的禅意表述较多，是作为写作重点的放大渲染。朱自清的禅意表述相对较少，是点到为止式的顺带提及，不作为重点来写。俞平伯有着甚深的佛学渊源，他尤其喜欢禅学中的理趣之美。朱英诞评论俞平伯新诗《呓语》中"双手擎着一只空杯子，渺茫有甚于暮烟的"[1] 说，这种诗的意境最能看见其空灵的美。这只空杯子虽然渺茫有甚于暮烟，却很有人间烟火的味道，其酒味也最深美，这个醉汉其实很有把握，这个醉汉又绝不是一个酒徒，这个醉汉才真是风雅有光彩，可攀谈一番醉生梦死了。[2] 与此相似，俞平伯的散文也常带一种朦胧含蓄的禅韵。他的散文将声韵美和意蕴美综合到了一起，掺杂着他所理解的禅趣，有一种洒脱空灵和清新俊逸的美学风格。其《桨声灯影里的秦淮河》中有很长一段形容朦胧感觉的话，连用了两个比喻来说明这种感觉。

> 飘翔岂不是东风的力，又岂不是纸鸢的含德；但其根株却将另有所寄。请问，这和纸鸢的省悟与否有何关系？故我们不能认笑是非有，也不能认朦胧即是笑。我们定应当如此说，朦胧里胎

---

①　俞平伯：《呓语》（二十二），《俞平伯全集》第一卷，花山文艺出版社，1997，第285页。

②　废名、朱英诞著，陈均编订《新诗讲稿》，北京大学出版社，2008，第169页。

孕着一个如花的幻笑，和朦胧又互相混融着的；因它本来是淡极了，淡极了这么一个。①

这个笑隐含在作者心底，只在知心人心领神会的一瞬间才可被感知。接下来是一段节奏明快的韵文，描写来往的船和船上的歌女以及自身的感受。这段韵文带着一种禅思哲理，把人生比作梦幻泡影，连用三个"无非"比喻"萍泛的绮思"，这是《金刚经》中"六如观"的另一种诗意表述。而接下来的文字是一语双关的表达。"走的是走了，来的还正来"既明指船的来去，又暗喻一种禅趣：有些外物的来去是我们无法掌控的。对于不想接受的外缘，我们只能拒绝，却无法左右其来去。当外缘到来的时候，我们有三个选择——或者接受，或者拒绝，或者自己离开。唯有如此，才可以摆脱纠缠。就像俞平伯在《跋〈灰色马〉译本》中所说的三种生活态度：顺时就享乐，逆时就毁坏，享乐不得又毁坏不了时，就撇开它。离开而去，这是摆脱纠缠的最好办法。佛法上也有"看破放下自在"之说，人们只有放下外在的执着，才能得到内心的安静。这是俞平伯在这篇同题散文文末的一段梦幻般的描写，糅合了禅学和庄子的逍遥游思想，传达的是作者的又一番禅悟：佛法以为"诸行无常，诸法无我"，每一天每一刻的"我"都不相同，即使感觉灵敏也无法保证当时的感觉和事后写出来的感觉一样，文字和实感之间不可能完全相等。这里又有着朱自清关于"刹那主义"的思考。作者说"当时的我""久飞升了，无所存在"，又借用了中国道教的说法。似乎游玩的"我"已经羽化而登仙，想象奇特而大胆，表现神秘而空灵。

朱自清的文章中也有禅意，却只是简单的一笔带过，比如他以"无可无不可"为关键词于随意而不经意中表现对于"自然"的偏爱。

---

① 俞平伯：《桨声灯影里的秦淮河》，《俞平伯全集》第二卷，花山文艺出版社，1997，第 24 ~ 25 页。

其用三段分别写了船夫、俞平伯和"我们"的情状。前两段是朱自清的所见和看法，虽只寥寥数语，却富含禅意，暗示了作者对事情的佛学思考。最后一段是"我们"对船夫提议归船的态度。第一个文段中船夫那种"无可无不可"的态度，其实就是"随便怎么都行"的态度。"无论是升的还是沉的"指的是人性方面，不管船夫是为了完成这趟生意，还是为客人计，让其尽情欣赏美景，这种心理相对于作为游客的我们的游踪计划和安排来，更显得自然而然。这"自然而然"的态度，约等于禅宗的"当下即是""本地风光"。朱自清笔下的高于"我们"的船夫形象启发了俞平伯，后来俞平伯在《日本樱花》一文中写到一个旁若无人只管扫花的园丁，对比之下，自觉惭愧。这种对小人物的关注和描写，在风光旖旎的散文中似乎有点多余、有点煞风景，但却和庄子对"畸人""奇人"的关注和尊崇、鲁迅对人力车夫的仰视一样，有着强烈的自我批判意识和自由平等的现代思想。

蔑视礼教、尊崇个性是俞平伯和一代五四青年知识分子的共同倾向。然而在朱自清的眼里，俞平伯那种蔑视世俗道德的境界是己所不及的。俞平伯曾经作《我的道德谈》专门讨论对于道德建设的看法和观点。他痛恨封建社会的旧道德，在俞平伯的名士做派里，什么世俗礼法都不足挂齿，只要听从自己内心的真实声音即可，这自然使他呈现一种玩世的态度。这是一向循规蹈矩、规矩本分的朱自清万不能做到的。自然而然的，朱自清被叶圣陶归到认真处世的人之中。在秦淮听歌这件事上，朱自清看到了自己在反封建和反礼教方面的弱点和不足。和俞平伯相比，他没有那种和传统的道德规范以及普通民众相抗衡的勇气，因此觉得"平伯又比我高了"。最后一段"我们的无可无不可"其实偏于写"我"的感受，这个"无可无不可"不同于上文的禅意表述，是一种犹豫不决、拿不定主意的心理。坦白说，作为游客的"我们"不听歌只看景，再玩下去就有点无聊，可是回去呢又有点难舍这月下秦淮河上那具有诱惑的歌声。这种心情复杂难言，最后也只能以"无可无不可"的回答返程了。

总体来看，俞平伯的禅学思维给作品增添了一层神秘的灵光，使整篇散文都显得迷离惝恍。朱自清的散文虽然也有禅思，却只是局部的禅意表现，他的立意不在此处，而在如实写出自己的所见所闻和所感，在所感中重点突出内心激烈的挣扎和欲望不得实现的怅惘，而这带来了两篇作品的又一重差异。

（二）朦胧怅惘的情韵：浅醉与清醒

这两篇作品都写到朦胧的环境和心境，以及朦胧怅惘的情韵。如果说俞平伯的情韵是浅醉中朦胧的怅惘，那么朱自清的情韵则是朦胧里清醒的怅惘。创作中不能缺少一种超脱世俗的眼光，宗白华说："诗人善醒，他能透澈人情物理，把握世界人生真境实相，散布着智慧，那由深心体验所获得的晶莹的智慧。但诗人更要能醉，能梦。由梦由醉诗人方能暂脱世俗，超俗凡近，深深地深深地坠入这世界人生的一层变化迷离、奥妙惝恍的境地。"① 俞平伯和朱自清都写新诗，但相对而言，俞平伯的诗人气质要更多一些。朱英诞也说"诗人俞平伯是一位清才，但同时又是一位白日梦人，这个梦要比'草堂春睡足'难做的多"②。在《桨声灯影里的秦淮河》中，俞平伯意在传达那种微醉状态下的朦胧之感和恍若梦幻的夜月清游，把情感自然融进简单而传神的外物描写和缠绕得有点晦涩的说理，以及读起来朗朗上口的韵文中，是一种浅醉中的抒情。而朱自清散文中的情感经过较长时间的沉淀，已经趋于冷静和理性，本着忠实再现的原则，他的心理活动变化过程在文中一览无遗，是一种清醒状态下的写作。同写朦胧，俞平伯写的是浅醉中朦胧的感觉——那"歪歪的脚步"、"懒洋洋"的姿态都表明作者处于酒后的微醺状态。这个俞平伯式的比喻把虚幻中的感觉作了形象化的处理，想象奇特，佛教色彩浓郁。不必说这个笑来自哪里，

---

① 宗白华：《略论文艺与象征》，《艺境》，北京大学出版社，1987，第 184 页。
② 废名、朱英诞著，陈均编订《新诗讲稿》，北京大学出版社，2008，第 167 页。

在中国语境中大家都知道这不是蒙娜丽莎的微笑，而是彼此会心的"拈花微笑"。而这又一次把读者带入一种朦胧的意识中。"她"是谁？是秦淮河还是歌女？作者未曾言明，这个"她"就有了歧义带来的双重的朦胧。呈现一种朦胧得有点颓废的美，恰到好处地氤氲着繁华的余味。"朦胧和羞涩"为下文埋下伏笔，准确地概括了全文要传达的情韵，闲雅而醇厚。比较而言，俞平伯的朦胧是自我的陶醉带来的，而朱自清的朦胧主要是外界环境造成的，内心是无比清醒的状态。他写的是朦胧的环境中清醒的怅惘。虽然他也用了一系列表示朦胧的词语，但这些词语多数是用来描写环境的。他也写感觉，如写对于复成桥的感觉，"明知总在前途的，却常觉得有些虚无缥缈似的"，是一种直接的词语描写。"回顾那渺渺的黄光，不胜依恋之情；我们感到了寂寞"①，又是借助朦胧的灯光来表达那种茫然若失和寂寞的感觉。

俞平伯时时在抒情说理中夹杂着幽默诙谐的问话，因此文风并不纯靠韵律取胜，而是呈现活泼灵动的气质，文章内在的情绪也比较轻松自如。如"至于对榻的那一位先生，自认曾经一度摆脱了纠缠的他，其辩解又在何处？这实在非我所知"，把朱自清称作"对榻的那一位先生"，实在是只有亲近的朋友才这样开玩笑。这一段不但反复使用"不知道"，语气中带着作者对朋友善意的嘲弄，还加入了北京方言"好吗（同嘛，仄声）"突出那种大惊小怪的口气，使文章显得活泛有生机。"他们平常虽不以聪明名家，但今晚却又怪聪明，如洞彻我们的肺肝一样的。"这句话形象表现了生意人的尖酸刻薄和我们遭遇到的尴尬，同时也是在对自己有点过火的抒情进行自我调侃。

朱自清散文的文字整体上是严肃的，即使写景物也那么正襟危坐、凝然肃然。"听着那悠然的间歇的桨声，谁能不被引入他的美梦去呢？只愁梦太多了，这些大小船儿如何载得起呀？"典型的文人抒情，中规中矩。因此，比起来俞平伯来，朱自清少了一份洒脱和从容。

---

① 朱自清：《桨声灯影里的秦淮河》，《朱自清全集》第一卷，江苏教育出版社，1988，第15页。

（三）抑扬顿挫的声韵：刻意与随意

在文学创作上，俞平伯有着自己近乎固执的音乐性追求。俞平伯以为"音乐者，民族精神所寄托，为社会教育之辅导，不仅抒写个人之哀乐而已"①。在俞平伯看来，"整齐的句度，谐调的音绝，以中国言文之特质为背景而自然地发展的，此种情形实诗文所同具"，而"可诵是中国诗之所以为诗的条件，使大家公认它为诗而不至于认错的条件"②。他的这种对文字音乐性的迷恋具体而言有两个源头：一是古体诗词，二是昆曲艺术。俞平伯在文章声韵方面煞费苦心。从文中大量的对偶、排比、叠词运用，到大段文字的大体押韵，再到全篇的节奏控制，都处于恰到好处的状态，显示了俞平伯较为扎实的旧体诗词和骈赋文章功底。他成长于巨儒世家，自幼耳濡目染传统诗词，而在北大期间对《四六法海》和《文选》等骈文的熟读也使他形成了音韵创作思维。俞平伯一生写了大量的旧体诗词，几乎使用过旧体文学中的各种体式，包括律诗、绝句、歌行体、山歌、歌谣、演连珠体、赋等。这些作品都是音乐性极强、读来朗朗上口、听来悦耳动人的。所以朱英诞说："俞是一位高明的文章家，后来又回头以旧诗词消遣其才华。"③ 俞平伯的昆曲艺术爱好也是他追求声韵美的主要原因之一。俞平伯生在昆曲诞生地苏州，他的妻子许宝驯嗓音甜美，精于昆曲演唱。俞平伯本人在北大期间还跟吴梅学习过曲学，他在昆曲学习上投入了极大的精力和时间。他认为自元明以来，我国戏剧"以其兼歌唱、身段、道白诸美，绘影绘声，深入而显出，较其他文艺之感人，盖尤为直捷也"④。20 世纪 30 年代在文学创作和研究之余，他还亲自组织昆曲

---

① 俞平伯：《〈松梅风雨〉观后记》，《俞平伯全集》第四卷，花山文艺出版社，1997，第 567 页。
② 俞平伯：《诗的歌与诵》，《俞平伯全集》第三卷，花山文艺出版社，1997，第 126~127 页。
③ 废名、朱英诞著，陈均编订《新诗讲稿》，北京大学出版社，2008，第 167 页。
④ 俞平伯：《〈华粹深剧作选〉小序》，《俞平伯全集》第四卷，花山文艺出版社，1997，第 587 页。

社团谷音社、写作曲论和剧论、改编并参与排演传统昆曲剧目，在昆曲的保护和传承上做出了巨大的贡献。昆曲也在无形中化入了俞平伯的文学创作里，他曾经亲自依曲牌创作曲词，或自制曲谱填词，也时不时会借鉴曲学的某些特点进行创作。基于上述两种原因，他喜欢用富于声韵美的文字表达自己的思想情感。1918 年他在《白话诗的三大条件》中提出，白话诗创作的第二个条件即"音节务求谐适、却不限定句末用韵"[①]。他的新诗也确实在音节方面得到了大家的一致认可。实际上，对文学语言声韵美的追求不仅是俞平伯个人的看法，也是很多大家考虑过的问题，只不过它更多表现在诗歌的音乐性和可诵性问题上。比如鲁迅连续在两封书信里提到，诗歌必须易记、易懂、易唱、动听、押韵、顺口，徐志摩、闻一多的新格律诗创作追求里就有"音乐美"；臧克家讲究诗歌写作的"精炼、大体整齐、押韵"；戴望舒追求内在的情韵；林庚等提倡的九行体也着意于诗歌的韵律美；而朱自清不但搜集整理过歌谣，还专门写文章谈到过诗歌的朗诵问题。比起这些人来，俞平伯相对较早关注到了这一点，并且在其新诗中刻意保留了古诗词和昆曲的这种美感。

俞平伯的《桨声灯影里的秦淮河》韵散结合，于音韵的抑扬顿挫、节奏的张弛有致和辞藻的繁复华丽中，自成一种气格。文章内在的韵律和节奏随情境的不同而转换，读来缓急相间，类似一支完整的音乐组曲：轻柔舒缓的古琴序曲—骤然一声锣鼓（急）—鼓乐弦吹交响（急）—舒缓的笛声（缓）—快节奏的琵琶声（急）—二胡式的轻柔叙述（柔）—淡远空灵的箫声（缓）收尾。整体上看，俞平伯集中采用了特殊句式、成段押韵、韵散结合、词性活用和辞格套用等手法，形成了参差错落读来朗朗上口的韵律型散文文本。俞平伯的散文既有音乐韵律成分，又适当采用了"衬字"虚词来加强音节的美感，有着对声韵美的诗意追求。如"又早是"一词是衬字，没有多少实际的意

---

① 俞平伯：《白话诗的三大条件》，《俞平伯全集》第三卷，花山文艺出版社，1997，第 502 页。

义，其作用只在音节的圆满上。俞平伯这句诗样的问话，灵活化用了杜牧《阿房宫赋》里的句子"渭流涨腻，弃脂水也"。又比如一连串句子排列起来，既有偶句，又有散句，平仄上也相当讲究，音韵婉转，停顿自然。再如俞平伯散文里经常被引用的一段韵文，其有骈有散，主要押"三江七阳"韵，篇幅本已不短。为了避免同一韵脚过于单调和乏味，在紧接着的后面一段，作者不再押韵，"杨枝绿影下有条华灯璀璨的彩舫在那边停泊。我们那船不禁也依傍短柳的腰肢，欹侧地歇了。游客们的大船，歌女们的艇子，靠着。唱的拉着嗓子；听的歪着头，斜着眼，有的甚至于跳过她们的船头"。以此间隔开两个长句，整段文字有着一气贯之的韵脚，杂以比喻、拟人、排比、重复等，读来酣畅淋漓，气韵生动。这一间隔押韵长达 600 字的文段，文采飞扬，错彩镂金，是青年俞平伯天性中那股缚不住的跳脱和空灵在创作上的自然流露。

除了韵文之外，俞平伯文中其他的句子也采用了排比、反复和错综的修辞手法，增强了语言的韵律美。比如四个"且"字连用，文气酣畅，一气呵成，既有文言雅韵，如在单音节形容词"默""舒"后加"了"使之动词化，又有白话词语，如"情怀""暂且"等，把作者内心对夜游秦淮的向往与情感投入进行了诗意的表现，尽显作者用词之灵活。如今的散文，不知多少人喜欢用这个"且"字，而这样密集地用"且"的，俞平伯是第一个，也是唯一的一个。一组排比，跟着另一组排比，串联起同一环境的动态变化过程和心理的微妙起伏。俞平伯以名词短语并列出现构成的排比再现了声音各异的中国乐器组合成的热闹场面。这段话采用了整齐的口语，字数也大体相同，音节紧凑而有力度，读来悦耳调和。这段文字层层铺排、层层递进，在节奏上有一种紧张之势，形象表现了揽活儿的妓船对人步步紧逼的客观情境。

朱自清也喜欢写音乐和歌声，他的第一篇散文诗就是《歌声》。只是他并不像俞平伯那样刻意营造声韵，他的文字也没有俞平伯那样明显的音韵美。他更擅长的是美术，是色彩的调配和字词的雕琢，从整体氛围上制造出音乐美的外境。他的文章从开头一直到"这时却遇着了难解的纠纷",都是在精雕细刻描写各种外物,不厌其烦地介绍秦淮河的面目。以下三段记叙听歌事件,描写心理变化,发表主观议论,而这些都是由歌妓引起来的。最后一段夹叙夹议,间有描写归途中听见的歌声。王统照在《悼朱佩弦先生》中说朱自清散文"文笔的别致,细腻,字句的讲究,妥贴,与平伯的文字各见所长"①。但俞平伯文只是借游记抒写内心对人生的感悟。歌女也好,夜景也好,对他都是无可无不可的,因为他的内心是自足的,也正是如此,才会形成一种禅悦之美。而他之所以以散文表现夜泛的场景,也不是为描写而描写,而是醉心于自己的文字游戏,陶陶于旧文辞的新式表现,得意于其文学才华的展露。他的创作以自我感受为中心,注重传达一种朦胧的美感,这种自我陶醉的状态可以从心理上获得一种自我满足。在写作过程中,俞平伯充分展现了他的个人情趣和品位。而朱自清的散文在细腻、流畅和诗意方面虽说并不亚于俞平伯,但朱自清扮演的角色是导游,因此他务求描写切实而形象传达出事物的本态。

二　不同风格的根本原因

这两篇同题名作之所以会产生上述不同的艺术效果,缘于两人不同的物我关系处理方法、不同的创作心理和不同的个人气质。

(一) 物我关系:不滞于物与精雕于物

单就写景绘物来说,俞平伯不如朱自清那么用力。以画作比,俞平伯的文字整体上看是一幅巨大的泼墨写意,朱自清的文字则是几组细描的工笔写生。综合起来,他们的游踪中出现的物象包括河水、月亮、灯、船、树、歌妓、声色场。二人对此有着不同程度的描写。朱

---

① 王统照:《悼朱佩弦先生》,《王统照文集》第六卷,山东人民出版社,1984,第217页。

自清是工笔式的精雕细刻，而俞平伯则是素描式的简笔速写，这和他们在写作中不同的物我关系处理方法有关。

俞平伯对文学创作有着"清新俊逸"的美学追求。这种思想集中表现在他为重印《浮生六记》所作的第二篇序言中。在《文学的游离与其独在》中，俞平伯又再次申明了创作是一种心与物之间的追逐，创作总处于一种游离和独在的状态。这是一种不滞于物的洒脱心理。其实早在 1920 年，俞平伯就认识到文学"既不纯是主观，也不纯是客观；是把客观的实相，从主观上映射出来"。文学是一种"人化的自然"，不仅是表现人生，而且是"在人底个性中间，把物观世界混合而射出来底产品"。他深信文学只是"一种混融，只是一种综合，只是一种不生分别"。俞平伯强调说："好的文学好的诗，都是把作者底自我和一切物观界——自然和人生——同化而成的！合拢来，合拢来，才跳出一个活鲜鲜的文学。他后边所隐着的是整个儿的人性，不是仅有些哲学家科学家分析出来底机械知识。"① 正因此，他所看重的是表现那种在特定环境中超言说的个人感受。俞平伯的散文中自有一种超然物外的洒脱。因此，他对灯、月和船等物都是轻轻点染，一笔带过，没有朱自清那么繁复的描写。

朱自清则是浓墨重彩地刻画出了他所看到的一切景物，不厌其烦地详写秦淮河里船的分类、构造和装饰。灯在俞平伯的笔下是"梭织地往来，把河水都皴得微明了"，显然写得较为简单。俞平伯文中说朱自清坚持认为汽油灯远不如微黄的灯火，这一点在朱自清的文字里有更生动的表述："这灯彩实在是最能钩人的东西……从两重玻璃里映出那辐射着的黄黄的散光，反晕出一片朦胧的烟霭；透过这烟霭，在黯黯的水波里，又逗起缕缕的明漪。"② 俞平伯看到的河水有着"胭脂的薄媚"，朱自清写河水却是"冷冷的""碧阴阴的""冷冷地绿着"。查

---

① 俞平伯：《草儿·序》，《俞平伯全集》第三卷，花山文艺出版社，1997，第 527~528 页。
② 朱自清：《桨声灯影里的秦淮河》，《朱自清全集》第一卷，江苏教育出版社，1988，第 7~8 页。

他们游秦淮的日子，正是农历六月十九日，而这天的月亮正是下弦月。俞平伯看到的月亮是"一丸鹅蛋似的月……冉冉地行来，冷冷地照着秦淮"。朱自清却是在"灯光是浑的，月色是清的"的对比中突出天上月色的清净与皎洁。对于女子，朱自清的描写也要多于俞平伯。他努力想要看清船头的歌女，却看不清，只好写听到的歌声，以及最后看到的歌女的衣着。俞平伯没有给歌女特写镜头，他写的不是女子，而是一个整体的印象，这印象综合了历史和现实中的秦淮河歌女，既适用于所见的观感，也符合想象历史中的形貌情状。俞元桂以为："俞作的写景不如朱自清细腻，没有新颖别致的比喻，桨声灯影也不及朱自清那么丰富多姿。他更多写人事，写内心，写感受，语意玄远，不可琢磨。"[1] 形象地说，俞平伯之作是由仙人所赐的飞升彩衣幻化而成，朱自清之作则是笔笔着意的工笔彩画。你无法判断哪一个更好些。但客观而论，前者更有天性中缚不住的情趣在，也更切合于个性化的创作，这是学不来的。后者到底是太老实拘谨，虽然也很精美，但那是技巧加雕琢而成的文字，其写法有规律有程式，是可以学得来的。

（二）创作心理："炫才扬己"与"另辟蹊径"

首先，从创作的背后动机看，俞平伯当年刚刚出版了《红楼梦辩》，文名正盛，正要入职上海大学讲授中国诗歌和小说，又是第一次写现代散文，立意自然要与众不同，独占鳌头。他充分发挥了自己在捕捉微妙感觉和韵律声韵营造方面的特长，把这次游记写成了轻灵活泼、高雅有趣的散文。从全文用词来看，俞平伯在这篇文章的语言使用上是费过苦心的。显然，他想要的效果是不同于古文，也不同于当时的新散文语体的。具体而言，俞平伯采用了两种方法进行语言上的革新。一是将雅化的半文言和现代汉语语体结合。他注重炼字和写意，而且把古汉语的词性活用也运用到了写作中，显得格外灵活自然，有

---

[1] 俞元桂主编《中国现代散文史》，山东文艺出版社，1997，第76页。

一种别样的古雅风韵。俞平伯的散文中出现了很多独有的单音节词语，如"且""默""舒""望""久沉沦的她们""一桁的清光"，再如这些句子"正如水见波痕轻婉已极，与未波时究不相类""一丸鹅蛋似的月，被纤柔的云丝们簇拥上了一碧的遥天""必如此，才会有圆足的醉，圆足的恋，圆足的颓弛，成熟了我们的心田""主心主物的哲思，依我外行人看，实在把事情说得太嫌简单，太嫌容易，太嫌分明了""凄厉而繁的弦索，颤岔而涩的歌喉""凄厉的胡琴声""生涩的，尖脆的调子"等。上述这些单音节词结合着双音节词，虚实结合，表达上简洁而有力，配合着上下文语境呈现古今结合的美学效果。二是使用了很多新鲜的词语，如"萍泛的绮思""绮恨""薄媚""韶华""幽甜""冉冉地行来""心和境的交萦互染"等。这些词语为他的文字增加了一种风流妩媚的情致。为了惹人注意，俞平伯特意使用了两种句式。一是倒装句，如"我们消受得秦淮河上的灯影，当圆月犹皎的仲夏之夜"。二是错综句，如"灯影里的昏黄，和月下灯影里的昏黄原是不相似的，又何况入倦的眼中所见的昏黄呢"。这种层层扩展、语气递进的错综句子，在他后来的散文如《湖楼小撷》等中也频频出现，成为俞平伯散文所独有的句式。相对而言，俞平伯文是朱自清文的前文本，俞平伯文中的词语和修辞也偶然会在朱自清文中出现。如：同是写秦淮河水，俞平伯是"夕阳西下，河上妆成一抹胭脂的薄媚。是被青溪的姊妹们所薰染的吗？还是匀得她们脸上的残脂呢？"朱自清是"秦淮河的水是碧阴阴的；看起来厚而不腻，或者是六朝金粉所凝么？"他们都把河水和秦淮河的歌女的脂粉进行了联想。产生这种相同写法的原因有两种：一是当时同游二人就说过这样的话；二是俞平伯的前文本对朱自清的写作产生了潜在的影响。从创作心理上分析，朱自清在读过俞平伯的作品之后，未免产生创作的心理压力——俞平伯古典文学功底绝非常人所及，如果采用俞平伯那样空灵自如、声情并茂的写法，不但显得步人后尘，毫无创意，而且实在也不是朱自清所擅长的。朱自清深知自己即使下大功夫也难在这方面胜过俞平伯，他扬长避短，避开在声韵和禅韵上的比拼，另辟蹊径，采用了自己惯用的描写手法来突出其个人的创作特点——而"描写"正是俞平伯之作忽略的地方，此即俞平伯说的朱自清文的"精细切实"。朱自清曾写过一篇《论逼真与如画》的文章，表达他对作文中的描写和美术上的作画的看法。他的散文就像是一幅工笔画，作者对船、灯、河水和人都极尽描绘之能，让人感觉如在眼前。这两篇文章同时发表在《东方杂志》上，俞平伯在文末跋语中说：

> 这篇文字在行箧中休息了半年，迟至此日方和诸君相见；因我本和佩弦君有约，故候他文脱稿，方才付印。两篇中所记事迹，似乎稍有些错综，但既非记事的史乘，想读者们不致介意罢。至于把他文放在前面，不依作文之先后为序，也是我的意见：因为他文比较的精细切实，应当使它先见见读者诸君。①

这点说明除了交代清楚二人是相约作文之外，还表明两者所记细节并不完全相同，俞平伯对作品的评判以及对朱自清的谦让之情也有所表现。同时，俞平伯恃才傲物不拘小节，作文以呈才的自得心理也是其跋中之义。为了更清楚地说明问题，我们有必要还原一下这两篇作品的创作过程。1923 年 7 月 28 日到 31 日，俞平伯和朱自清二人结伴进行南京四日游，最后一晚秦淮河夜游之前或者之后两人相约同题作文。俞平伯是初游，一切对他来说是陌生而新鲜的，情绪上带着欣赏的态度。而朱自清是重游，他对秦淮河本来就已经熟悉，没有了那种新鲜感。从写作时间上看，俞平伯在事情过后的月末——具体时间是 1923 年 8 月 22 日——就完成了这篇作品。那时他还带着游玩时候的新鲜感和兴奋感。而朱自清的作品推迟到了 10 月 11 日才完成，有充分的情绪发酵和文辞酝酿时间，加上他那种偏于冷静而理智的个人

---

① 俞平伯：《桨声灯影里的秦淮河·跋》，《东方杂志》1924 年第 2 期。

气质，写起来就显得刻画有余而激情不够，以记叙描写等客观表现为主。这很可能是他看了俞平伯的作品后，意欲写出更美的文字，才着意精雕细刻文中的字词句段。因为追求忠实于事实，他的文字虽也有足够的修辞和辞藻、有形象的比喻和细腻的描写，文字表现上也可说摇曳生姿，但比起俞平伯的散文来，终是少了那种悠长的回味和多样的韵味。

其次，俞平伯对普遍人生的感慨与朱自清较为纯粹的个人遗憾。文学作品的产生和作者创作时的生活情境和心理背景关系密切。俞平伯在文末设想："如回头，河中的繁灯想定是依然。我们却早已走得远，'灯火未阑人散'。"[1] 俞平伯感受到人间清欢的可贵，因此他能够尽情享受美景良辰。即使有点伤感，也是关于宇宙的悲悯与生命的感伤，不是在为一己而悲。同游中他的心理过程比较单一，写作的时候也只是以一种禅思的美学眼光来追想捕捉那夜的感觉，整体上显得悠游自在。朱自清却在文末坦陈"这时我们都有了不足之感，而我的更其浓厚"[2]。朱自清切实感受到了生活中的种种无奈，意欲在有着历史遗迹的秦淮河上重拾当年士人的风流，却又不能放纵自己尽情尽兴地游玩。他的心理经历了"平静—不安—平静—不足—后悔懊恼—幻灭"的过程，比较复杂多变。在朱自清看来，二人都有"不足之感"，只是程度不同而已。但实际上俞平伯和朱自清的不足之感不但程度不同，内容也不尽相同。虽然俞平伯和朱自清二人都是旧式婚姻，但俞平伯的婚姻有青梅竹马的情感基础，又有琴瑟友和的婚后相知，毕竟是幸福的，他满足于小家的温暖和舒适。对于秦淮河上的女性歌声他喜欢却不贪恋，因为他有更好的声乐之乐，对此并不稀罕。他的惆怅来自对人生终极问题的禅学思考。他感慨的是因为不同的人生境遇，歌妓们要以歌为生，男人们要花钱买醉。同为女性，比起那些歌妓来，他

---

① 俞平伯：《桨声灯影里的秦淮河》，《俞平伯全集》第二卷，花山文艺出版社，1997，第 28 页。

② 朱自清：《桨声灯影里的秦淮河》，《朱自清选集》第一卷，江苏教育出版社，1988，第 115 页。

的妻子是幸运和幸福的；同为男子，比起那些无爱的婚姻来，尤其是和同游的朱自清比较起来，他也是幸运和幸福的。同样是人，为何却又有完全不同的遭遇。美景之下，却尽有不如意的人和事。这样的美景良辰，为何不能人人都来享用，为何不是日日夜夜都有，那种自我的陶醉为何不能长存。过后的追忆即使美好，却也不能还原当时的感觉。时光不可追，故我不可寻。人间万物处于永远的变动中，这就是佛禅思想中的无常。他那种没来由的落寞不一定与五四落潮有什么直接的关联，而主要是来自这种心理暗示。但毕竟这次同游给他带来了美的享受，他不能唯心地说此游不快，于是在回首灯火阑珊处之时，他无所谓喜欢或忧愁。因此，俞平伯的不足之感不仅仅是那晚没有听歌的不足，而是为他人、为人间难得美满的不足。

而朱自清则不同，他的"不足之感"是很切实的对歌声的渴望，是对游玩没有尽兴的遗憾，并没有过多其他的成分。他的旧式婚姻虽然也还美满，但毕竟没有婚前恋爱的过程，而且他的家庭中有并不愉快的因素，这些都妨碍着婚姻的质量。他的心理比俞平伯复杂得多，整个游历过程中，在面对异性的诱惑时，他经历了本我、自我和超我的几个阶段，前后和内外表现都有不同，虽抱着畅游一番的心意，却在理智的制约下失去了游玩的快意。他一方面有着现代社会知识青年那种婚姻恋爱自主的意识和古代社会中才子佳人的梦想，另一方面又怀着对家中妻子的不满和由此带来的愧疚，在追摹晚明士人那种声色之娱的同时，又为自身道德上的这种污点而感到羞愧。他的思想活动从自我的角度考虑更多，是"叹人间，美中不足今方信，纵然是齐眉举案，到底意难平"心理的真实表现。但他本着忠实于自己的原则，在事过之后，仍旧如实地以文字坦承了自己心底的真实活动，是现代知识分子在新旧过渡之时，在情与理之间挣扎难决的典型表现。这种忠实和坦诚的写作态度，多少遮掩了作品因用力雕刻带来的繁复之病。

（三）个人气质：疏狂不羁与循规蹈矩

从个人气质上看，俞平伯是洒脱的名士派，朱自清是拘谨的老夫子。俞平伯的文章没有刻板的章法，在行文中，他随时会插入一句问话来调节一下气氛。这种姿态是朱自清学不来的。五四时期的俞平伯力主解开束缚，解放个性。他的小说《花匠》就表达了"摒弃矫揉造作"，解放个性的思想。他以为"做诗只说自己底话，不是鹦哥儿般学嘴学舌"，"如果但取形式，忘了形式后边底精神，那么辗转摹仿，社会上就万不会有新东西了"。"一切派别主义都是个性自由创造底结果。""可以给我们摹仿的，只是一种特立独行的精神态度。"① 因此，在他的诗文创作中，自我得到了释放并最终得以超脱，道德不再是他衡量个人善恶的标准，故而坦然、轻松，且无拘束。在其诗《迷途的鸟底赞颂》中，对于诸苦缠绕的人生，俞平伯开出的药方是"爱"，他试图以爱来化解世间一切的不幸。因此，他对歌妓拒绝得很坚决，因为他觉得尊重就是对歌女们的爱。他看似疏狂不羁、洒脱自在，但其所注目的不仅是个人有限的清欢，而且是世间人生与宇宙的终极问题。这使得其文章从内而外发出一声不喜不悲却又惘然若失的感叹。朱自清曾作长诗《毁灭》，于颓废中挣扎出一种积极的刹那主义生活态度来。他的胸怀中有社会、有天下、有民众，却唯独扭曲了自己以达到他者的评判标准。他要步步脚踏实地，这脚踏实地的想法很切实，切实到如何度过眼前的每一刻。面对歌妓，他内心的一番挣扎在辩解的过程中表现了出来。真实的他用了种种借口想要享受这片刻的满足带来的欢乐，而另一个戴着面具的他却又阻止了这种行为——因为这有碍于他理想的正人君子形象——他毕竟有着超出一般民众的精神优越感。在他律和自律中，朱自清最后没有让那个本我跳出来，而是听任了超我的选择，这也是他一直抱有不足之感的原因。

---

① 俞平伯：《草儿·序》，《俞平伯全集》第三卷，花山文艺出版社，1997，第 528 页。

结　语

　　同题现代散文《桨声灯影里的秦淮河》为尚处于探索期的中国现代游记散文提供了垂范后世的文本典范。俞平伯虚实结合的文章将叙述、抒情和议论恰当地糅合在一起，文章更多呈现一种古风古韵。朱自清纪实性的文章更多倾向于叙述和描写，其句法修辞、语言运用等方面有鲜明的国语欧化倾向。这两篇中国现代记游散文各美其美，互相映衬，仿佛两株根植于秦淮河畔的生花杂树。互文对比视角下，俞平伯对无常风景和天地万物的禅意参悟、对声色之娱的超然情态和对文章外在词采的追求体现了他大写意的现代名士风；朱自清对身边具体事物的匠心雕琢、对俗世欢娱的矛盾态度、对正统文章写实原则的遵循尽显其为人师者的严格自律。两人不同的创作心理、不同的精神气质和不同的行文风格造就了迥然不同的同题散文。

迈克尔·翁达杰《英国病人》中的意象建构

郭宏月*

摘　要：迈克尔·翁达杰是加拿大当代最具影响力的作家之一。《英国病人》是翁达杰在 1992 年发表的作品，在作品中翁达杰将重点聚焦在战争中的一隅，巧妙运用意象手法，将作品中的事物进行建构，表达了翁达杰对社会环境、战争、生存等的关注，同时，也描绘了未来人类生存的美好愿景。本文力图分析《英国病人》中的自然意象与空间意象，并通过作品中的意象分析作者所建构的未来人类生存图景。

关键词：迈克尔·翁达杰　《英国病人》　意象分析

迈克尔·翁达杰（Michael Ondaatje，1943—?）出生于英国前殖民地斯里兰卡的一个富有的农场主家庭，翁达杰的父亲是殖民者的后代。翁达杰善于观察生活，他将自己对生活的观察融入小说创作中，并以此来观照社会现实。《英国病人》是翁达杰在 1992 年发表的作品，本文力图通过分析《英国病人》这部作品中的自然意象与空间意象，对作品进行整体解读，深挖意象背后的叙述故事。

---

* 作者简介：郭宏月，哈尔滨音乐学院艺术学系教师，研究方向为西方文学与艺术理论。

一 《英国病人》中的自然意象

大自然中的万事万物包括气象、地质、水文等自然景观，而自然意象是指融入了作者的思想情感，在作品中具有特殊意义的自然事物。在《英国病人》这部作品中，自然意象集中表现为火意象和水意象。

（一）火：毁灭与绝望

火作为人类最古老的使用工具之一，是人类文明发展与进步的标志。火本身蕴含着多样的含义，有正面意义，也有负面意义。在《英国病人》这部作品中共有一百多处提到"火"，其中提及最多的是战火，而战火的意蕴多是负面的（战火的延伸），"火"在这里是具有毁灭力量的存在。

作品中意大利的圣吉罗拉莫别墅是一个备受战争蹂躏之地，"士兵们在离开别墅前放了一把火，将楼梯下面的台阶烧没"①。被战火烧毁的别墅是古老文明的象征，是多年来历史文化的积淀。战争的火焰使历史文明遭到破坏，致使圣吉罗拉莫别墅变成了残缺的建筑。"死牛。被打死的吃掉一半的马，还有桥上倒挂的人。"② 整个城市都是死人的味道，到处都充满着凄凉、伤痛、恐怖。战火带来的这种摧毁不仅发生在人群密集的城市，同样也发生在人烟稀少的沙漠。沙漠是一个远离是非、不与世界有交集的边缘地带。在这里人们可以肆无忌惮地追求一切，但这是天堂（指沙漠）燃起战火的时代。"沙漠，一望无际、渺无人烟的地球一隅沦为战场。"③ 人们开始在沙漠中追逐，沙漠成为战争双方争夺之地，无人之所变成了伤痛之地。

---

① 〔加〕迈克尔·翁达杰：《英国病人》，丁骏译，人民文学出版社，2012，第13页。
② 〔加〕迈克尔·翁达杰：《英国病人》，丁骏译，人民文学出版社，2012，第27页。
③ 〔加〕迈克尔·翁达杰：《英国病人》，丁骏译，人民文学出版社，2012，第134页。

英国病人是一个研究专家，他无所不知、无所不晓，却同样难逃战火所带来的厄运，他在战争中变成了一个头上的皮帽盔吐着火舌，被火烧焦的、没有相貌与姓名的人。大火彻底改变了他的人生，就连他的爱情也一样在大火中埋葬——凯瑟琳在大火中受伤，最终离开了这个世界。即使英国病人的肉体还在，却虽生犹死。城市中人们如鬼魂一样游走在街道上，这是一个因为战争而没有灵魂的时代。"帕特里克是烧伤了，受了伤，他的部队扔下他不管。"① 汉娜的父亲帕特里克，这个可爱的人，也在战争的大火中丧生。他的死也同时熄灭了汉娜的信仰。患有战时疲劳症的汉娜，也随着父亲的离去，失去了精神支柱。战火是这部作品中无处不在的火焰，灼烧着主人公的肉体与灵魂，摧毁着人类的生命与情感，人性中的情感诉求变成了战火的牺牲品。作品将对于爱情、亲情、友情的探讨放置在战火纷飞的年代，在这一背景下，战火就像不能驱逐的恶魔般缠绕在所有人的身边。

火意象是一种有形与无形的结合，作品将战火对于国家与个人的摧毁表现得淋漓尽致。战火将个人的精神世界顷刻间摧毁，传递了作者对于战争给人类带来灾难的深刻思考，以及对于"火"所带来的灾难的反抗。

（二）水：洗涤与希望

"水"润物于无声之间，自古以来就与人类的社会生活密切相关。它不仅孕育着人类，也滋养着万事万物。伊利亚德说："水象征着第一实体，各种形式起源于它。"② 他认为水是世界的本源，一切都起源于水，最终也都会回归于水。旧的事物或者是观念被消除，在沐浴中重获新的生命。《周礼·春官》之中就记载了"被除衅浴"的风俗，女

---

① 〔加〕迈克尔·翁达杰：《英国病人》，丁骏译，人民文学出版社，2012，第 290 页。
② 〔美〕米尔恰·伊利亚德：《神圣的存在——比较宗教的范型》，晏克佳、姚蓓琴译，广西师范大学出版社，2008，第 178 页。

巫在河边祭祀，用祭祀之水沐浴身体，被除身心的不祥。水的意象延伸至精神的层面，具有了精神世界里的净化作用。泰勒说："从字义上的净化逐渐向象征性的净化的演变，从消除早期物质上被认为的不洁，逐渐向使自己摆脱看不见的、精神的，最后是道德性的邪恶的演变。"① 泰勒认为水的象征性从清除物质上的不洁净向精神上的净化作用延伸，水的功能性作用使人们摆脱精神上的困扰，从道德上的、精神上的困扰中解脱出来。因此，从物质净化引申到精神净化，水不仅可以清理附着的脏乱之物，还可以净化心灵获得新的收获。

《英国病人》这部作品中，提到水的地方有两百多处。这些描写不仅包括对水的渴望，也包括用水做修饰的表述。沙漠是英国病人艾尔麦西及其考察团成员长期探索的地方，是克利夫顿寻找扎苏拉绿洲的地方。在这个河床干涸、树木枯萎的地方，每个人都只交易香料和水。"问一个水手最古老的风帆是什么样的，他会说是那种挂在芦苇舟桅杆上的，形状是不规则四边形，在努比亚的岩石壁画上能看到。尚未建立王朝的时代，沙漠中还能找到鱼叉。""今日的沙漠，水成了陌生人。水是被放逐者，是出没于你手边唇角的幽灵。"② 水是沙漠中最需要的物质，是人们苦苦追寻的东西。作者将商队比喻成一条河流，在沙漠中蜿蜒前行，暗含着人们对水的渴求。在古老的过去，沙漠曾经是一片汪洋大海，那时的水是最充足的。但随着时间的流逝，这片大海变成了一片沙漠，最为富足的水变成了最难以满足的需要。既表达了这里的人们对水的期盼与崇拜，同时这种渴望也意味其在现实生活中的缺失。人们看似是在赞美水，实则是在表达自己对于美好生命的向往。

在圣吉罗拉莫别墅中只能依靠喷水池的水来维持生活，"整个别墅里唯一有活水的地方是这个喷水池"③。盟军为了逼迫主人公离开，在

---

① 〔英〕泰勒：《原始文化》，连树声译，广西师范大学出版社，2005，第740页。
② 〔加〕迈克尔·翁达杰：《英国病人》，丁骏译，人民文学出版社，2012，第18页。
③ 〔加〕迈克尔·翁达杰：《英国病人》，丁骏译，人民文学出版社，2012，第31页。

离开战场之时切断了水的来源。处于别墅内的主人公同样缺少水的滋养，这不仅仅是指人物肉体的需要，也包括人物精神的需要。他们看似是健康的人，却满身病痛，身心俱疲。他们的心灵与身体一样急需水的滋养，以维持自己的生命并且丰满自己的精神，让自己变成一个拥有健全人格的完整的人。"汉娜最大的愿望是有一条河，他们可以一起在河里游泳。"① 汉娜给艾尔麦西念书，"他倾听着，像喝水般咽下她吐出的每一个字"②，这些文字滋养并维持着他的生命。翁达杰对水的描写十分细腻，这种描述性的话语在作品中非常多，这不仅表现出人物对于"水"的渴望与需求，也表现出人物在精神上对于水的渴望与需求。生命状态的危机与精神的渴求，真实地展现了水意象在作品中起到的引领作用。翁达杰将人物的生存处境与精神危机通过水意象展现在读者面前，使读者体会到人物的情感。

二 《英国病人》中的空间意象

空间是与时间相对的存在，对文学而言，作者运用空间意象拓宽了文学作品中的维度，成为沟通作家、作品与读者的桥梁。文学空间意象的使用使作品中的空间与作品中的人物和内容连接得更加紧密，使作品的主题更加突出。"一部优秀的文学作品，其空间的营构通常都具有十分强烈的象征意味和隐喻功能。"③ 这就使文学空间具有了"象"的特质，使研究对象有了深层次的特殊含义，也就变成了空间意象。

在《英国病人》这部作品中，翁达杰共创造了两个文学空间：一个是圣吉罗拉莫别墅；一个是努比亚沙漠。姚媛说道："They are spaces

---

① 〔加〕迈克尔·翁达杰：《英国病人》，丁骏译，人民文学出版社，2012，第 128 页。
② 〔加〕迈克尔·翁达杰：《英国病人》，丁骏译，人民文学出版社，2012，第 5 页。
③ 孙树勇：《〈红楼梦〉空间意象研究》，博士学位论文，哈尔滨师范大学，2017。

away from the society and the war. "① 在两个空间中，第一个空间是作品人物的活动场所，是作品中的现实场景；第二个空间是艾尔麦西通过回忆展现出来的想象空间，这是一个远离人类、处于世界边缘的地方，一个没有偏见与歧视、人人和谐共处的地方，极具理想化色彩。

（一）别墅：治愈之所

圣吉罗拉莫别墅最初是盟军的军事医院，但随着时间的迁移，这里渐渐变成了一个废弃之地。现在只剩下残败的阶梯、烧毁的书籍、破旧的房间。这个往日富丽堂皇的建筑物瞬间变了模样，只剩下断壁残垣。作为一座古代建筑，它不仅仅是人类物质财富的象征，还是人类精神财富的象征。战争摧毁的建筑可以通过修复还原，但是人类的精神财富是无法修复的，这是一种无形的创伤，一旦破坏就很难修复。"圣吉罗拉莫别墅是为了保护凡人不受邪恶的侵犯才建造的。"② 作者将人物置于别墅中，给人物以保护及治愈。建造这座别墅的本意就是为了保护人，所以作者将四位主人公巧妙地安置在别墅之中。他们看似健康快乐，却都是在战争中迷茫、痛苦、丢失自我的遍体鳞伤的个体。别墅作为一个开放性的空间，不受任何限制，四位主人公可以在别墅中寻找生存的答案。这座烛光微暗的废弃别墅里住着四个远离尘世喧嚣的人，他们完全遁形在荒废的建筑之中，外界找不到任何关于他们的足迹。

处于别墅中的四位主人公，彼此之间互相关心、互相帮助。在汉娜的眼中，英国病人就是绝望中的圣人，给予她的人生以指引。"照料一个烧伤的男人，在喷水池里洗床单，一个画得像花园的房间。这是走出战争的方式。"③ 汉娜在照顾英国病人的过程中，找到了一种安稳的感觉，重新找回了生活的希望。在别墅里汉娜的创伤得到了治愈，

---

① 姚媛：《身份与第三空间：迈克尔·昂达奇作品主题研究》，南京大学出版社，2011，第122页。
② 〔加〕迈克尔·翁达杰：《英国病人》，丁骏译，人民文学出版社，2012，第40页。
③ 〔加〕迈克尔·翁达杰：《英国病人》，丁骏译，人民文学出版社，2012，第31页。

心灵中的绝望也得到了疗养，对生活的绝望变成了新的希望。英国病人在大火中丢失了身份，变成了一个没有国家、没有民族的陌生人。其身份的丢失一方面是外在身份的丢失，包括外在的面貌和个人信息等不能辨认出个人身份；另一方面是内在身份的丢失，是自我放弃身份的选择。大火将英国病人烧得焦黑，完全不能分辨出他是谁。虽然大火将他烧得面目全非，但是他还可以发出声音，有一定的表达与沟通能力。面对这种处境，英国病人选择了放弃，选择了自我遗忘，选择了沉默，他所剩下的只是一副躯壳。而在别墅的生活中，他每天都在关注汉娜的变化，让汉娜读书给他听，帮助汉娜走出战争的阴影。在他们的互相帮助下，他慢慢地回忆起过去，找回自己丢失的人生，并且与大家一起分享在沙漠之中的故事，揭开那些不为人知的事实，消除彼此之间的猜疑。

在一次行动中卡拉瓦乔丢失了两根手指，只能依靠吗啡来缓解身体的疼痛。他在医院中得知汉娜的消息，便悄悄闯入别墅。他善于观察，时刻保持警惕，观察身边发生的一切，并且留意汉娜的一举一动。在这个与他年龄差距较大的女孩身上，他看到了希望，看到了他与这个世界的联系，找回了失去的生活。除了对汉娜的喜欢之外，可以感受到他对于过去那种自由自在的生活的渴望，汉娜让他找到了继续生活的勇气。辛格为了战后扫雷工作来到这里，刚开始的时候他和大家的生活方式与习惯不同（他有自己的吃饭习惯），很难融入集体。随着时间的推移，慢慢地大家开始接受他的习惯。他与英国病人交朋友，聊战争中的武器与设备、聊炸弹的组成。他与汉娜恋爱，在恋爱中慢慢放松下来，甚至喜欢上这里。在别墅中他们的生活是温馨的、快乐的，彼此之间处于一种平衡的状态。"一个喂我吗啡，一个喂我浓缩牛奶，我们也许发现了一种平衡餐。"① 在这种平衡中他们找到了彼此存在的价值和意义，治愈着彼此之间的伤痛，他们让大家看到

---

① 〔加〕迈克尔·翁达杰：《英国病人》，丁骏译，人民文学出版社，2012，第 177 页。

了生活的希望。

别墅作为一个象征性空间，构成了一个小型的社会。在别墅的空间中，主人公通过建筑、雕塑、书籍等来丰富精神世界、促进心灵沟通，这里的一切变成了一种无声的话语形式。书籍填补了生活的空缺，疗养了心灵的创伤。他们在这里治愈彼此的同时，也治愈着自己。这个废弃的别墅成了小说主人公的精神家园。他们身处别墅之中，所有的思想变化都在这里完成，他们寻找彼此身后的故事，从而找寻到真实的自己。"仿佛房间终于走出了战争，不再是什么战区或者领地了"①，而是回归到了平常的模样。处于别墅中的四位主人公不仅仅是打破了界线的阻隔，还在别墅中彼此互相治愈，疗养心灵的创伤。在这里，汉娜是自由的、不受压迫和控制的；辛格是放松的；卡拉瓦乔是活泼的；英国病人是"活"着的。

（二）沙漠：理想之地

与别墅相对的另一个空间意象是沙漠，它在作品中共出现了一百五十多次。如果别墅是一个现实的生存空间，那么沙漠就是一个想象中的空间。利比沙漠地处北非北部，覆盖面积广，人烟稀少，天气炎热，缺少水资源。作品中对于沙漠的介绍主要来自英国病人的回忆，通过回忆慢慢揭开沙漠空间的神秘面纱。这个处于想象空间的沙漠，是沙漠狂英国病人花费十年时间的探索之地。这里不仅是他的人生追求地，还是他的爱情所在地。沙漠是一个没有边界的地方，"在沙漠里很容易丧失界限感"②。丧失界限也就是没有限制与束缚，沙漠也就变成了一个乌托邦式的理想之地，在这里可以远离世俗的纷扰，忘记世界的黑暗。

"沙漠里只有上帝，沙漠之外只有商业和权力、金钱与战争。经济

---

① 〔加〕迈克尔·翁达杰：《英国病人》，丁骏译，人民文学出版社，2012，第220页。
② 〔加〕迈克尔·翁达杰：《英国病人》，丁骏译，人民文学出版社，2012，第18页。

和军事的暴君决定着世界的面目。"① 沙漠是人类的天堂，这里没有权力与商业、没有战争与金钱、没有政治权利的争夺。这里有绿洲、有人类的历史、有人类的文明。"他们在沙漠中寻找失落的绿洲。""空旷的沙漠中往往埋藏着失落的历史，传说沙漠的腹地隐藏着肥沃的土地。"② 只有在沙漠之中才可以找寻到人类丢失的文明与历史，才能看到生活的希望。这些丢失的文明正是现代社会中所缺少的部分，作者正是通过这样的方式来表达对于理想之地的追求的。

沙漠中有人类丢失了的历史文明，也有足够的自由空间，这里没有阶级的分层、没有民族的歧视、没有殖民地的黑暗。沙漠中的一切都不曾留下丝毫痕迹，这里的人名、这里的商队、这里的文明，一切都追随着风沙四处飘摇，永远不会被束缚。正因如此，这里才会被冠以信仰之名，成为信仰之地，只有在沙漠之中才能清除一切界限，回归到人类的最初状态。沙漠是一个纯净之地，在这里可以包容一切；沙漠是一个理想之地，在这里可以没有界限；沙漠是一个信仰之地，在这里可以找寻到人类生存的根基。

英国病人直言："我最大的欲望就是留在那里，留在那些绿洲之间。"③ 在这个没有边界的空间世界，一切都是无形的，人们可以在这里创造出任何想要的事物，创造自己的世界、自己的国家，制定自己理性的社会秩序与规律，探索世界上的未知。他们在沙漠中寻找丢失的绿洲，就如同寻找世界所丢失的精神文明，不曾放弃过努力。而对绿洲扎苏拉的追求就是对新世界、新未来的不放弃，他们坚信扎苏拉的存在，新的世界终将会到来。乌托邦式的沙漠是人类的向往，是人们生存的地方。所以"克里夫顿对于沙漠怀有某种感情，敬畏之情"。这种敬畏之情是对沙漠的纯洁及不受世俗打扰的圣地的崇拜。沙漠是

---

① 〔加〕迈克尔·翁达杰：《英国病人》，丁骏译，人民文学出版社，2012，第 246 页。
② 〔加〕迈克尔·翁达杰：《英国病人》，丁骏译，人民文学出版社，2012，第 135～136 页。
③ 〔加〕迈克尔·翁达杰：《英国病人》，丁骏译，人民文学出版社，2012，第 141 页。

翁达杰为人类社会想象出来的理想之地。

亨利·列斐伏尔认为："空间从不空洞，它通常具有意义。"[1] 翁达杰在《英国病人》中塑造的两个空间，寄托着作者的思想情感。别墅是人类创造的现实空间，是人类物质财富与精神文明的象征物。翁达杰选取别墅这个物质空间作为战争中的治愈之所，疗养主人公在战争中受到的伤害，同时为未来的人类社会发展提供了一个新的相处模式，开辟了一条新的道路。沙漠是一个完整的自然空间，它是大自然馈赠给人类的礼物，也是人类历史文明的积淀，是不受人类侵害的理想天堂，是人类栖息的希望之地。翁达杰通过回忆的形式来展现这个虚构的空间，为沙漠增添了一层神秘的面纱。

三 《英国病人》中的意象建构

翁达杰在创作时灵活地运用意象，使其作品生动、形象、富有深意，构建了人类新的发展空间。翁达杰将个人经历融入作品中，将历史与虚构的界限抹平，同时将意象的触角探入社会深处。他作品中的意象具有自身的建构张力，翁达杰发挥丰富的想象力拓宽了作品的表现空间。同时，翁达杰作品中的意象具有一定的话语权和叙述力，对人物及事物的塑造有着重要的作用。

（一）意象的叙述建构

翁达杰的作品运用意象来阐述观点，使小说的主干发生蔓延，他将自己的思想隐藏在意象之中，使作品中的事物与人物存在叙述性。这是翁达杰所特有的表达方式，使意象起到填补作品叙述空白的作用，延伸了作品的广度和深度。别墅虽然只是一座普通的建筑，一片战争年代的

---

① Henri Lefebvre, *The Production of Space*, Translated by Donald Nicholson-Smith, London: Black-well, 1991: 154.

废墟，但翁达杰却要着重描写刻画，讲述别墅的故事，其实他是在讲述历史的发展，运用隐喻的表达方式展示历史的重要性；别墅中事物众多，但翁达杰却要着重介绍书籍，他是在强调阅读的重要性，想通过意象的叙述来提醒世人战争终将过去，美好的生活仍然是不变的追求。

作品中的水意象与火意象、空间意象与自然意象均与战争有着千丝万缕的联系。作品中的自然意象与空间意象将痛苦的根源指向战争，作者借意象叙述其所关注的社会边缘人的生存问题。翁达杰通过意象来展现时代背景下人与物的尴尬处境，但作者并未将所有的注意力置于对人物外在的观察，其意象的动态描述具有指向性，这些意象表达了作者对于人类未来的期待，翁达杰通过意象的建构描绘了未来人类生存的图景。

（二）意象的现实建构

在《英国病人》这部作品中，读者感受最多的莫过于残缺。整部作品就是残缺的存在，从家庭的残缺到社会的残缺，从现代世界的残缺到未来世界的残缺，整个世界都是缺失的。作品中展现的意象的不完整，恰恰是现实生活的呈现。

水意象在作品中被提到的次数最多，作为生命延续的必须物质，水却是作品中最为缺少的部分。主人公一直在追寻水的脚步，也就是追随着生命的轨迹。圣吉罗拉莫别墅是荒废的建筑，人类文明多年的积累在这个时代却如此残破不堪。房屋建造的本意是为人的生存遮风挡雨，但现的房屋却是不完整的。在残缺的房屋之中，人的生命时刻都会受到外来事物的侵袭。而沙漠作为一个边缘的空间，正如上文所提到的，是一个远离世俗世界的理想之地，但是仍不能逃脱战火的侵扰，同样难逃残缺的命运，沙漠丢失了应有的安宁。并且人物意象的身心也同样是缺失的、不完整的。

意象的残缺是作者对于这个世界的真实感受，翁达杰将残缺的意象真实地叙述出来，表现出其对于世界的现实解读。他将世界的真实面貌客观地凝聚在意象之上。翁达杰所创作的意象虽然残缺，但没有夸大的悲伤，只是言简意赅地讲述客观事实，使作品中的意象真实且具有说服力。翁达杰透过意象表达了其对时代的关注、对人类生存的思考。就是在这样一个残缺的、不完整的世界之中，作者试图为人类社会的生存寻找到一条出路。

在文段的开始，沙漠只是一个普通的地方，小说讲述了人们在那里的生活。沙漠虽只是一个回忆中的地方，小说却无处不在地表达了作者对沙漠的向往。这个理想之地不仅仅是英国病人所追求的地方，也是普通人所依赖的地方，这是一个拥有过去与未来的地方，这里寄托着作者对安定生活的向往。同时，沙漠也是被人类破坏了的"天堂"，对战争与利益的追逐打破了沙漠的宁静，吞噬摧毁了沙漠的一切。作者笔下的沙漠都在承受战火的摧残，这表达了作者对战争的控诉与愤怒以及对和平的诉求与渴望。与沙漠相对的别墅空间，是一个现实的居住处所，四位主人公居住在这里。这里充满残缺的书籍、破乱的壁画，一切都是残缺的，都是不完整的。而恰恰是这个不完整的地方，治愈了主人公的精神创伤，帮助作者找寻到了人生答案。这座别墅原本是一座教堂，是人民的信仰之地，作者之所以会将人物放置在这个空间来叙述，是为了展现人物对精神世界的探索。小说中也有着对书籍的描述，在图书馆里，汉娜反复阅读书籍，这些书籍成为汉娜与英国病人的精神寄托。如果书是她的一半世界，那么别墅就是她的整个世界。她试图用自己的力量来修复别墅，用书籍来修复阶梯，这展现了作者对于未来的无限期望与憧憬。

（三）意象的想象建构

海登·怀特曾说："多数历史片段可以用许多不同的方法来编织故事，以便提供关于事件的不同解释和赋予事件不同的意义。"[①] 翁达杰

---

① 转引自王先霈、王又平主编《文学理论批评术语汇释》，高等教育出版社，2006，第722～723页。

运用这种创作方式，以第二次世界大战后期作为背景构建了想象中的世界。他使故事的情节既与历史相吻合，也符合作者的创作思想。在翁达杰的作品中，既能够看到翁达杰的影子，又能够看到翁达杰对于生存问题的思考，读者既能够感知到作者的存在，也能够感受到作者对于历史的关注。同时，作品中又有一种不真实的色彩存在。

作品中的乌托邦之地沙漠以及发生在沙漠中的故事是通过英国病人的想象来展现的，但这并不是一个现实的生活场景，这就使得我们对沙漠的存在产生了疑问，于是这个沙漠也就不一定是真实的。其实这个场景是作者结合沙漠的真实情况及自己的想象力所创造出来的。翁达杰在描写沙漠的时候查阅了大量关于沙漠的资料，为沙漠空间的创作储备知识。作品中的英国病人堪称一位完美的人物，他不仅知识丰富，阅历也同样丰富。他在沙漠中的经历可以称得上是传奇，不仅仅卡拉瓦乔对于他的经历好奇，读者也对他的经历产生了无限幻想。他在沙漠中的经历，带有传奇色彩。作者发挥想象使艾尔麦西变成了一个身体严重烧伤的、躺在床上不能移动的病人，一个可以听见世界、看见世界，却不愿与世界交流的人，他的存在为另一个叙述空间的出现做了铺垫。他是与沙漠空间相对应的人物意象，作者的想象力不仅仅表现在作品的意象上，也表现在作品的名字上。"英国病人"是大家根据其外貌猜测想象出来的，但事实上并不是。这种想象力不仅为读者提供了足够的想象空间，也为作者的表达提供了足够的可能。

翁达杰以诗人的身份步入文坛，在诗歌创作方面付出了极大的努力，创作出很多诗集。翁达杰的诗歌创作经历为其小说创作提供了另一个可能，使其小说中的意象带有独特性。翁达杰小说中的意象突破了历史与虚构的界限，使小说在真实的基础上增加了一层神秘的面纱。

在作品中，翁达杰提到"唯一存活的方法是把一切都挖出来"。《英国病人》这部作品就是在挖掘历史，反思当下。思考战争给社会底层人类的生存所带来的重创。在时代的快速发展下，文化共存已是必然，而关于如何共存，翁达杰在书中给出了答案。别墅中的和平相处就是最好的模范，互相包容，互相理解。作品中运用意象重新构建出现在与未来，重新展现出边缘人的生活状态，也展现了翁达杰文学创作的特点：多主题的表达，无完整的故事结局，留下足够的想象空间给读者。将世界融于作品之中，在作品之中留下一个新的世界。

兔显神威：《说文解字》涵摄兔
文化底蕴掇遗*

黄交军　李国英**

　　摘　要：兔古为"五牲""六兽"之一，对人类影响甚巨，其生成建构了一个含义繁博、异彩纷呈的兔类字词集合，而汉字体系是特殊形态的文化思想史料、永葆青春的民族文化根脉，极具研究价值。《说文解字》乃中国甚至世界上的第一部字典，可据此解译华夏史前文化，故本文以《说文解字》兔类字为研究中心，从适者生存、饮食审美、泛灵崇拜诸层面系统审视早期中国兔文化底蕴，证实兔对中华先民具有积极向上的生命启迪，为"舌尖上的中国"赢得赞誉。受泛灵论的影响，兔与月合二为一，成为月亮的象征灵兽，并诞生月兔神话传说，早期中国的月兔文化影响更是波及海外，兔可谓古代中国汉字文化圈、陆海丝绸之路文化传播的文明使者。本文通过文字考古，证实了华夏为驯兔的最早国度之一，有力地澄清了欧

---

*　基金项目：国家社科基金西部项目"西南地区少数民族媒体语言生活调查研究"（18CYY020）；贵州省哲学社会科学规划课题"语言类型学视阈下贵阳方言声调的实验研究"（20GZZD42）；贵州省教育厅高校人文社会科学研究项目"文化人类学视野下的身份困惑与民族秘史——话说贵州穿青族的前世今生"（2016ZC011）；贵阳学院院级项目立项资助课题"《说文解字》与中国先民生态文化研究"（10976200903）。

**　作者简介：黄交军，贵阳学院文化传媒学院讲师，博士，研究方向为文字训诂、汉字文化学和认知语言学；李国英，贵阳市青岩贵璜中学二级教师，硕士，研究方向为功能语言学。

美学界关于驯兔起源于欧洲的误区。兔及兔文化对实现中国梦贡献不可小觑,如西南地区贵州存在大量以兔为代表的生肖地名,寄寓着人们期盼六畜兴旺、物阜民康的期望,对今日推进乡村振兴、文化旅游极具现实意义。

关键词:《说文解字》　兔文化　适者生存　月兔传说

引　言

"金乌飞绛阙,玉兔弄精神。"(北宋宋太宗《逍遥咏》其一二)①兔作为一种人们喜闻乐见的可爱萌宠,在汉语系统中是一个美好吉祥的字眼,并因古灵精怪被列入极具民族特色的十二生肖(高居第四位),与人类属相命运紧密相连。甲骨文中已载"兔"字,系典型的象形造字,"𡊅(兔),兽名。象踞,后其尾形。兔头与兔(chuò)头同。凡兔之属皆从兔"(《说文·兔部》)②。汉语汉字属于一种以形、音、义为核心的表意文字体系,其所传达的概念及其体系并不是对客观世界摄影式的纯客观描绘,而是真实反映了中华民族对客观世界的主观认识和感受,同时又受当时的物质生存条件及社会文化背景制约,故汉字所传达的概念实为汉民族独特的世界观的反映。③汉字历经五千载岁月洗礼仍屹立如新,堪称华夏各族从未间断的民族历史的见证者、参与者、布道者,世界著名科学技术史专家李约瑟即强调"单音的象形文字的发明对中国起着一个强大的维系作用"④,而《说文》作为中国乃至世界有史以来的首部字典,"诸多字词镌刻携带着亘古以来中华

---

① 林鲤主编《中国皇帝全书》(三)《宋太宗诗文选》,九州图书出版社,1997,第1984页。
② (汉)许慎:《说文解字》卷十上,中华书局,1963,第203页。许慎《说文解字》简称"《说文》",下同。
③ 刘志基:《汉字文化学简论》,贵州教育出版社,1994,第155页。
④ 〔英〕李约瑟:《古代中国科学对世界的影响》,《参考消息》1974年6月11日,第4版。

先民观察世界、体悟世界、构建世界的珍贵历史信息"①，向世人无声诉说着神州大陆的沧海桑田，如王朝兴废、观念变迁，堪称学界同人赖以追溯、稽考、佐证有文字记载以来先民社会的字书圣经，可谓历朝累代薪火相传的根底之学、治世之方、文明之典。兔功能强大，曩时衍生出大量相关字词，成为学界掇遗解密中华上古动物史、文化史的文献史料，国际汉学界也普遍承认许慎解字辨音析义时记载的动物百科知识具有史料、语料重要参考价值，"(《说文》征引群经、囊括万物的丰富材料) 主要是出于编纂字典的需要，而非局限于生物学兴趣。编纂《说文》并收录大量表动物类别的汉字，初衷并不是对动物研究本身有兴趣，而是为读通古代经典扫除疑难"②，故古代字书辞典蕴含动植物等字族承载的不仅有生物学表述的原始资料，更多地寄寓着古圣先哲们仰观俯察天地万物、追问天人规律本质的分类体系、道德意识、社会观念以及世界秩序等诸多思想内涵，可谓"凡解释一字即是作一部文化史"③。以兔为例，文人墨客对它多有观摩吟诵，如唐代诗人李峤《兔》诗云："上蔡应初击，平冈远不稀。目随槐叶长，形逐桂条飞。汉月澄秋色，梁园映雪辉。唯当感纯孝，郊郭引兵威。"④ 通观《说文》兔类字词，⑤ 发现早期中国兔文化底蕴与适者生存、饮食审美与泛灵崇拜等三大层面密切相关，有助于破译我们赖以生存的民族秘史。

---

① 黄交军、李国英：《元语言理论视界下〈说文解字〉蕴含上古鼎文化抉隐》，《地方文化研究》2021 年第 3 期。

② Michael Loewe, *Early Chinese Texts: A Bibliographical Guide*, Berkeley: Society for the Study of Early China and the Institute of East Asian Studies, University of California, 1993. p. 430.

③ 陈寅恪：《致沈兼士》，陈美延编《书信集》，生活·读书·新知三联书店，2001，第 172 页。

④ （唐）李峤、苏味道撰，徐定祥注《李峤诗注　苏味道诗注》，上海古籍出版社，1995，第255 页。

⑤ 《说文》兔部字词共 10 字，包括龟部 4 字、兔部 5 字、新附 1 字。而《说文》其他涉兔字词亦为笔者考察中华先民兔文化意识提供了弥足珍贵的语料史料，也是我们进行探讨古代中国兔文化的重点参考对象。

一　兔藏三窟，命运强者：适者生存视界下中华先民"兔"之生命启迪

"兔食茅草根，凤食梧桐子。"（明刘基《杂诗四十一首》其十九）① 兔为哺乳纲兔形目兔科穴兔属草食性动物的统称，俗称"兔子"。其历史悠久，科学研究表明：兔子起源于古新世晚期到晚新世早期的亚洲，是最成功的早期植食性动物。② 兔已见于殷墟卜辞，字形作"🐇合309""🐇合19364""🐇合35726"③ 等，观诸字属典型象形造字，其甲骨文像一只侧面蹲踞的兔子，兔首有长耳，下有两脚，古同菟，段《注》："兔，兽也。象兔踞。其字象兔之蹲，后露其尾之形也。……俗作菟。"④ 兔类听、嗅觉感官俱佳，且善走擅跃，典载"兔脱（迅速地逃走）""动若脱兔"之语，故张舜徽主张兔字当取"善自解捝（同脱）"义，《说文解字约注》卷十九言："兔之言捝也，谓其善自解捝也。兔走甚迅，忽焉不见，所谓动如脱兔也。故引申有免义。本书无免篆，钱大昕谓兔、免当为一字，古音本读兔如勉。汉人作隶，误分之耳。其说是也。"⑤ 兔很早就与人类文明进程发生了千丝万缕的联系，目前欧美学界流行世界上所有的家兔品种都起源于欧洲野生穴兔的观点，据德国动物学家汉斯·纳茨海（Hans Nachtshain）的考证，欧洲家兔的驯化最早是在法国，时间是 16 世纪，⑥ 这一观点并未考虑亚洲尤其是中国有关兔的考古成果与文化遗存，故失之偏颇，难以服众。事

---

①　（明）刘基：《刘伯温文集》（上），雷克丑校记，线装书局，2015，第91页。

②　〔美〕托姆·霍姆斯：《哺乳动物的时代》，邬冬文译，上海科学技术文献出版社，2017，第130页。

③　刘钊、洪飏、张新俊编纂《新甲骨文编》，福建人民出版社，2009，第550页。

④　（汉）许慎撰，（清）段玉裁注《说文解字注》十篇上，上海古籍出版社，1988，第472页。（汉）许慎撰，（清）段玉裁注《说文解字注》简称"段《注》"，下同。

⑤　张舜徽：《说文解字约注》第三册，华中师范大学出版社，2009，第2401页。

⑥　谷子林主编《实用家兔养殖技术》，金盾出版社，2009，第22页。

实上中国才是驯化家兔最早的国家之一，从时间上比欧洲要早 1000 多年，日本学者井口贤三等（1941 年）在《畜产宝典》一书中提出"中国先秦时代即养兔"。"先秦时代中国养的兔子是野生穴兔，而非已驯化成功的家兔。中国是最早驯化家兔的国家之一"①，进化论奠基人达尔文也承认了这一生物学史实，且强调"兔自古以来就被驯养了，孔子认为兔在动物中可以列为供神的祭品，所以中国大概在那样古老的时期就开始养兔了"（《动物和植物在家养下的变异》）②，诚如斯言，佐以典册群经，兔于上古时就被中华先民视为"五牲""六兽"之一，《左传·昭公二十五年》："为六畜，五牲，三牺以奉五味。"西晋杜预注："五牲：麋、鹿、麕、狼、兔。"③ 五牲亦称"五畜"，指古代祭祀时用作祭品之五种家畜，如《周礼·天官·庖人》："庖人，掌共六畜，六兽，六禽。"东汉郑玄注："六畜，六牲也。始养之曰'畜'，将用之曰'牲'。"司农注："六兽：麋、鹿、熊、麕、野豕、兔。"④ 甚至在周代祭祀祖宗的祭品中，兔亦不可或缺。兔别名"明视""明眎"，本为祭祀宗庙用兔之特称，《礼记·曲礼下》："凡祭宗庙之礼……兔曰'明视'。"唐孔颖达疏："'兔曰明视'者，兔肥则目开而视明也。故王云：'目精明，皆肥貌也。'"⑤ "明视"表示用于祭祀的肥美之兔，南宋罗愿《尔雅翼·兔》亦曰："兔视月而有子，其目尤瞭，故牲号谓之明视。"⑥ 证以《说文》，"兔"当指体型小巧的兔子，为家兔，而"㲋"应属大兔、野兔，《说文·㲋部》："𤡉（㲋），兽也。似兔，青色而大。象形。头与兔同，足与鹿同。凡㲋之属皆从㲋。𡇒（㲋），篆

---

① 倪树春主编《中华第一词典》，中国社会出版社，1991，第 451 页。
② 孙国强主编《动物生产学》，中国海洋大学出版社，2013，第 340 页。
③ 王云五主编，李宗侗注译《春秋左传今注今译》（下册），叶庆炳校订，新世界出版社，2012，第 1133 页。
④ （清）李光坡：《周礼述注》，商务印书馆，2019，第 33 页。
⑤ （汉）郑玄注，（唐）孔颖达疏《礼记正义》（一），喻遂生等整理，山东画报出版社，2004，第 165～166 页。
⑥ 王祖望主编《中华大典·生物学典·动物分典》四，云南教育出版社，2015，第 148 页。

文。"① 段《注》:"《中山经》:'纶山其兽多闾麈麢臰。'郭注:臰似兔而鹿脚,青色。音绰。按臰乃㲋之俗体耳。"② 㲋为象形字,同臰,乃兔字之变体异体,是中华先民从家、野习性对兔类进行精准划分的文字史料,即狡兔,这一字词区分相当契合人类对万事万物的心理认知规律,"近取诸身,远取诸物"(《说文·序》)③,人们首先以家畜为标准进而划分世界上的各种动物,《说文》兔类字词的概念意义真实折射出中华儿女独特的世界观、文化观④。

"宁随狡兔营三窟,且跨飞鸿阅九州。"(南宋戴复古《赵克勤曾橐卿景寿同登黄南恩南楼》)⑤ 在严酷恶劣的自然环境中,物种之间普遍存在着弱肉强食、优胜劣汰的激烈竞争关系,只有强者才有繁衍生息的权利与可能,英国著名生物学家达尔文就将"物竞天择,适者生存"视为生物进化论的核心思想,我国近代启蒙家严复精彩论述云:"物竞者,物争自存也,以一物以与物物争,或存或亡,而其效则归于天择。天择者,物争焉而独存。则其存也,必有其所以存,必其所得于天之分,自致一己之能,与其所遭值之时与地,及凡周身以外之物力,有其相谋相剂者焉。夫而后独免于亡,而足以自立也。"(《天演论·察变第一》)⑥ 在人们的传统惯性思维中,兔子形象体弱娇嫩,常常是猛兽鸷禽肆意攫击的猎杀对象,然古人早就认识到:在弱肉强食的丛林法则中,兔并非任人宰割的弱势群体,相反它们用自身的顽强拼搏证明了"适者生存"这一自然法则,是任何对手都无法忽视的超强族群,如狡兔为大型野兔,其警惕性高,逃生本领了得,成语"兔起鹘落"

---

① (汉)许慎:《说文解字》卷十上,中华书局,1963,第 203 页。
② (汉)许慎撰,(清)段玉裁注《说文解字注》十篇上,上海古籍出版社,1988,第 472 页。
③ (汉)许慎:《说文解字》卷十五上,中华书局,1963,第 314 页。
④ 黄交军、李国英:《与鼠同行:〈说文解字〉鼠部字文化意蕴发微》,《漯河职业技术学院学报》2020 年第 3 期。
⑤ 杨任之编著《古今成语大词典》,北京工业大学出版社,2004,第 878 页。
⑥ 〔英〕赫胥黎、〔英〕约翰·穆勒:《天演论 论自由》,严复译,江西教育出版社,2018,第 3 页。

"兔起凫举"等比喻动作敏捷,而"狡兔三窟"更是上古中国政治谋略的经典演绎,这在《说文》相关字词中均有充分体现。

(1)动作利落,逃跑迅捷

"虾蟆遁走兔老黠,历历可认浑银楼。"(南宋张镃《陆编修送月石砚屏》)①兔子奔跑速度极快,尤其遇到天敌时犹如离弦之箭,引发中华先民的慕叹沉思,人们从奔兔、脱兔的身上汲取了大量生存智慧,上古道家甚至军事家们都颇为推崇兔子的生存哲学,"兵圣"孙武的《孙子兵法·九地篇》云:"是故始如处女,敌人开户,后如脱兔,敌不及拒。"②强调军队未行动时像未出嫁的姑娘那样沉静、持重,一行动则须如飞跑的兔子一般敏捷、迅速。旧时我国民间中秋节时百姓多兴给娃娃穿兔鞋的习俗,寓意小孩们的行动如兔般敏捷。证以古文字,西周青铜器《多友鼎》铭文内有"🐰"字,隶定为"𤢻",音义同逸。③

①𡔈(fù)《说文·兔部》:"𡔈(𡔈),疾也。从三兔。阙。"④𡔈本义为疾速、迅速。𡔈为会意字,从三兔,三在古代汉语中有"多"义,故会意"狡兔快速奔逃"。段《注》:"《玉篇》《广韵》皆曰:'急疾也。今作趱。'《少仪》曰:'毋拔来,毋报往。'注云:'报,读为赴疾之赴。拔、赴皆疾也。'按赴、趱皆即𡔈字。今字𡔈、趱皆废矣。从三兔,与三马、三鹿、三犬、三羊、三鱼取意同。兔善走,三之则更疾矣。"⑤基于兔奔跑疾速特征,古时常拟况神马,明人曾棨《天厩神兔歌》诗曰:"天厩名马不易得,凤臆龙鬐秋兔色。"⑥

②逸(yì)《说文·兔部》:"𨓜(逸),失也。从辵、兔。兔谩诇

---

① (宋)张镃:《南湖集》卷二,吴晶、周膺点校,当代中国出版社,2014,第55页。
② (春秋)孙武:《孙子兵法》(四),柯继铭编译,线装书局,2016,第1008页。
③ 张亚初编著《殷周金文集成引得》,中华书局,2001,第402页。因涉及文字辨析,本文保留了相应的繁体字、异体字,下同。
④ (汉)许慎:《说文解字》卷十上,中华书局,1963,第203页。
⑤ (汉)许慎撰,(清)段玉裁注《说文解字注》十篇上,上海古籍出版社,1988,第472~473页。
⑥ 赵子阳编著《马·诗赋——马文化诗词曲赋笺释》,内蒙古人民出版社,2019,第81页。

（狡猾欺诈）善逃也。"①逸谓逃跑、亡逸。"见一赤兔，每搏辄逸"（唐李百药《北齐书·齐高祖本纪》）②，逸为会意字。从辵，从兔，据兔子善于奔跑会意，段《注》："逸，失也。此以叠韵为训。亡逸者，本义也。引伸之为逸游、为暇逸。……兔谩訑善逃也。说从辵、兔之意。谩、訑皆欺也。……兔善逃，故从兔、辵；犹隹善飞，故夺从手持隹而失之；皆亡逸之意。"③"逸"后泛指鸟兽等快速奔逃，《文选》东汉傅毅《舞赋》："良骏逸足。"唐李善注："逸，疾也。"④

③失（shī）《说文·手部》："𠂹（失），纵也。从手，乙声。"⑤失本义指遗失、丧失。失为形声字，同逸，意为从手中丢失，段《注》："纵者，缓也。一曰舍也。在手而逸去为失。《兔部》曰：'逸，失也。'古多假为逸去之逸。亦假为淫泆之泆。"⑥兔逃脱无疑让人怅惘，"马前逸兔或可脱，山下老麋身欲赭"（明李东阳《题赵子昂〈射鹿图〉》）⑦，"逸兔"即奔走之兔，速度飞快，《金史·宗雄传》载："（宗雄）九岁能射逸兔。年十一，射中奔鹿。"⑧

④騛（fēi）《说文·马部》："騛（騛），马逸足也。从马从飞。《司马法》曰：'飞卫斯舆。'"⑨騛即騛騠，亦作"飞兔"，古骏马名，《正字通·马部》："騛，音兔。騛騠，良马，本作飞兔。"⑩本义指疾驰如兔之骏马，段《注》："騛，马逸足者也。者字今补，逸当作兔。《广韵》曰：'騛兔，马而兔走。'《玉篇》曰：'騛兔，古之骏马也。'《吕

---

① （汉）许慎：《说文解字》卷十上，中华书局，1963，第 203 页。
② （唐）李百药：《北齐书》卷一，大众文艺出版社，1999，第 2 页。
③ （汉）许慎撰，（清）段玉裁注《说文解字注》十篇上，上海古籍出版社，1988，第 472 页。
④ 倪文杰主编《全唐文精华》卷六，大连出版社，1999，第 4793 页。
⑤ （汉）许慎：《说文解字》卷十二上，中华书局，1963，第 254 页。
⑥ （汉）许慎撰，（清）段玉裁注《说文解字注》十二篇上，上海古籍出版社，1988，第 604 页。
⑦ 陈晓伟：《图像、文献与文化史：游牧政治的映像》，河北大学出版社，2017，第 324 页。
⑧ （元）脱脱等：《金史》卷七十三，张彦博、崔文辉等标点，吉林人民出版社，1995，第 980 页。
⑨ （汉）许慎：《说文解字》卷十上，中华书局，1963，第 199 页。
⑩ （明）张自烈，（清）廖文英编，董琨整理《正字通》亥集上，中国工人出版社，1996，第 1315 页。

氏春秋》高注曰：'飞兔要衰，皆马名也。日行万里，驰若兔之飞，因以为名也。'从马、飞，会意。飞亦声。"① 亦作飞，别作飝，见《汉书·爰盎传》："今陛下骋六飞，驰不测山。"三国魏如淳注："六马之疾若飞也。"② 将良兔比喻为名马乃古汉语中常见的一种隐喻认知机制，乃利用事物相似性作心智基础对另一事物进行形象表达与联想说明，③ 达到从已知事物认识未知事物目的，《三国演义》第五回云："（见吕布出阵）弓箭随身，手持画戟，坐下嘶风赤兔马：果然是'人中吕布，马中赤兔'！"④

⑤頫（fǔ）《说文·页部》："頫（頫），低头也。从页，逃省。《太史卜书》頫仰字如此。杨雄曰：'人面頫。'俛（俛），頫或从人、兔。"徐铉曰："頫首者，逃亡之貌，故从逃省。今俗作俯，非是。"⑤頫同頫，指俯首逃亡儿，典籍文字中免、兔二字可相通互借，段《注》："李善引《声类》：'頫，古文俯字。'逃者多媿而俯，故取以会意。从逃犹从兔也。《匡谬正俗》引张揖《古今字诂》云：'頫今之俯俛也。'盖俛字本从兔。……俛，頫或从人、兔。《匡谬正俗》引及小徐皆作俗頫字。篆体或改作俛，解作从人兔，以从兔声而读同俯为鰭。"⑥ 军谨按：上海博物馆藏有春秋时楚国青铜器《长子沫臣簠》铭文内有"▨"字，隶定为"䲿"⑦ 字，属人名用字，考其字形字义，当以頫为是。

（2）营穴能手，善于隐蔽

"置窟嵯嶬兔，遗身爱蜕蝉。"（南宋释文珦《闲居多暇追叙旧游成.

---

① （汉）许慎撰，（清）段玉裁注《说文解字注》十篇上，上海古籍出版社，1988，第 463 页。
② 杨树达：《汉书窥管》卷五，湖南师范大学出版社，2018，第 293 页。
③ 黄交军、李国英：《鼠行华夏：认知语言学视角下"鼠"之汉字文化识解》，《北斗语言学刊》2021 年第 1 期。
④ （明）罗贯中：《三国演义》（上册），山西人民出版社，2018，第 39 页。
⑤ （汉）许慎：《说文解字》卷九上，中华书局，1963，第 183 页。
⑥ （汉）许慎撰，（清）段玉裁注《说文解字注》九篇上，上海古籍出版社，1988，第 419 ~ 420 页。
⑦ 张亚初编著《殷周金文集成引得》，中华书局，2001，第 291 页。

一百十韵》)① 蛮荒以来，生存与发展始终是摆在全人类面前的两大核心命题，如何抉择取舍往往考验着各国智者达人的智慧界域。以华夏民族为例，他们不仅虚心学习吸纳各民族的知识经验"取其精华"，而且善于向兔等生命有机体模仿借鉴其生存能力和适应本领，"从某种意义上说，人类社会的建立和发展一直是在向动物学习生存技能的"②。兔类动物作为自然界筑窟营穴的高手，很早就引起了古人的研究兴趣，"深蒙薛公折节之礼，而无冯谖三窟之效"（三国魏吴质《答东阿王书》)③，著名典故"狡兔三窟"出自《战国策·齐策四》，描写了战国时齐人冯谖替孟尝君收买薛地民心、使齐王重用孟尝君及为孟尝君立宗庙于薛之事，保证了孟尝君为相数十年，却无纤介之祸，后凝固为成语，比喻藏身之处甚多，避祸有术，可知狡兔的高超生存策略对中华文明之薪火相传具有潜移默化的智慧启迪与积极影响。佐以《说文》兔类字词的文化解说，其证尤显昭昭。

①毚（chán）《说文·毚部》："毚（毚），狡兔也，兔之骏者。从毚、兔。"④ 毚本义指狡猾的野兔、良兔，在兔兽中表现出类拔萃，段《注》："《小雅·巧言》传曰：'毚兔，狡兔也。'按狡者，少壮之意。……骏者，良才者也。……兔之大者，则为毚之类。"⑤ 毚属会意字，从毚、兔，会其野兔狡猾之意，古时唯有得力良犬方能捕获之，见《诗经·小雅·巧言》："跃跃毚兔，遇犬获之。"唐孔颖达正义："《仓颉解诂》：'毚，大兔也。'大兔必狡猾，又谓之狡兔。"⑥

---

① （南宋）释文珦：《潜山集》卷一二，影印文渊阁《四库全书》本，台湾商务印书馆，1986，第 127 页。

② 《第三只眼睛看动物（代序言）》，王志刚编著《第二种生存——学习动物的生存智慧》，中国华侨出版社，2005，第 1 页。

③ （清）严可均校辑《全上古三代秦汉三国六朝文·全三国文》卷三十，陈延嘉、王同策、左振坤校点，河北教育出版社，1997，第 309 页。

④ （汉）许慎：《说文解字》卷十上，中华书局，1963，第 203 页。

⑤ （汉）许慎撰，（清）段玉裁注《说文解字注》十篇上，上海古籍出版社，1988，第 472 页。

⑥ 夏传才主编《诗经学大辞典》（下册），河北教育出版社，2014，第 759 页。

②鵕（jùn）《说文新附·兔部》："鵔（鵕），狡兔也。从兔，夋声。"① 鵕属形声字，也是狡兔，《唐韵》："鵕，音畯。狡兔名。"② 鵕兔属兔类中佼佼者，《集韵·谆韵》："鵕，兔狡者鵕。"③ 鵕古同逡、俊，取"出色；卓异"义，《说文新附考》卷四："《齐策》云：'东郭逡者，海内之狡兔也。'又云：'世无东郭俊。'……是古止作'逡''俊'。俊系正字，以狡兔善走轻俊名之。作'逡'假借，俗改从兔字。"④ "逡巡"正是狡兔的特征性神态之一，西汉刘向《新序·杂事五》载："昔者，齐有良兔曰东郭鵕，盖一旦而走五百里。"⑤ 鵕后泛指兔，清人姚燮《花窖曲》诗云："愿鵕能雌鸰能育，更愿鸧鹒长肥肉。"⑥ 金人元好问《刘远笔》诗亦曰："老鵕力能举玉杵，文阵挽强犹百钧。"⑦

③鄦（xiě）《说文·怠部》："鄦（鄦），兽名。从怠，吾声。读若写。"⑧ 鄦也是大兔、野兔，《说文解字约注》卷十九："鄦从吾声而读若写，此与鮽从鱼声，读素孤切；嶭从岚声，读私列切同例。皆自牙声疑纽，转入齿声心纽也。"⑨ 吾作声符，含"大"义，与魕、峿为同源字。魕为大鬼，《四声篇海·鬼部》："魕，大也。"⑩《字汇·鬼部》亦云："魕，音吾，鬼大。"⑪ 峿谓山高不平貌，《集韵·语韵》："峿，峿

① （汉）许慎：《说文解字》卷十上，中华书局，1963，第 203 页。
② 汉语大字典编辑委员会编纂《汉语大字典》第二版，四川辞书出版社、崇文书局，2010，第 423 页。
③ （宋）丁度：《集韵》，中国书店，1983，第 4 页。
④ （清）郑珍：《说文新附考》，黄万机等点校《郑珍全集》二，上海古籍出版社，2012，第 271～272 页。
⑤ 牛鸿恩等选译《古代辩术精粹》，延边大学出版社，1995，第 834 页。
⑥ （清）姚燮：《复庄诗问》卷八，周劭标点，上海古籍出版社，1988，第 288 页。
⑦ 姚奠中主编《元好问全集》卷第四《七言古诗》，山西人民出版社，1990，第 96 页。
⑧ （汉）许慎：《说文解字》卷十上，中华书局，1963，第 203 页。
⑨ 张舜徽：《说文解字约注》第三册，华中师范大学出版社，2009，第 2400 页。
⑩ （金）韩道昭：《大明正德乙亥重刊改并五音类聚四声篇海十五卷》，明正德十五年（1520）刻本，第 127 页。
⑪ （明）梅膺祚撰，（清）吴任臣编《字汇 字汇补》，上海辞书出版社，1991，第 29 页。

崳，山皃。"①《子华子·晏子》亦曰："豫章梗楠之可以大斫者，必在夫大山穹谷屛颜岖崳之区。"② 故鲁兔属大型狡兔、捷兔类。

④夐（jué）《说文·兔部》："𦼆（夐），兽也。似牲牲。从兔，夬声。"③ 夐从兔，本义谓狡兔，夐是动物界的跑步健将、跳跃能手，《说文解字约注》卷十九："夐之言蹶也，谓其常跳跃也。狸类捕物，大抵然矣。兔兔之属，前足皆短，其行走又似跳也。夐之声义，又通于𧤦，𧤦亦前足短也。"④ 可见夐字得名于"狡兔善于蹦蹦跳跳"，综上可知《说文》表狡兔义之系列字词重在凸显兔兽的顽强生命活力。

⑤堀（kū）《说文·土部》："𡐦（堀），兔堀也。从土，屈声。"⑤《说文》无"窟"字，堀乃窟之本字。堀属形声字，从土，屈声。《说文》有二篆，一从"屈"字全形，一从"屈"字省体，其实二者本一字，段《注》："堀，突也。突为犬从穴中暂出，因谓穴中可居曰突，亦曰堀。俗字作窟。……而别有堀篆缀于部末。解云：'兔堀也。从土，屈声。'此化一字为二字，兔堀非有异义也。篆从屈，隶省作屈，此其常也。"⑥ 堀本义专指兔穴、兔洞，故后改"土"为"穴"，并改左右结构为上下结构，写作"窟"，成为规范正字。《小尔雅·广兽》："兔之所息谓之窟。兔不穴居时有而憩也。"⑦ 窟亦同窝，《玉篇·穴部》："窩，兔窟也。"⑧ 堀由兔子的巢穴泛指鸟兽建造的洞穴，《通俗文》："兽穴曰窟。"⑨ 也可指人类早期穴居的土室，《玉篇·穴部》："窟，室也，穴也。"⑩

① （宋）丁度：《集韵》，中国书店，1983，第328页。
② 汉语大字典编辑委员会编《汉语大字典》第二版，四川辞书出版社、崇文书局，2010，第798页。
③ （汉）许慎：《说文解字》卷十上，中华书局，1963，第203页。
④ 张舜徽：《说文解字约注》第三册，华中师范大学出版社，2009，第2400页。
⑤ （汉）许慎：《说文解字》卷十三下，中华书局，1963，第290页。
⑥ （汉）许慎撰，（清）段玉裁：《说文解字注》十三篇下，上海古籍出版社，1988，第685页。
⑦ （汉）孔鲋：《小尔雅》，（宋）宋咸注，中华书局，1985，第135页。
⑧ （南朝梁）顾野王：《大广益会玉篇》，中华书局，1987，第58页。
⑨ （东汉）服虔撰，段书伟辑校《通俗文辑校》，中州古籍出版社，1993，第76页。
⑩ （南朝梁）顾野王：《大广益会玉篇》，中华书局，1987，第59页。

今福建省漳州市漳浦县古雷镇下窟村即以窟作地名①者，为兔窟文化历史遗存，"凿石窟而居，服柏实以轻身"（《晋书·郭瑀传》）②，贵州地处西南地区云贵高原，地形属典型的喀斯特地貌，洞穴丛杂，地理单元以"窟"命名者现存 4 处（遵义市赤水的两会水石窟寺、桐梓县的寒窟坝、铜仁市松桃县的背窟、毕节市威宁县的窟洞地），成为古代洞穴文化的主要人类遗存地，证实远古人类曾以兔穴等为基准建造了人类所居住的早期土室住所，三国吴项峻《始学篇》言："上古皆穴处，有圣人教之巢居，号大巢氏。今南方人巢居，北方人穴处，古之遗俗也。"③

⑥圣（kū）《说文·土部》："𡊬（圣），汝、颍之间谓致力于地曰圣。从土从又。读若兔窟。"④ 圣属会意字，从土，从又，表示用手挖土作穴窟。段《注》："此方俗殊语也。致力必以手，故其字从又土会意。"⑤ "圣"为古代中原汝、颍等地的方言字，义同掘，清施补华《别弟文》："吾负母而逃，圣野菜充饥。"⑥ 远古时兔窟对人类居住方式影响甚大，《礼记·礼运》："昔者先王未有宫室，冬则居营窟，夏则居橧巢。"唐孔颖达疏："营累其土而为窟，地高则穴于地；地下则窟于地上，谓于地上累土而为窟。"⑦ "圣"显然为民族秘史词语例证。

⑦宛（wǎn）《说文·宀部》："㝥（宛），屈草自覆也。从宀，夗声。𡧜（寃），宛或从心。"⑧ 宛本义是兔子等动物把草弯曲用以覆盖自身，段《注》："屈艸自覆者，宛之本义也。引伸为宛曲、宛转，如

① 牛汝辰：《中国文化地名学》，中国科学技术出版社，2018，第 327 页。
② （唐）房玄龄等：《晋书》卷九十四《隐逸列传》，中华书局，1974，第 2454 页。
③ 夏剑钦、王巽斋校点《太平御览》卷第七十八《皇王部三》，河北教育出版社，1994，第 669 页。
④ （汉）许慎：《说文解字》卷十下，中华书局，1963，第 288 页。
⑤ （汉）许慎撰，（清）段玉裁注《说文解字注》十三篇下，上海古籍出版社，1988，第 689 页。
⑥ 《近代文观止》编委会编《近代文观止》，学林出版社，2015，第 58 页。
⑦ 李学勤主编《十三经注疏·礼记正义》卷二十《礼运第九》，北京大学出版社，1999，第 668 ~ 669 页。
⑧ （汉）许慎：《说文解字》卷七下，中华书局，1963，第 150 页。

《尔雅》宛中宛丘，《周礼》琬圭皆宛曲之义也。凡状皃可见者皆曰宛然，如《魏风》传曰宛辟皃，《唐风》传曰宛死皃，《考工记》注窊小孔皃皆是。宛与蕰、蕰与郁，声义皆通，故《方言》曰宛蓄也，《礼记》曰兔为宛脾，《春秋繁露》曰鹤无宛气皆是。……夗，转卧也。亦形声包会意。"① 兔子生性机警，其洞穴处野草茂密丛生，非常适合它隐蔽、遮盖出口，如俗谚"兔子不吃窝边草""兔子满山跑，仍旧归老巢"即体现出兔子强烈的自我保护意识。

（3）生命顽强，繁衍迅速

"狐兔闲生长，樵苏静往来。"（唐虚中《石城金谷》)② 兔是多胎多产的草食小家畜，在家畜中繁殖能力最强，兔崽成活率高，成长速度快。"家兔，有白、黑、紫三种，甘肃各属皆有。土人掘坑养之，取其皮以制裘。其种一月一生，所生多者得其六七，少者亦得其四五"（清秦武域《闻见瓣香录·黑白兔》)③，一只母兔每年可繁殖 4~6 胎，怀孕一个足月即产仔，每胎可产仔 5~8 只，多则 10 只，甚至有一胎 36 只的惊人纪录，④ 而仔兔 3~4 个月就能长到成年兔大小，故古人对其生命力极为看重，敦煌文书《孔子项托相问书》载："兔生三日，盘地三亩。"⑤ 意谓兔生下来三天就能满地奔跑。"兔吮毫而怀子，及其子生，从口而出。"（东汉王充《论衡·奇怪第十五》)⑥ 兔在中国传统文化中寓意多子多福、人丁兴旺、儿孙满堂，昔时讹传"兔口有缺，吐而生子，故谓之兔。兔，吐也"（北宋陆佃《埤雅·释兽·兔》)⑦，民

---

① （汉）许慎撰，（清）段玉裁注《说文解字注》七篇下，上海古籍出版社，1988，第341页。
② 周振甫主编《唐诗宋词元曲全集·全唐诗》卷八四八，黄山书社，1999，第6236页。
③ （清）武域：《闻见瓣香录》丁卷，山西省文献委员会编《山右丛书·初编》二，山西人民出版社，1986，第13页。
④ 枕书：《博物述林》，学林出版社，1990，第71页。
⑤ 姜义华、张荣华、吴根梁：《孔子——周秦汉晋文献集》，复旦大学出版社，1990，第735页。
⑥ （东汉）王充：《论衡》卷三，陈蒲清点校，岳麓书社，2015，第42页。
⑦ （北宋）陆佃：《埤雅》卷第三，王云五主编《丛书集成初编》第1171册，商务印书馆，1936，第38页。

间甚至流行兔"望月而孕"等说法，无疑是对兔超强生育能力的羡慕，催生了先民对兔之生殖崇拜。古代有赠兔画育儿的风俗，祝福童子将来生活安宁、步步高升。

①娩（fàn）《说文·兔部》："㜯（娩），兔子（产子生子）也。娩，疾也。从女、兔。"① 娩同㜯、㜷、㜼、㜻，属会意字。从女，从兔。本义为兔子繁殖，段《注》："《释兽》曰：'兔子娩，本或作㜯。'按《女部》曰'㜷，生子齐均'也，此云'娩，兔子'也，则二字义别矣。郭云：'俗呼曰㜻。'"② 《说文》中的"兔子"是"兔生崽"动词义，非名词性的"兔崽"义。《集韵·遇韵》："㜷，兔子也。或省。"③ 兔子善于奔跑，故衍生出"急速"义。古时有"㝔"字，同㜻，亦为"兔产子育子"义，《玉篇·兔部》："㝔（wán），兔子。"④

"龙吟虎啸弥千日，兔髓乌肝恰一斤。"（南宋李处权《元长生辰》）⑤ 兔与妇女的生育联系密切，故"娩"字从女从兔，古代民俗中有以兔子作药引为妇女制作催生丹、催生散之事，《本草纲目·兔》引《经验方》云："腊月取兔脑髓二个，涂于纸上吹干，入通明乳香末二两，同研令匀。于腊日前夜，安桌子上，露星月下。设茶果，斋戒焚香，望北拜告曰：'大道弟子某，修会救世上难生妇人药，愿降威灵，佑助此药，速令生产。'祷毕，以纸包药，露置一夜。天未明时，以猪肉捣和，丸芡子大，纸袋盛，悬透风处。每次服一丸，用温醋汤下。良久未下，更用冷酒下一丸，即产。乃神仙方也。"⑥ 据药典医方观之，兔脑能助产催生其实基于先民对兔善育多生的生物认知及原始思维，故人们奉兔子为生育神，并且糅合了对月祈祷仪式，使医药科

---

① （汉）许慎：《说文解字》卷七下，中华书局，1963，第 203 页。
② （汉）许慎撰，（清）段玉裁注《说文解字注》十篇上，上海古籍出版社，1988，第 472 页。
③ （宋）丁度：《集韵》，中国书店，1983，第 495 页。
④ （南朝梁）顾野王：《大广益会玉篇》，中华书局，1987，第 112 页。
⑤ （南宋）李处权：《崧庵集》卷三《七言古诗》（宜秋馆刻本），四川大学古籍所编《宋集珍本丛刊》第三十八册，线装书局，2004，第 666 页。
⑥ （明）李时珍编《本草纲目》第五十一卷《兽部》，中国文史出版社，2003，第 634 ~ 635 页。

学和巫术、宗教仪式等有机结合，极具民族特色。

②娩（fàn）《说文·女部》："娩（娩），生子齐均也。从女从生，兔声。"① 娩属形声字。从女、从生，兔声。《说文》作"娩"，小徐本、段注均作"娩"，段《注》："生子齐均也。谓生子多而如一也。《玄应书》曰：'今中国谓蕃息为娩息。'……周成《难字》云：'娩，息也。'按依列篆次弟求之，则此篆为兔身，当云从女兔生。"② 娩意为（兔）生子多而素质均匀。娩同娩、娩、娩，《玉篇·女部》："娩，产娩。同娩、娩。"③ 古代"月中有兔"观念或源于先民对兔的生理、生育特点的认识，据尹荣方考证，兔与月的周期性变化吻合，兔子交配后约一个月（二十九天）能生小兔，产兔后马上可进行交配，再过一个月又能产子，并且兔子生产时总在晚上。这些兔的特点与月之晦盈周期相一致。《博物志》、东坡诗、民间传说均云月中有兔。其他如兔字与娩字的关系、兔的药用价值等也可证明古人"月中有兔"的观念。对于月中有兔观念产生的时间，尹氏以为要远远早于屈原时代，理由是兔为中国土生土长之物，甲骨刻辞中已有兔字，《诗经》等先秦典籍屡屡提及兔子，更有甚者五万年前的山顶洞人已有猎兔之习，且山顶洞中发现的动物化石以兔（与鹿）类最多，说明"中国人对兔的观察认识至少在五万年前就已开始"④。该说法堪称洞见。兔对人类启示颇深，故古哲们造字时充分体现了有关兔的原始思维。

"马埒蓬蒿藏狡兔，凤楼烟雨啸愁鸱。"（唐刘禹锡《题于家公主旧宅》）⑤ 兔子尤其是狡兔、野兔之聪明才智对劳动人民的启迪无处不在，在裕固族、蒙古族、藏族、土族的民间故事中，兔都扮演了解救者、胜利者等勇敢角色，如蒙古族流传的《苏热·兔莱——威风的小兔

① （汉）许慎：《说文解字》卷十二下，中华书局，1963，第259页。
② （汉）许慎撰，（清）段玉裁注《说文解字注》十二篇下，上海古籍出版社，1988，第614页。
③ （南朝梁）顾野王：《大广益会玉篇》，中华书局，1987，第112页。
④ 尹荣方：《神话求原》，上海古籍出版社，2003，第116~119页。
⑤ 周振甫主编《唐诗宋词元曲全集·全唐诗》卷三六〇，黄山书社，1999，第2668页。

子》、裕固族的《牧人、兔子和黑熊》《小兔子的故事》、蒙古族的《兔子、羔羊和狼的故事》、土族的《兔子和羊羔》中兔子均大显神威，吓退恶狼，"《聪明的小白兔》在蒙古文《尸语故事》和藏族故事中是表现兔子的智慧。这个故事在蒙古民间非常流行，而且它的思想有了突破性的转变，表现了宗教不能拯救穷苦人民，而人民只能靠自己救自己的觉醒意识"①。在云南纳西族的民间故事《兔子的智慧》中，兔子为了清除森林恶虎对动物们的威胁，毛遂自荐诱使老虎吞下了穿山甲，后虎胃被穿山甲涨破而倒毙身亡。② 在藏民看来兔子的智慧不亚于任何猛兽凶禽，如甘肃甘南州玛曲县藏语民谚云："兔子比狮子聪明。"③佛家高僧更是非常赏识兔子四两拨千斤的高超本领，著名禅语"狮子搏象用全力，搏兔亦用全力"典出五代时期《大法眼文益禅师语录》："举昔有一老宿，因僧问：'狮子捉兔，亦全其力，捉象亦全其力，未审全个什么力？'老宿云：'不欺之力。'师别云：'不会古人语。'"④不要被兔类柔弱的表象迷惑，事实上它还身怀蹬鹰踹犬之绝技，中国武术就吸收其智慧创建出"兔子蹬鹰"⑤ 的厉害杀招，往往在最后生死关头以弱胜强、一招制敌，故北宋著名文学家王安石赋诗颂云："箭落皂雕巍兔避，句传炎海鳄鱼惊。"（《送王蒙州》）⑥ 这些中华各民族有关兔的传说故事与《说文》兔类字词之文化解说彼此印证阐发，相得益彰，⑦ 共同奠定中国兔文化的叙事主题、历史基调。

---

① 李建宗等：《裕固族口头文学研究》，民族出版社，2018，第 333 页。
② 和世文、蔡晓龄、陈涵编《纳西族生态智慧故事》，云南大学出版社，2019，第 18 页。
③ 韩巍峰：《语序类型学：主题与主题标记结构》，上海外语教育出版社，2013，第 244 页。
④ （五代）文益：《大法眼文益禅师语录》，李淼编著《中国禅宗大全》，长春出版社，1991，第210 页。
⑤ 老鹰逮兔子时，兔子在危急关头，猛地打滚，避开锐利鹰爪的捕杀，并仰面朝天，用强有力的后腿猛蹬老鹰的眼睛。这是弱小动物利用不对称优势同强者进行殊死较量的一种生存本能，对武术等领域启发很大。
⑥ （宋）王安石：《王文公文集》卷第五十八《律诗》，上海人民出版社，1974，第 641 页。
⑦ 黄交军、李国英：《华夏第一虎：西水坡遗址虎图案与〈说文解字〉合证》，《漯河职业技术学院学报》2022 年第 6 期。

二 东门逐兔，兔味飘香：饮食审美视野下中华先民"兔"之美食认知

"殿前金刀割兔肉，门外雕戈来可汗。"（明刘定之《五台行·咏梁、唐、晋、汉、周五首》其二）[①] 兔子因其肉味鲜美成为猛兽乃至人类追逐的目标，"狡兔跧伏于柎侧，猿狖攀椽而相追"（东汉王延寿《鲁灵光殿赋》）[②]。昔时肉食奇缺，尽管古圣们讥讽"肉食者鄙，未能远谋"（《左传·庄公十年》）[③]，然值得注意的是，即使在孟子的仁政思想、王道乐土中也仅仅"（鸡豚狗彘之畜，无失其时）七十者可以食肉矣"（《孟子·梁惠王上》）[④]，宋人罗璧精辟指出："尧、舜其仁如天，岂不欲衣帛食肉均于老幼，而养有所不给，故五十衣帛，七十食肉，王政必为之规。"（《识遗·尧、舜病博施》）[⑤] 而牛乃"劳动人民不可或缺的生活伴侣、耕作畜力、役使工具及收入来源"[⑥]，严禁宰杀，然兔产子多、生长快、肉味美，无疑是大自然给人类的丰厚馈赠，极大地满足了先民的肉食需求与尚武习尚。"饞，食不嫌也"（《玉篇·食部》）[⑦]，古有"饞（馋）"字，先秦古文作"𩞁《集篆古文韵海》2.30"[⑧]，为形声字，食表意，表示贪食贪吃；毚表声，声中有义，亦

---

① 《永新人物传》编纂委员会编《永新人物传》上册《刘定之》，中央文献出版社，2000，第 55 页。

② （梁）萧统编，（唐）李善注《昭明文选》卷第十一《赋己·宫殿》，任继愈主编《中华传世文选》，吉林人民出版社，1998，第 184 页。

③ 龚延明：《中国历代职官别名大辞典》，上海辞书出版社，2006，第 303 页。肉食者指（春秋）大夫以上官员之俗称，杨伯峻《春秋左传注·庄公十年》："肉食者鄙之，肉食盖当时习语，大夫以上之人，每日必食肉也。"可见食用（兔）肉在上古社会生活中是具有鲜明的身份象征与文化指向的，具有政治寓意。

④ 周满江注译《孟子选注》，漓江出版社，2014，第 18 页。

⑤ 万里、刘范弟辑校《舜帝历史文献选编》，湖南大学出版社，2011，第 475 页。

⑥ 黄交军、李国英：《牛行华夏：〈说文解字〉牛部字涵括上古牛文化意识斠诂》，《漯河职业技术学院学报》2021 年第 3 期。

⑦ （南朝梁）顾野王：《大广益会玉篇》，中华书局，1987，第 46 页。

⑧ 徐在国编《传抄古文字编》，线装书局，2006，第 519 页。

表狡兔美味义,故馋属形声兼会意字,会意"用嘴品尝兔肉美食大快朵颐"而成,《正字通·食部》:"馋,音谗,饕也。《集韵》:'不廉也。'唐李萼、颜真卿有《馋语联句》、韩愈《月蚀》诗作嚵,义同。"① 馋同馋、饞、馀、巉、嚵,《正字通·食部》:"馀,饞字讹省,旧注贪食,与饞义近。"② 词语有"馋嘴""眼馋""解馋""贪馋""馋涎欲滴"等,表明捕兔、食兔确乃中华先民生平快事,以至于秦朝丞相李斯临刑前仍念念不忘,"吾欲与若复牵黄犬俱出上蔡(故治在今河南上蔡西南)东门逐狡兔,岂可得乎"(《史记·李斯列传》)③,可见追兔打猎乡土生活对他意义之大。"饮食、形体、伦理是以《说文》为代表的中国先民三大审美对象;饮食审美、形体审美、伦理审美为以《说文》为代表的中国先民三大审美对象的三大审美范域"④,而饮食审美更是构成了"舌尖上的中国",持续震撼着世人的味蕾,为中华美食赢得了世界声誉。审视《说文》相关兔文化的字词与逐兔捕兔、兔味美食密切相关,如南宋陆游赋诗颂云:"厨人羞雉兔,更忆唤邻翁。"(《雨中独酌》)⑤

(1)兔迹兽踪,茅塞顿开

"野窟旧无狐兔迹,小池今有芰荷香。"(明雷思霈《北郊鹰房》)⑥兔子异常机智,警惕性高,外出觅食时严格遵循固定路线,《释名·释道》:"鹿兔之道曰亢,行不由正,亢陌山谷野草而过也。"清毕沅疏证曰:"亢,当作远,《说文》:'远,兽迹也。'……《尔雅·释兽》疏

---

① (明)张自烈,(清)廖文英编,董琨整理《正字通》戌集下,中国工人出版社,1996,第1306页。
② (明)张自烈,(清)廖文英编,董琨整理《正字通》戌集下,中国工人出版社,1996,第1299页。
③ (西汉)司马迁著,东篱子解译《史记全鉴》卷八十七,中国纺织出版社,2017,第215页。
④ 黄交军:《从〈说文解字〉看中国先民的审美意识》,《沈阳教育学院学报》2006年第4期。
⑤ 钱仲联校注《剑南诗稿校注三》卷十九,钱仲联、马亚中主编《陆游全集校注》3,浙江教育出版社,2011,第263页。
⑥ (清)廖元度选编,湖北省社会科学院文学研究所校注《楚风补校注》下册,湖北人民出版社,1998,第258~259页。

引《字林》云：'远，兔道也。'① 一旦发现途经之处有风吹草动，兔立马就会绕路而行，遇到危险时即钻入洞穴。领地意识较强，往往通过撒尿等圈定其范围，所以优秀猎手往往通过认真观察兔子之习性行踪，分析它的活动规律，做到知己知彼、有备无患，先秦时期王侯贵族多以逐兔获兔为能事，《淮南子·氾论训》："楚王之佩玦而逐菟。"②

①远（háng）《说文·辵部》："𧽼（远），兽迹也。从辵，亢声。𨁸（踭），远或从足从更。"③ 远同踭。远为形声字，辵意为行走，本义指兔子的足迹。《字林》："远，兔道也。绝有力名欣。"④ 动物研究专家郭郛认为："其迹远，兔足迹成长行（远háng），跑动不依一定路线，越过田野草地。"⑤ 后泛指鸟兽的脚印，段《注》："《释兽》：'兔迹远。'按《序》曰：'黄帝之史仓颉见鸟兽蹄远之迹，知分理之可相别异也。'是凡兽迹皆称远，不专谓兔也。"⑥ 北宋文学家黄庭坚《上大蒙笼》诗亦云："苦竹参天大石门，虎远兔蹊聊倚息。"⑦

②莽（mǎng）《说文·茻部》："𦯄（莽），南昌谓犬善逐菟茻中为莽。从犬从茻，茻亦声。"⑧ 莽为会意兼形声字。从犬、从茻，茻亦声，会意"犬跑到草丛中逐兔"而成，段《注》："此字犬在茻中，故偶南昌方言，说其会意之旨也。引伸为卤莽。"⑨ 莽假借为茻，指草丛，清人薛传均《说文答问疏证》："茻，众艸也。是正字。……'南昌谓犬善逐兔茻中'为莽别一义。"⑩ 因莽之基本义为"草莽杂丛"，其初义

---

① 任学礼：《汉字生命符号》，广西师范大学出版社，2016，第722页。
② 陈新璋主编，叶祖帅选注《中国寓言精选·汉魏六朝劝戒寓言》，新世纪出版社，1995，第6页。
③ （汉）许慎：《说文解字》卷二下，中华书局，1963，第42页。
④ 王祖望主编《中华大典·生物学典·动物分典》四，云南教育出版社，2015，第147页。
⑤ 郭郛注证《尔雅注证：中国科学技术文化的历史纪录》下册，商务印书馆，2013，第688页。
⑥ （汉）许慎撰，（清）段玉裁注《说文解字注》二篇下，上海古籍出版社，1988，第75页。
⑦ 黄宝华：《黄庭坚诗词文选评》，上海古籍出版社，2018，第72页。
⑧ （汉）许慎：《说文解字》卷一下，中华书局，1963，第27页。
⑨ （汉）许慎撰，（清）段玉裁注《说文解字注》一篇下，上海古籍出版社，1988，第48页。
⑩ （清）钱大昕撰，（清）薛传均疏证《说文答问疏证》卷六，《续修四库全书》编纂委员会编《续修四库全书》第204册，上海古籍出版社，1996，第313页。

"犬逐兔于莽"后世却习焉不察，历代诗文如"遗民死欲尽，莽然狐兔丛"（南宋文天祥《彭城行》）①、"纷纷狐兔投深莽，点点牛羊散远村"（南宋陆游《大寒出江陵西门》）② 等仍保留着其古语遗义。

"见兔必能知顾犬，亡羊补栈未为迟。"（唐周昙《春秋战国门》）③培训猎犬、良犬逐兔是人类狩猎捕兔的常用模式，汉画石像是以石为地、以刀代笔的绘画艺术，因其真实再现当时社会风俗，极具考古史料价值，被誉为"研究汉代的第一手资料""一部绣像的汉代史""汉代社会的缩影"④，如河南省郑州市新通桥汉墓空心砖画像《猎犬逐兔图》（见图 1，郑州市博物馆藏）⑤，虽简约描绘猎犬疾速追赶狂奔狡兔状，却颇具张力；南阳市英庄出土的汉画像石《狩猎图》（见图 2，南阳汉画馆藏）⑥，图中一人肩扛杈，一人持弩，三条猎犬飞速穷追两只野兔不舍，猎犬全身拉直，动感十足；南阳市出土的汉画像石《猎犬逐兔图》（见图 3，南阳汉画馆藏）⑦，画面山岭叠嶂，左刻二猎犬，犬体腾空拉成一线，猛扑右边在山林中奔跑的兔子。而殷墟刻辞作为"镌刻在甲骨上的史诗"，尤可直观剖阐上古殷商时期的社会经济状况，如商代雄主武丁时期卜辞"辛卯卜，贞：呼多羌逐兔，获（《合集》⑧154）"⑨"乙未卜：今日王狩光，擒。允获麑二、兕一、鹿二十一、豕二、麑一百二十七、虎二、兔二十三、雉二十七。十一月（《合集》10197）"⑩"其狩擒。壬申允狩擒，获兕六，逐十又六，兔百又九十又

---

① 李敖：《文山先生集》卷十四《指南后录》卷三，天津古籍出版社，2016，第 372 页。
② 张春林：《陆游全集》上册，中国文史出版社，1999，第 27 页。
③ 周振甫主编《唐诗宋词元曲全集·全唐诗》卷七二八，黄山书社，1999，第 5380 页。
④ 黄交军、李国英：《与牛共舞：徽州牛文化探秘》，《国学论衡》2022 年第 1 期。
⑤ 刘智有：《郑州新通桥汉墓空心砖画像艺术》，《中国美术》1981 年第 2 期。
⑥ 中国农业博物馆编《汉代农业画像砖石》，中国农业出版社，1996，第 78 页。
⑦ 凌皆兵、王清建、牛天伟主编《中国南阳汉画像石大全》第一卷，大象出版社，2015，第 166 页。
⑧ 《甲骨文合集》简称"《合集》"，下同。
⑨ 孟世凯：《甲骨学辞典》，上海人民出版社，2009，第 366 页。
⑩ 孟世凯：《甲骨学辞典》，上海人民出版社，2009，第 366 页。

九(《合集》10197 正)"① 等记载了商王武丁狩猎的赫赫功绩,如在光地一次大型围猎活动中,共捕获了(含兔等)8 种 104 只动物,而最多的一次获兔竟达 199 只,其数量和种类可以比拟一座野生动物园,可见"商王室的生产活动和渔猎活动所得物品是商王国收入最直接的来源"②,而兔无疑是商王经济的主要来源之一。地下出土动物骨骼的数量、种类也是真实反映当时社会经济生活的重要考古指标,以兔为例,1973 年湖南省长沙马王堆汉墓三号墓(西汉初期)利苍之子墓(前 206—前 168 年)出土了兔骨残骸(见图 4)③,出土时兔肉食品已全部腐朽不存,仅见残骨,体现了西汉时期长沙国贵族钟鸣鼎食的富足生活;2009 年 7 月至 2011 年 10 月,内蒙古文物考古研究所与吉林大学边疆考古研究中心组成联合考古队,先后三次对内蒙古自治区赤峰市红山区文钟镇魏家窝铺村遗址(属新石器时代红山文化)进行了考古发掘,发现了大量遗迹、遗物,其中兔的骨骼共计 4 件(见图 5)④。而据考古学者初步统计,殷墟前 15 次发掘出的动物骨骼共计 6000 余件,哺乳类动物多达 29 种,兔、虎等 8 种动物却不足 100 件,⑤ 结合武丁时期的甲骨刻辞资料,这一考古事实无疑表明:商民等中华先民猎取的兔兽并没有悉数埋入地下殉葬,更多地被人们食用后对兔骨骼进行了丢弃,而殉葬之兔数目有限,故造成殷墟墓葬中兔的骨骼残骸数量偏低。同时我们也认识到:上古三代时期猎获狡兔绝非易事,只有像商王武丁这样集体狩猎的规模方能收获数十上百只兔,面对活泼的狡兔必须全力以赴才有可能猎取之,否则"守株待兔"(语出《韩非子·五蠹》)必会贻笑大方。

---

① 孟世凯:《甲骨学辞典》,上海人民出版社,2009,第 366 页。
② 王进锋:《殷商史》,上海人民出版社,2015,第 103 页。
③ 良渚博物院、湖南省博物馆编《马王堆汉墓——长沙国贵族生活特展》,浙江摄影出版社,2014,第 81 页。
④ 陈全家、张哲:《赤峰市魏家窝铺遗址 2010—2011 年出土动物的考古学研究》,《草原文物》2017 年第 1 期。
⑤ 杨钟健、刘东生:《安阳殷墟之哺乳动物群补遗》,《中国考古学报》1949 年第 4 期。

图 1 郑州新通桥汉墓空心砖画像《猎犬逐兔图》

图 2 南阳市英庄汉画像石《狩猎图》

图 3 南阳市出土的汉画像石《猎犬逐兔图》

图 4 长沙马王堆汉墓三号墓出土兔的骨骼

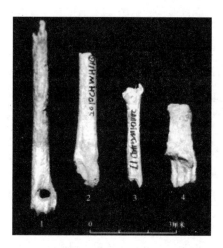

图5　赤峰市魏家窝铺出土的兔骨骼

（2）网兔捕兔，技艺先进

"蛾须远灯烛，兔勿近罝罘。"（唐白居易《想东游五十韵》）[1] 因兔子为奔跑健将，即使天下名犬亦不易捕获，《战国策·齐策三》："韩子卢者，天下之疾犬也。东郭逡者，海内之狡兔也。韩子卢逐东郭逡，环山者三，腾山者五，兔极于前，犬废于后，犬兔俱罢，各死其处。"南宋鲍彪注："逡、㕙同，狡兔名。"[2] 故人类根据其特点发明罟罘毕网以覆缚狡兔，相传华夏始祖伏羲"作结绳而为网罟，以佃以渔"（《易·系辞下》）[3]，这项工具的发明体现了远古文明的智慧与进步，标志着中华文明的起始与文化之根，影响源远流长，如西汉司马相如撰文铺陈楚王狩猎"罘网弥山，掩兔辚鹿，射麋脚麟，骛于盐浦，割鲜染轮，射中获多"（《子虚赋》）[4] 的盛大场面，赋文中"掩兔"意为

---

① （唐）白居易：《白居易全集》卷第二十七，丁如明、聂世美校点，上海古籍出版社，1999，第412页。

② 汉语大字典编辑委员会编纂《汉语大字典》第二版，四川辞书出版社、崇文书局，2010，第4103页。

③ （西周）周文王姬昌原著，马博主编《周易全书》第三册，线装书局，2014，第1220页。

④ （清）姚鼐纂集《古文辞类纂》卷六十六，胡士明、李祚唐标校，上海古籍出版社，2016，第719页。

用捕兔网进行覆盖、罩住野兔，东汉时扶风人马瑶"隐于汧山，以兔置为事。所居俗化，百姓美之，号马牧先生焉"（《后汉书·矫慎传》）①，以捕兔为生，颇具《诗经·兔置》古贤风范（《毛诗序》曰："《兔置》，后妃之化也。《关雎》之化行，则莫不好德，贤人众多。"朱熹《诗集传》："化行俗美，贤才众多，虽置兔之野人，而其才之可用犹如此。故诗人因其所事以起兴而美之，而文王德化之盛因可见矣。"② 故瑶以为事焉。既表明自己踵武先哲心迹，又对世人起到"所居俗化"教育效果）。"三足蟾惊入坎洼，八窍兔走罹置毕"（明刘基《再用前韵》）③，佐以汉代同时资料，河南南阳市淅川县出土的汉画像砖《持毕罩兔图》（见图 6，淅川县博物馆藏）④ 就生动记录了这一历史场景，画面分上下两格，内容相同。据画面而言，山峦之间绘有两只疾速逃逸的野兔，后面紧跟矫健猎犬，前面一猎手挥毕网向兔罩去，精细勾勒出一幅古人狩兔、网兔之精彩卷轴。

图 6　淅川县出土的汉画像砖《持毕罩兔图》

①冤（yuān）《说文·兔部》："🐰（冤），屈也。从兔从冖。兔在冖下，不得走，益屈折也。"⑤ 冤为会意字，从兔，从冖，"冖"像茅草等覆盖物，本义是覆盖。因兔被猛兽或人类所追击只能躲入兔窟内窘

---

① （南朝宋）范晔、（晋）司马彪：《后汉书》卷八十三《逸民列传第七十三》，李润英点校，岳麓书社，2009，第 945 页。
② 马飞骧：《诗经缵绎》，中央编译出版社，2019，第 11 页。
③ （明）刘基：《刘基诗集》卷七《七言律诗》，山东画报出版社，2004，第 459 页。
④ 中国农业博物馆编《汉代农业画像砖石》，中国农业出版社，1996，第 77 页。
⑤ （汉）许慎：《说文解字》卷十上，中华书局，1963，第 203 页。

迫不已，故冤本义是屈缩不展、进退维谷，段《注》："屈，不伸也。古亦假宛为冤。从冖兔。会意。……覆也。……兔在冖下不得走，益屈折也。枉曲之意取此。"① "冤"字后由屈缩不展义引申为冤屈、冤枉，再由冤屈、冤枉义引申为冤仇、冤恨和上当、吃亏等义。

②罝（jiē）《说文·网部》："䍖（罝），兔网也。从网，且声。䍉（䍏），罝或从糸。䍖（䈯），籀文从虍。"② 罝同䍏、䈯，义同网，本义是捕兔网，商承祚《殷虚文字类编》："（甲骨文）从网兔，当为'罝'之本字。《说文》'从网且声'，'且'殆从兔之讹，又误象形为形声矣。"③ "网疏而兽失"（《盐铁论·刑德》）④，古人将兔网器具缝制的严严密密，并张网设于树林里以诱捕兔子，《诗·周南·兔罝》："肃肃兔罝，施于中林。"毛传："兔罝，兔罟也。"唐孔颖达疏："《释器》云兔罟谓之罝，李巡曰：兔自作径路，张罝捕之也。"清郝懿行《尔雅义疏》："兔性狡而善逸，张者必于要路阻之也。"⑤ 黄金贵认为罝"是暗中张设捕兔的小网，没有自动覆盖的机关"⑥，后泛指捕鸟兽的网名，如《礼记·月令》："（季春之月）田猎罝罘、罗网、毕翳。"⑦

③罟（gǔ）《说文·网部》："䈇（罟），网也。从网，古声。"⑧ 徐锴《说文系传》："罟，网之总名也。"⑨ 罟乃形声字，从网（表网属），意为逮兔网，段《注》："《小雅·小明》传曰：'罟，网也。'按不言鱼网者。《易》曰：'作结绳而为网罟，以田以渔。'是网罟皆非专施于渔也。罟实鱼网，而鸟兽亦用之，故下文有鸟罟、兔罟。"⑩ 罟义

---

① （汉）许慎撰，（清）段玉裁注《说文解字注》十篇上，上海古籍出版社，1988，第472页。
② （汉）许慎：《说文解字》卷七下，中华书局，1963，第158页。
③ 商承祚编《殷虚文字类编》，北京图书馆出版社，2000，第15页。
④ （西汉）桓宽：《盐铁论》，上海人民出版社，1974，第113页。
⑤ 李家声：《诗经全译全评》，商务印书馆，2019，第11页。
⑥ 黄金贵：《古代文化词义集类辨考》，上海教育出版社，1995，第449页。
⑦ 陈戍国导读校注《礼记》上册，岳麓书社，2019，第106页。
⑧ （汉）许慎：《说文解字》卷七下，中华书局，1963，第157页。
⑨ 宗福邦、陈世铙、萧海波主编《故训汇纂》，商务印书馆，2003，第1794页。
⑩ （汉）许慎撰，（清）段玉裁注《说文解字注》七篇下，上海古籍出版社，1988，第355页。

同罝，取"遮"义，《尔雅·释器》："兔罟谓之罝。"郭璞注："罝犹遮也。"① 罟后作为网之总称，三国魏张揖《广雅·释器》："罔（网）谓之罟。"清王念孙疏证："此罔鱼及鸟兽之通名。"②

④罘（fú）《说文·网部》："𦉶（罘），兔罝也。从网，否声。"徐铉等注："罘，隶书作罘。"③ 罘同罘，为形声字，其义与网有关。"罘，兔网也"（《集韵·脂韵》）④，罘本义指取兔网，段《注》："罘，兔罝也。郭璞注《子虚赋》曰：'罘，罝也。'……古音在一部，秦刻石可证也。隶作罘。"⑤ 罘亦同罜、罬、罦、罗、罝等，《庄子·外篇·胠箧》："削格罗落罝罘之知多，则兽乱于泽矣。"陆德明释文："罘，本又作'罦'。《尔雅》云：'鸟罟谓之罗，兔罟谓之罝，罬谓之罦，罦，覆车也。'郭璞云：'今翻车。'"⑥ 罘得名于"覆车网、捕兔网"，《广雅·释器》："罘，兔罟也。"清王念孙疏证："罘之言覆也。"⑦

⑤罛（hù）《说文·网部》："𦊙（罛），罟也。从网，互声。"⑧ 罛同罟、罜、罜等，属罟网名，《集韵·霰韵》："罜，网也。《说文》罟也。"⑨ 罛本义谓捕兔网，段《注》："罛，《广韵》曰：'兔网。'"⑩ 《广雅·释器》亦云："罛，兔罟也。"⑪ 罛是古人发明的一种特制的（用于捕捉野兔的）挂网，《玉篇·网部》："罛，胃挂也。"⑫

⑥毕（bì）《说文·华部》："畢（毕），田罔（网）也。从华，象

---

① 宗福邦、陈世铙、萧海波主编《故训汇纂》，商务印书馆，2003，第 1794 页。
② （清）王念孙、（清）王引之：《广雅疏证》卷第七下，上海古籍出版社，2018，第 1144 页。
③ （汉）许慎：《说文解字》卷七下，中华书局，1963，第 157 页。
④ 宗福邦、陈世铙、萧海波主编《故训汇纂》，商务印书馆，2003，第 1795 页。
⑤ （汉）许慎撰，（清）段玉裁注《说文解字注》七篇下，上海古籍出版社，1988，第 356 页。
⑥ （清）王先谦集解，方勇导读、整理《庄子》，上海古籍出版社，2009，第 101 页。
⑦ 宗福邦、陈世铙、萧海波主编《故训汇纂》，商务印书馆，2003，第 1795 页。
⑧ （汉）许慎：《说文解字》卷七下，中华书局，1963，第 158 页。
⑨ （宋）丁度：《集韵》，中国书店，1983，第 570 页。
⑩ （汉）许慎撰，（清）段玉裁注《说文解字注》七篇下，上海古籍出版社，1988，第 356 页。
⑪ 宗福邦、陈世铙、萧海波主编《故训汇纂》，商务印书馆，2003，第 1794 页。
⑫ （南朝梁）顾野王：《大广益会玉篇》，中华书局，1987，第 77 页。

畢形微也。或曰:甶声。"① 畢简体作毕,为象形字,初文本象带有木柄的网状捕猎工具之形。"毕,掩兔也"(《玉篇·畢部》)②,毕字本义是指古代用以掩捕野兔的长柄网,段《注》:"毕,田网也,谓田猎之网也。必云田者,以其字从田也。《小雅》毛传曰:'毕所以掩兔也。'《月令》注曰:'罔小而柄长谓之毕。'按《鸳鸯》传云:'毕掩而罗之。'然则不独掩兔,亦可掩鸟,皆以上覆下也。"③ 毕网古时人类主要用于捕捉鸟、兔等,见《国语·齐语》:"昔我先君襄公筑台以为高位,田狩毕弋,不听国政,卑圣侮士,而唯女是崇。"三国吴韦昭注:"毕,掩雉兔之网也。"④ "毕"后由本义引申为用罟网猎取、擒获动物等义。

⑦禽(qín)《说文·厹部》:"禽(禽),走兽总名。从厹,象形,今声。禽、离、兕头相似。"⑤ 禽属象形字,其字形象长柄有网的狩猎工具,即"毕"之初文。禽最早见于甲骨文,本为会意字,从手持网以示捕捉意。西周金文添加声符"今",并将下面的手形变为与"萬""禹"等字下部相同的构形,此后一直保持这种构形,并逐渐地将"今"与下面的部分融为一体。至楷书变为从人从离,作"禽",沿袭至今。禽本义当为"捕兔网、捕兽网",但在甲骨文中用作"捕捉"之义,本义反而不用,后写作"擒",如《说文六书疏证》:"禽,实'擒'之初文,禽、兽皆取获动物之义。禽字金文……皆从本书'田网也'之'毕',今声。'毕'所以捕取动物,故即从毕。"⑥ 禽作为一种狩猎活动,"君子不重伤、不禽二毛"(《左传·僖公二十二年》)⑦,后

① (汉)许慎:《说文解字》卷四下,中华书局,1963,第83页。
② (南朝梁)顾野王:《大广益会玉篇》,中华书局,1987,第77页。
③ (汉)许慎撰,(清)段玉裁注《说文解字注》卷七下,上海古籍出版社,1988,第158页。
④ 华夫:《中国古代名物大典》上卷,济南出版社,1992,第431页。
⑤ (汉)许慎:《说文解字》卷十四下,中华书局,1963,第308页。
⑥ 马叙伦:《说文解字六书疏证》卷廿八,上海书店出版社,1985,第498页。
⑦ (晋)杜预注,(唐)孔颖达疏《春秋左传正义》卷二十五,《十三经注疏》,中华书局,1980,第397页。

又成为"田猎"之代称。

⑧蹄（tí）《说文·足部》："𨄼（蹏），足也。从足，虒声。"①《说文》无"蹄"字，其初文为"蹏（本义为兔、牛、马、猪、羊等动物的脚）"字，段《注》："蹏，俗作蹄。"②《玉篇·足部》亦曰："蹏，《说文》云：足也。同蹄。"③蹄与筌同义连文，合称蹄筌，"缗纶不投，置罗不披。磻弋靡用，蹄筌谁施"（《宋书·谢灵运传》)④。古谓兔置（捕兔网），《字汇·足部》："蹄，音题，足也。又兔弶也，系其足故曰蹄。又筌蹄，取鱼、兔器也。"⑤考其字源，蹄得名于"用兔置缚缠住兔脚"，《正字通·足部》："蹄，取兔具，罥其足，故曰蹄。《庄子》：'得兔忘蹄。'本作蹏。"⑥检索字书辞典"蹄"字民间有俗字"躧"，同跨，《重订直音篇·足部》："躧，形貌。同跨。"⑦蹄字先秦古文作"𧾷《古文四声韵》1.27史""𧾷《集篆古文韵海》1.10"⑧，始见《庄子·外物》："蹄者所以在兔，得兔而忘蹄。"唐陆德明释文："蹄，兔罥也；又云兔弶也，系其脚，故曰蹄也。"⑨黄庭坚《游东园》诗云："排闷有新诗，忘蹄出兔径。"⑩

"羲皇之初，天地开元；网罟禽兽，群黎以安"（西晋傅玄《羽籥舞歌》)⑪，诸多兔网兽罟的发明为原始人类渔猎生活风貌的历史本原写真，是"实践出真知"的生存智慧体现。《中庸·予知》亦云："人皆

---

① （汉）许慎：《说文解字》卷二下，中华书局，1963，第 46 页。

② （汉）许慎撰，（清）段玉裁注《说文解字注》二篇下，上海古籍出版社，1988，第 81 页。

③ （南朝梁）顾野王：《大广益会玉篇》，中华书局，1987，第 33 页。

④ （南朝梁）沈约：《宋书》卷六十七，大众文艺出版社，1999，第 465 页。

⑤ （明）梅膺祚撰，（清）吴任臣编《字汇　字汇补》，上海辞书出版社，1991，第 1012 页。

⑥ （明）张自烈，（清）廖文英编，董琨整理《正字通》酉集中，中国工人出版社，1996，第 1123 页。

⑦ （明）章黼撰，（明）吴道长重订《重订直音篇》，《续修四库全书》编纂委员会编《续修四库全书》第 231 册，上海古籍出版社，1996，第 130 页。

⑧ 徐在国编《传抄古文字编》，线装书局，2006，第 191 页。

⑨ 闻一多：《古典新义》，商务印书馆，2017，第 461 页。

⑩ 丁国成、迟乃义：《历代名诗一万首》，花山文艺出版社，1997，第 1008 页。

⑪ 沈海波、徐华龙、常博睿编《中华创世神话文献摘编》，上海人民出版社，2020，第 156 页。

曰'予知'，驱而纳诸罟攫陷阱之中，而莫之知辟也。'"① 颇有意味的是，中华先民不仅通过罗网捕捉兔等鸟兽果腹，且通过冥思苦想、体悟万物，将它总结上升到方法论、哲学史的空前高度，如"临河欲鱼，不若归而织网"（《文子·上德》）②、"蹄者所以在兔，得兔而忘蹄"（《庄子·外物》）等，进而实现了由"器"至"道"的历史性飞跃，其哲思妙悟影响深远，为海内外学者所折服。著名法国哲学家弗朗索瓦·朱利安（François Jullien）精辟指出："神话和象征编织的这个遮幕的主题（它掩藏着秘密）成了《圣经》注释经常关注的主题。无疑，当从希腊的寓言到教会圣师著作研究——尽管其中有争论——的丰富传统已让我们习惯于这种主题时，我们甚至不再感知到它，好像它是我们的意义域的基础一样。我在中国传统解释中没有找到与这个主题对应的东西。然而，中国传统中另一种形象表明：为了达至不可言说的直观，必须超越字面的意义，这种形象是网和鱼（或蹄和兔）的形象。"③ 正是中国古典哲学重实践、接地气、取法万物、形象生动的说谕特征与认知隐喻，使得古圣先哲的思想始终充满智慧与吸引力，以至于西方学者强调"中国和西方的对峙是当代最伟大的问题之一，而中国的思想为我们展示了不同的内在连贯关系，它还使我们重新思考我们理智之后的先入之见，因此中国的思想最有可能吸引当今的思想兴趣，将哲学重新整合"④，并倡导古代中国可作为西方哲学研究的工具，而兔（及兔文化）给中国哲学史源源不断地提供了思想文本、活水源泉。

---

① （春秋）曾子、（战国）孔伋：《大学中庸：经世致用的修养绝学》，古吴轩出版社，2011，第133页。

② （战国）文子著，李定生、徐慧君校释《文子校释》卷第六，上海古籍出版社，2004，第231页。

③ 〔法〕弗朗索瓦·朱利安：《迂回与进入》，杜小真译，商务印书馆，2017，第303页。

④ 〔法〕弗朗索瓦·朱利安、〔法〕蒂埃里·扎尔科内：《"作为哲学研究工具的中国"——弗朗索瓦·朱利安与蒂埃里·扎尔科内谈话录》，李红霞译，《国外社会科学》2005年第6期。

（3）兔味美食，珍馐佳肴

"催唤厨人燎狐兔，强排旅思举清樽。"（南宋陆游《梦中作》）①
烹饪技艺是厨师饮食制作的一项专门技术，是根据不同制品的不同要
求，从原料选择、加工切配、加热调味到制熟装盘的整体过程，"王者
以民为天，而民以食为天"（《汉书·郦食其传》）②，而"兔处处有之，
为食品之上味"（《本草纲目·兔》）③，古代中国饮食文化始终把"味"
作为终极核心来严肃对待，调味既是烹饪美食的技术手段，也是烹饪
成败之关键，故世人皆谓中国的烹饪追求实为味觉之艺术。"地炉对火
得奇温，兔醢鱼鲋穷旨蓄"（陆游《雪夜小酌》）④，以兔为例，兔肉根
据不同人群口味需要被做成兔毛、兔醢、兔酱等各种调味品，从而让
饕餮食客们回味无穷，周代青铜器、《师兽毁》铭文内有"𣦣"字，隶
定为"敨"，同肆，⑤ 观字形与取兔肉有关。明人宋濂等《元史·祭祀
志·郊祀上》亦载："豆之用八者，无脾折菹、酏食、兔醢、糁食。"⑥
兔肉食疗药用价值颇高，兔肉肉质细嫩，营养丰富，又不令人发胖，
在牲畜中属于"三高三低（高蛋白、高氨基酸、高消化率，低脂肪、
低胆固醇、低热量）"的优质产品，是理想的"美容食品"，以至于古
代营养学家及医学家们高度评价云："飞禽莫如鸪，走兽莫如兔。"⑦ 据
明朝医学巨著《本草纲目》记载，兔肉"辛、平、无毒"，可用于
"补中益气。热气湿痹，止渴健脾。生食，压丹石毒。腊月作酱食，去
小儿豌豆疮。凉血，解热毒，利大肠"⑧，而兔血"咸、寒、无毒"，主
治"凉血活血，解胎中热毒。催生易产"⑨。考古资料显示，早至西汉

---

① 张春林：《陆游全集》上册，中国文史出版社，1999，第 637 页。
② （清）严可均辑，任雪芳审订《全汉文》卷十四，商务印书馆，1999，第 140 页。
③ （明）李时珍：《本草纲目》第五十一卷《兽部》，中国文史出版社，2003，第 634 页。
④ 张春林：《陆游全集》上册，中国文史出版社，1999，第 363 页。
⑤ 张亚初编著《殷周金文集成引得》，中华书局，2001，第 434 页。
⑥ （明）宋濂等：《元史》卷七十二，阎崇东等校点，岳麓书社，1998，第 1013 页。
⑦ 郭洪波：《你应该了解的古代农业科技》上册，湖北科学技术出版社，2016，第 123 页。
⑧ （明）李时珍：《本草纲目》第五十一卷《兽部》，中国文史出版社，2003，第 635 页。
⑨ （明）李时珍：《本草纲目》第五十一卷《兽部》，中国文史出版社，2003，第 635 页。

时兔已入药治病，汉初马王堆汉墓帛书《五十二病方》载："以鸡卵弁兔毛，傅之。"①

①芼（mào）《说文·艸部》："𦯭（芼），艸覆蔓。从艸，毛声。《诗》曰：'左右芼之。'"② 芼为形声字，本义是指野草（兔芼）菜等铺地蔓延。"晚秋涉冬，大苍出笼，黄棘下兔，芼以乾葵，以送余日"（东汉马融《与谢伯世书》）③，上古先民将兔羹肉汁等添加蔬菜调料进行巧妙搭配，如《礼记·内则》："雉兔皆有芼。"唐孔颖达正义："谓菜芼也。为雉羹、兔羹，皆有芼菜以和之。"④ 这段文献史料充分表明古人已注意到兔之肉食价值，段《注》："毛郑诗考正曰：'芼，菜之烹于肉湆者也。'礼羹芼菹醢凡四物。肉谓之羹。菜谓之芼。肉谓之醢。菜谓之菹。菹醢生为之。是为醢人豆实。芼则湆烹之。与羹相从。"⑤

②𧖴（zú）《说文·血部》："𧗶（𧖴），醢也。从血，菹声。𧖴（𧖴），𧖴或从缶。"⑥ 𧖴为形声字，本义指肉酱，段《注》："《醢人》注曰：'凡醢酱所和，细切为𩛆，全物若腜为菹。'《少仪》曰：'麋鹿为菹，野豕为轩，皆腜而不切。麇为辟鸡，兔为宛脾，皆腜而切之。切葱若薤，实之醯以柔之。'由此言之，则𩛆菹之称菜肉通。按菹亦为肉称，故其字又作𧖴。从血菹会意也。从血犹从肉也。"⑦ 𧖴同𧗶，《广雅·释器》"𧗶谓之𧖴"王念孙疏证："𧖴，谓以肉为菹也。"⑧ 周时有"兔醢"（《周礼·天官·冢宰》）、兔羹等美味食品。

③醢（hǎi）《说文·酉部》："𨡓（醢），肉酱也。从酉、𥂁。𧇃（𧇃），籀文。"徐铉曰："𥂁，瓯器也。所以盛醢。"⑨ 醢属形声兼会意

---

① 湖南省博物馆：《马王堆汉墓帛书》（二），岳麓书社，2013，第542页。
② （汉）许慎：《说文解字》卷一下，中华书局，1963，第23页。
③ 吴从祥：《马融年谱》，黄山书社，2019，第232页。
④ 陈成国导读校注《礼记》上册，岳麓书社，2019，第190页。
⑤ （汉）许慎撰，（清）段玉裁注《说文解字注》一篇下，上海古籍出版社，1988，第39页。
⑥ （汉）许慎：《说文解字》卷五上，中华书局，1963，第105页。
⑦ （汉）许慎撰，（清）段玉裁注《说文解字注》五篇上，上海古籍出版社，1988，第214页。
⑧ 宗福邦、陈世铙、萧海波主编《故训汇纂》，商务印书馆，2003，第2041页。
⑨ （汉）许慎：《说文解字》卷十四下，中华书局，1963，第313页。

字，须用酒调配故从酉，盍表声，兼表"盛醯之容器"义；籀文从艸，谓芥酱之属，从卤，表明制作时需用盐佐之，故"醢"字本义指用兔肉（或鱼等）制成的肉酱调料。段《注》："《周礼·醢人》：'掌醢醯。麋臡、鹿臡、麇臡、蠃醢、蠯醢、蚳醢、鱼醢、兔醢、雁醢。凡醢皆肉也。'郑曰：'作醢及臡者，必先膊干其肉，乃复莝之，杂以粱曲及盐，渍以美酒，涂置甀中，百日则成矣。'此酱从肉、从酉之旨也。许训盬云：'血醢。'训凡醢曰：'肉酱。'就字形别之耳。"①

"迎霜新兔美，近社浊醪香。"（南宋陆游《邻曲小饮》）②颇有意味的是，"吃在中国""舌尖上的中国""美味之都""美食天堂"绝非浪得虚名，先民不仅讲究食材肉质鲜美，掌握火候也十分重要，菜品菜谱颇为讲究炖、焖、煨、蒸、焐、烧、炒等不同手法，"于是从容安步，斗鸡走兔（走兔指古时两兔相竞跑的一种游戏），俛仰钓射，煎熬炮炙，极乐到暮"（西汉枚乘《兔园赋》）③，如兔肉历经煎、熬、炮、炙等程序更是脍炙人口，使得中国饮食文化蜚声世界、誉满全球。"（九月）九日重阳节，驾幸万岁山或兔儿山、旋磨山登高，吃迎霜麻辣兔，饮菊花酒"（明刘若愚《酌中志·饮食好尚纪略》）④，辽、元、明清时期北方地区重阳节盛行迎霜宴吃迎霜兔之风，古人吃迎霜兔，寓避寒长寿之意。《日下旧闻考·风俗三》引《陈琮诗注》云："重阳前后设宴相邀，谓之迎霜宴。席间食兔，谓之迎霜兔。……藏花木于窖，食兔羹。"⑤兔肉不仅鲜美可口，且能补益身心。南朝梁《本草经集注》载："兔肉乃大美，亦益人。"⑥宋代《证类本草》引作"兔肉

---

① （汉）许慎撰，（清）段玉裁注《说文解字注》十四篇下，上海古籍出版社，1988，第751页。
② 张春林：《陆游全集》上册，中国文史出版社，1999，第363页。
③ 费振刚、仇仲谦、刘南平校释《文白对照全汉赋》，广东教育出版社，2006，第19页。
④ （明）刘若愚：《酌中志》，北京古籍出版社，1994，第182页。
⑤ （清）于敏中：《日下旧闻考》卷一百四十八，瞿宣颖点校，北京出版社，2018，第2365页。
⑥ （梁）陶弘景编，尚志钧、尚元胜辑校《本草经集注（辑校本）》，人民卫生出版社，1994，第423页。

为羹，亦益人"①，又"腊月（兔）肉作酱食，去小儿豌豆疮"②。唐人《食疗本草》记有"兔头骨并同肉，味酸"食疗功效③。参以古文字证据，殷周金文中有"鲁"字，由蠡、肉组合会意"美味的兔肉"而成。

④炙（zhì）《说文·炙部》："贾（炙），炮肉也。从肉在火上。凡炙之属皆从炙。燤（爙），籀文。"④炙属会意字。从火，从肉，从火上烤肉会意，炙本义为用火烤肉，段《注》："炙，炙肉也。炙肉各本作炮肉。今依《楚茨》传正。《小雅·楚茨》传曰：'炙，炙肉也。'《瓠叶》传曰：'炕火曰炙。'正义云：'炕，举也。谓以物贯之而举于火上以炙之。'按炕者俗字，古当作抗。《手部》曰'抗扞'也，《方言》曰'抗县也'是也。《瓠叶》言炮、言燔、言炙。传云：'毛曰炮，加火曰燔，抗火曰炙，燔炙不必毛也。抗火不同加火之逼近也。'此毛意也。笺云：'凡治兔之首宜，鲜者毛炮之，柔者炙之，干者燔之。'此申毛意也。"⑤《诗经·小雅·瓠叶》中"炙兔"即烧烤兔肉美味之义。

⑤燔（fán）《说文·火部》："燔（燔），爇也。从火，番声。"⑥燔为形声字。从火，番声，本义为焚烧兔肉等，段《注》："按许燔与燔字别。燔者，宗庙火炙肉也。此因一从火一从炙而别之。毛于《瓠叶》传曰：'加火曰燔。'于《生民》传曰：'傅火曰燔。'古文多作燔，不分别也。"⑦"银炉炽兽炭，狐兔纷炮燔"（陆游《村饮》）⑧，燔由焚烧引申为烤、炙兔肉等，《诗经·小雅·楚茨》："或燔或炙。"郑玄笺：

---

① （宋）唐慎微等：《重修政和经史证类备用本草》卷第十七，陆拯、郑苏、傅睿等校注，中国中医药出版社，2013，第1053页。

② （宋）唐慎微等：《重修政和经史证类备用本草》卷第十七，陆拯、郑苏、傅睿等校注，中国中医药出版社，2013，第1054页。

③ （唐）孟诜：《食疗本草》，人民卫生出版社，1984，第71页。

④ （汉）许慎：《说文解字》卷十下，中华书局，1963，第212页。

⑤ （汉）许慎撰，（清）段玉裁注《说文解字注》十篇下，上海古籍出版社，1988，第491页。

⑥ （汉）许慎：《说文解字》卷十上，中华书局，1963，第207页。

⑦ （汉）许慎撰，（清）段玉裁注《说文解字注》十篇上，上海古籍出版社，1988，第480页。

⑧ 张春林：《陆游全集》上册，中国文史出版社，1999，第284页。

"燔，燔肉也。"① 古有"甘燔兔"之说，如"猎野甘燔兔，登川快矅蠮"（刘攽《次韵和韩持国雪二十韵》）②，燔兔并非单纯食用，"乐始于蒉桴土鼓，祭起于扫地燔兔，岂不求诸野哉"（南宋刘辰翁《须溪集·吉水县修学记》）③，还是曩时一种隆重祭礼，南宋华镇《云溪居士集·秦皇论》："（东坡）燔兔匏叶，可以行礼；扫地而祭，可以事天。"④

⑥炮（páo）《说文·火部》："燺（炮），毛炙肉也。从火，包声。"⑤炮属形声字。从火，从包，包亦声，谓包起来用火烤，是古代常用的一种烹饪法，故"炮"本义指把带毛的兔肉用泥涂裹后放在火上煨烤，段《注》："炙肉者，贯之加于火。毛炙肉，谓肉不去毛炙之也。《瓠叶》传曰：'毛曰炮，加火曰燔。'《閟宫》传曰：'毛炰豚也。'《周礼·封人》：'毛炰之豚。'郑注：'毛炮豚者，焯去其毛而炮之。'《内则》注曰：'炮者，以涂烧之为名也。'《礼运》注曰：'炮，裹烧之也。'按裹烧之即《内则》之'涂烧'。郑意《诗》《礼》言毛炮者，毛谓燎毛，炮谓裹烧，毛公则谓连毛烧之曰炮，为许所本。"⑥

"雪窗驯兔元不死，烟岭孤猿苦难捉。"（北宋苏轼《再游径山》）⑦中华先民利用罗网等方式捕捉了大量活兔生兔，并对它们进行专门拳扰驯化，《说文》客观记录着史前至东汉时期中华儿女"自强不息、海纳百川的生息感悟、创业箴铭与文明历程"⑧，如"樴（zhí）"即表征该民族秘史之文献语料，《说文·木部》："樴（樴），弋也。从木，戠声。"⑨

---

① （清）李宗堂：《学诗堂经解》卷十三，黄山书社，2017，第 513 页。
② （北宋）刘攽《彭城集》卷十六《五言长律》，齐鲁书社，2018，第 426 页。
③ （宋）刘辰翁：《须溪集》卷一，《丛书集成续编》第一〇七册，上海书店出版社，1994，第 2 页。
④ （明）解缙等原著，刘凯主编《永乐大典精华》第三册，线装书局，2016，第 934 页。
⑤ （汉）许慎：《说文解字》卷十上，中华书局，1963，第 208 页。
⑥ （汉）许慎撰，（清）段玉裁注《说文解字注》十篇上，上海古籍出版社，1988，第 482 页。
⑦ （宋）苏轼著，（清）冯应榴辑注，黄任轲、朱怀春校点《苏轼诗集合注》卷十，上海古籍出版社，2001，第 476 页。
⑧ 黄交军、李国英：《从甲骨文到〈说文解字〉：论鬼在中国先民文化中的形象流变》，《漯河职业技术学院学报》2019 年第 6 期。
⑨ （汉）许慎《说文解字》卷六上，中华书局，1963，第 123 页。

段《注》："弋、杙古今字。"① 橶属形声字，从木，敢声，本义是木桩，上古时主要用橶桩来圈养兔、牛及鸡鸭鹅等，《尔雅·释宫》："橶谓之杙。"郭璞注："橛也。"清人邵晋涵正义："凡木采于山去其枝条以待用者，俗谓之木料，古谓之橛，又谓之橶，又谓之杙。其状不一，或邪而锐，或大而长。其用至广，虽栖鸡置兔亦皆用之。其在室中者，各随所在而异其名。"② 笼兔、圈兔使得狡兔、捷兔经过长期人工饲养最终成为朝野上下人人喜爱的家庭萌宠（及肉食来源），为先秦时期中国驯兔史提供了确凿可信的文字史料语料。"梁王不悦，游于兔园"（南朝宋谢惠连《雪赋》）③，史载汉文帝第四子梁孝王刘武为狂热的养兔迷，在都邑睢阳建有兔园④（或称"兔苑""梁园"）。西汉刘歆《西京杂记》卷二《梁孝王宫囿》曰："梁孝王好营宫室苑囿之乐，作曜华之宫，筑兔园，园中有百灵山，山有肤寸石、落猿岩、栖龙岫，又有雁池（奇果异树，瑰禽怪兽必备。王日与宫人宾客弋钓其中）。"⑤ 据典籍记载，梁王爱兔成痴，甚至替园中每只兔子毛色打上特制的识别标记，《初学记》引东晋张璠《汉记》曰："梁冀起兔苑于河南，移檄在所，调发生兔，刻其毛以为识。人有犯者罪至死。"⑥ 中华先民驯兔历程意义非凡，其历史作用主要有三。首先保证了人们的肉食需求，加速中华文明之发展进程，一般认为肉食（尤其是熟食）对人类进化发

---

① （汉）许慎撰，（清）段玉裁注《说文解字注》六篇上，上海古籍出版社，1988，第263页。
② 郭郛注证《尔雅注证：中国科学技术文化的历史纪录》上册，商务印书馆，2013，第270页。
③ 王飞鸿：《中国历代名赋大观》，北京燕山出版社，2007，第409页。
④ 西汉诸侯梁孝王刘武在梁都东郊（故址在今河南省商丘市）经营的兔园为古代中国历史名园，可与皇家宫苑相媲美，其园林规模宏大，方三百余里，宫室相连属，供游赏驰猎。刘武本人风流儒雅，好礼贤下士，梁园逐渐成为西汉养士之所，一时名士毕至、群贤荟萃，兔园名声大噪，如词赋高手司马相如、枚乘住园期间分别写成著名汉赋《子虚赋》与《七发》《梁王菟园赋》；路乔如为《鹤赋》；公孙诡为《文鹿赋》；邹阳为《酒赋》；公孙乘为《月赋》；羊胜为《屏风赋》；韩安国作《几赋》不成，邹阳代作。梁园辞赋在中国文学史上意义重大，开启了汉代大赋的先声，故梁园素有"文人雅集"之盛誉，鲁迅先生即高度评价曰："天下文学之盛，当时盖未有如梁者也。"（《汉文学史纲要》第八篇《藩国之文术》）
⑤ （西汉）刘歆撰，葛洪集、向新阳、刘克任校注《西京杂记校注》，上海古籍出版社，1991，第109页。
⑥ （唐）徐坚等：《初学记》卷二十九《兽部》，韩放主校点，京华出版社，2000，第545页。

展作用最大, 恩格斯即强调 "最重要的还是肉食对于脑的影响; 脑因此得到了比过去丰富得多的为脑本身的营养和发展所必需的物质, 因而它就能够一代一代更迅速更完善地发育起来……如果不吃肉, 人是不会到达现在这个地步的"①。目前最新研究成果表明: 云贵高原上的 "元谋人" 使用火之历史在全球来讲是最早的, 并以火养生, 用火取暖, 有效地抵御毒蛇猛兽的攻击、自然界的风雪严寒, 确保了元谋人种群的代代繁衍, 从而成为整个亚洲黄种人类之始祖。② 其次保证了古人祭祀牺牲对纯色兔畜的要求, 无须临时去大肆捕杀野兽活畜。最后构建了人与兔等动物和谐共处、万物同齐的永续发展模式。远古先民的兔驯化史实打破了欧美学界驯兔起源于欧洲之谬论偏见, 对今日中国确立文化自信、民族崛起的话语权、解释权具有重要意义。"(西北之人食陆畜) 食陆畜者, 狸兔鼠雀以为珍味, 不觉其膻也"(西晋张华《博物志·五方人民》)③, 兔在华夏儿女生活中尤其是食品文化中举足轻重, 相传孔子 "不得其酱, 不食"(《论语·乡党》)④, 南宋朱熹亦推崇 "食肉用酱, 各有所宜"(《论语集注》卷五)⑤ 的饮食理念, 而据《说文》涉兔酱料汉字透露出的文化信息表明: 一是兔酱的制作与酒关系极为密切, 肉酱的酿制从酒的发明中汲取了灵感; 二是兔酱的制作需要酒 (包括盐) 作为调料; 三是先民重视兔酱肉酱, 品种多样, 经验丰富, 且搭配芼菜等,⑥ 据《礼记·内则》记载, 古人食用脯羹时喜欢搭配兔醢。中华儿女对兔肉兔酱等不断进行加工制作, 使得古代中国兔文化别出机杼, 深化了 "文明古国" "美食天堂" 的人

---

① 〔德〕恩格斯:《劳动从猿到人转变进程中的作用》,《马克思恩格斯选集》第三卷, 人民出版社, 2012, 第 994 页。
② 贾银忠:《西南民族地区历史文化与旅游经济发展研究》, 民族出版社, 2018, 第 237~238 页。
③ (西晋) 张华著, 赵娣评译《博物志》卷一, 北京联合出版公司, 2016, 第 17 页。
④ 张岱年主编《孔子百科辞典》, 上海辞书出版社, 2010, 第 175 页。
⑤ (宋) 朱熹:《四书章句集注》, 长江出版社, 2016, 第 108 页。
⑥ 徐兴海:《食品文化概论》, 东南大学出版社, 2008, 第 103 页。

文厚度，即使以今日严格科学标准视之亦有着坚实可靠的科学依据，可见《说文》兔类字文化内涵堪称一部中华饮馔发达史。

三　玉兔金乌，捣药长生：泛灵崇拜视域下中华先民"兔"之月兔传说

"诗坛独上四无人，乌兔驱车天倚盖。"（南宋刘宰《再韵谢和章》）[1] 兔作为人们日常观法取象的重要动物，对人类启发很大，而"近取诸身，远取诸物"（《说文·序》）[2] 不仅是古圣昔哲观物立象、绘景生境、造字赋形的根本大法，更是中华先民认知万物、构建范畴、解读世界的黄金法则。早期中国百姓不仅根据兔之特点发明了毕网兔罟，且模仿"伏兔"形状创制出轐车，亦作"伏菟"，指隐伏或蹲伏着的兔子，轐车身构件原理即以其形如蹲伏之兔而得名。

①轐（bú）《说文·车部》："轐，车伏兔也。从车，菐声。《周礼》曰：'加轸与轐焉。'"[3] 轐为形声字，从车，菐声，亦称輹。轐意同兔，本义指古代车上勾连车厢底板和车轴的部件，形状如蹲伏之兔，因名伏，段《注》："戴先生曰：'伏兔谓之轐。'……《释名》……又曰：'伏兔，在轴上似之也。'……轐之言仆也。毛传曰：'仆、附也。为伏兔之形附于轴上，以鞎固之。'轴菑于两伏兔间者，名曰当兔。"[4] 轐又名伏兔表明人类创造轐车时曾从兔的形体结构获得灵感，属原始仿生学实践，如"圣人见飞蓬转而知为车（以类取之）"（西汉刘安《淮南子·说山训》）[5]，实现了人类从滑动到滚动的运动方式的飞跃，

---

① （宋）刘宰：《漫塘集》卷四，吕留良、吴之振、吴自牧选《宋诗钞》第四册，李宣龚校，商务印书馆，1935，第2400页。

② （汉）许慎：《说文解字》卷十五上，中华书局，1963，第314页。

③ （汉）许慎：《说文解字》卷十四上，中华书局，1963，第301页。

④ （汉）许慎撰，（清）段玉裁注《说文解字注》十四篇上，上海古籍出版社，1988，第724页。

⑤ （汉）刘安著，（汉）许慎注《淮南子》卷十六，陈广忠校点，上海古籍出版社，2016，第398页。

使得"车成为中国古代劳动人民最早也是最主要的一项发明"①。輮简称兔,凡车皆有三兔,中央者曰当兔,《周礼·考工记·辀人》:"十分其辀之长,以其一为之当兔之围。"郑玄注:"辀当伏兔者也。"贾公彦疏:"当兔,谓舆下当横轴之处。"孙诒让正义引戴震《考工记图》:"当兔在舆下正中,其两旁置伏兔者。"②

"搴月兔兮泛灵槎,登钧天兮泰皇家。"(南宋岳珂《孝宗皇帝杜甫夜宴左氏庄诗御书赞》)③ 古人眼中灵兔非凡,甚至相传月中有兔,为兔子的精灵所化,"月兔"传说正是中华先民利用汉语、汉字记录泛灵崇拜④社会意识的原始思维体现,正如英国神话学家麦克斯·缪勒(Friedrich Max Müller)断言:"每一个词都在确定意义上就是个神话。"⑤ 无独有偶,古印度据载亦有月中兔传说,如在佛教文学里,记有《兔王本生》故事,内容大意为帝释天为考验狐、兔、猿三兽的道行深浅,故意伪装成老人向它们索食,狐狸与猿猴都设法弄来了食物,只有兔子无力布施,故用投火自焚的方式以肉身供养老人,"月中兔者,佛昔作兔王,为一仙人投身入火,以肉施彼,天帝取其骨置于月中,使得清凉,又令地上众生,见而发意"(唐释慧琳《一切经音义·正理门论》)⑥。最早记载这个传说的,是巴利文的《佛本生故事》第三一六则故事《兔王本生》,叙述兔王投火、入月等事迹,"帝释天对它说道:'兔子智者啊,愿你的品德在整整一劫里传扬!'说罢,他挤一挤山,用山汁在月轮上画了一个兔子的形象"⑦,一些研究人士多以

---

① 中国公路交通史编审委员会编《中国古代道路交通史》,人民交通出版社,1994,第 55 页。
② 李亚明:《考工记名物图解》,中国广播影视出版社,2019,第 92 页。
③ 傅璇琮、倪其心、许逸民等:《全宋诗》卷二九七一,北京大学出版社,1998,第 35383 页。
④ 泛灵崇拜为宗教最原始形式之一,英国人类学家爱德华·伯内特·泰勒进行归纳整理后认为人类最初把世界想象成是充满了灵魂或精灵的,并且在对大自然的这一理解的基础之上,人类创立和发展了宗教。
⑤ 〔英〕缪勒:《比较神话学》,金泽译,上海文艺出版社,1989,第 75 页。
⑥ (唐)慧琳:《一切经音义》卷二十三,《大正新修大藏经》第五十四册,台北新文丰出版公司,1983,第 643 页。
⑦ 郭良、黄宝生译《佛本生故事选》,人民文学出版社,2001,第 191 页。

此作为印度月中兔传说的由来。有学者根据佛教史书推断，这个《兔王本生》故事约在公元前 3 世纪已存在于佛教文学中，但这一佛教文学故事进入汉语文学体系最早是在三国时期[①]（从时间线索而言，先秦时我国早已流传月兔传说）。遍索文献古籍，当始见于（三国吴）支谦译《菩萨本缘经》卷下"兔品"。

> 时婆罗门（"婆罗门"为梵文译音，意为"净行"，为僧侣中的等级最高者，这里指佛陀释迦牟尼）即作是念："此兔今日为何所见？见死兔耶？或死鹿乎？"心即欢喜，然火诵咒。是兔其夜多集干薪告诸兔言："汝等当知，是婆罗门，今欲舍我远去他家。我甚愁恼身体战栗。世法如是无常别离，虚诳不实犹如幻化，合会有离犹如秋雨。有为之法有如是等无量过患，诸行如梦热时之炎，众生命尽无可还者。汝等今者知世法如是而不能离，是故汝等要当精勤坏三有乎？"尔时兔王竟夜不眠，为诸兔众说法如是。夜既终已，清旦地了干薪聚边即便吹火。火然之后语婆罗门言："我昨请汝欲设微供。今已具办愿必食之，何以故？智人集财欲以布施，受者怜愍要必受用。若有凡人多畜财宝，以施于人此不以为难。我今贫穷施乃为难，唯愿哀矜必定受之。我今深心清净启请，唯愿仁者必受不疑。说是语已复自慰喻。我今为他受安乐故，自舍己身无所贪惜大如毫厘，如是福报愿诸众生证无上智。"自慰喻已投身火坑。时婆罗门见是事已，心惊毛竖即于火上而挽出之，无常之命即便断灭。谛观心闷抱置膝上，对之鸣唼并作是言："爱法之士慈愍大仙调御船师，为利众生舍身寿命今何所至。我今敬礼为归依主，我处此山长发重担。虽经多年无所利益，我愿从今常相顶戴，愿汝功德具足成就，令我来世常为弟子。"说是

---

① 陈开勇：《宋元俗文学叙事与佛教》，上海古籍出版社，2008，第 100 页。

语已还持兔身置之于地，头面作礼复还抱捉犹如赤子，即共死兔俱投火坑。尔时释天知是事已，大设供养收骨起塔。菩萨摩诃萨修行如是，尸波罗蜜不诳于世。①

据佛典早期译经《菩萨本缘经》原典，文中仅仅赞扬了兔王投火自焚、勇于牺牲的可贵精神，事后天帝感其诚收兔骨垒塔为念（表彰兔王光荣事迹），根本就没有提及"月兔""月中兔"等字眼（从西汉末至唐数百年间汉译佛经文献均无月兔相关记载，表明该传说非起于域外），而历代典籍文献明确载有涉月兔传说事迹者，以中古唐时佛经《大唐西域记》最为翔实，见《大唐西域记》卷七。

　　烈士池西有三兽窣堵波，是如来修菩萨行时烧身之处，劫初时，于此林野有狐、兔、猿，异类相悦。时天帝释欲验修菩萨行者，降灵应化为一老夫，谓三兽曰："二三子善安隐乎？无惊惧耶？"曰："涉丰草，游茂林，异类同欢，既安且乐。"老夫曰："闻二三子情厚意密，忘其老弊，故此远寻。今正饥乏，何以馈食？"曰："幸少留此，我躬驰访。"于是同心虚己，分路营求。狐沿水滨衔一鲜鲤，猿于林树采异花果，俱来至止，同进老夫。惟兔空还，游跃左右。老夫谓曰："以吾观之，尔曹未和。猿狐同志，各能役心，惟兔空还，独无相馈。以此言之，诚可知也。"兔闻讥议，谓狐、猿曰："多积樵苏，方有所作。"狐、猿竞驰，衔草曳木，既已蕴崇，猛焰将炽。兔曰："仁者，我身卑劣，所求难遂，敢以微躬，充此一餐。"辞毕入火，寻即致死。是时老夫复帝释身，除烬收骸，伤叹良久，谓狐、猿曰："一何至此！吾感其心，不泯其迹，寄之月轮，传乎后世。"故彼咸言，月中之兔自斯

---

① 〔印〕僧伽斯那：《菩萨本缘经》卷下，（三国吴）支谦译，大正新修大藏经刊行会《大正新修大藏经》第三册，大藏出版株式会社，1988，第 64 页。

而有。后人于此建窣堵波。①

"兔生明月月在天,玉兔不能久人间。"(北宋欧阳修《答圣俞白鹦鹉杂言》)②中印两大文明古国关于月兔确有共同之处,这一文化现象暗示两国兔文化历史上存在着某种互动关联,国学大师季羡林提出中国"月中有兔"的说法是受到印度月兔的影响,③日本学者藤田丰八亦持此说,"以为'月中蟾蜍'的神话,或系由印度的 Rahn 追逐日月的神话脱化而来;'月中有兔'的神话,或与印度的 Sasa 形象的传说,为同一系统。但是,由它们的时代观察,中国所传的,颇较印度为后,似可认为前者系后者的输入"④。著名神话学家钟敬文对这一说法(中国月兔神话由印度传入)表示怀疑,并强调"(除了这种传说从东半球到西半球各民族间都存在着和它在中国流传时代比较早的理由之外)印度传说带有深厚的佛教色彩。中国早期关于月兔的说法,却不见有这种痕迹"。"产生于中国纪元前的月兔神话,为什么一定是从印度输入的呢?"⑤据史观之,本文以为古代中国对印度文化影响可能性更大一些,因为据当时的历史条件和各种可信史料记载,佛教传入中国的可靠年代,应该是西汉末年和东汉初年的时候,⑥而华夏早至上古三代时期已有"嫦娥奔月""月兔精"等系列神话传说,《初学记》卷一引《淮南子》:"羿请不死之药于西王母,羿妻姮娥窃之奔月,托身于月,

①　(唐)玄奘、(唐)辩机撰,范祥雍汇校《大唐西域记汇校》卷七,上海古籍出版社,2018,第331页。

②　(宋)欧阳修撰,李之亮笺注《欧阳修集编年笺注》卷八《居士集》,巴蜀书社,2007,第311页。

③　季羡林:《中印文化交流史》,新华出版社,1993,第11页。

④　〔日〕藤田丰八:《中国古代神话考》,卫聚贤编《古史研究》第二集,商务印书馆,1934,第597~599页。

⑤　钟敬文:《马王堆汉墓帛画的神话史意义》,《中华文史论丛》第二辑,上海古籍出版社,1979,第88页。

⑥　任继愈主编《中国佛教史》第一卷,中国社会科学出版社,1985,第46~67页。

是为蟾蜍（蟾蜍），而为月精。"① 随着陆海丝绸之路的对外影响持续扩大，古代中国的精美丝绸、瓷器、茶叶与民俗文化等畅行海外、扬名寰宇，如战国屈原时期就用"顾兔"（亦作"顾菟"）来指称月亮，溯其源古代神话传说月中阴精积成兔形，后因以为月之别名，见《楚辞·天问》："厥利维何，而顾菟在腹？"东汉王逸注："言月中有菟，何所贪利；居月之腹，而顾望乎？"南宋洪兴祖补注："菟，与兔同。《灵宪》曰：'月者，阴精之宗，积而成兽，象兔，阴之类，其数偶。'"② 延至汉代，以兔喻月、用兔称月、（月中）兔蟾合称之阴阳五行学说及图像证据愈发明显，"月中之兽，兔、蟾蜍也"（东汉王充《论衡·顺鼓》）③，汉朝人宗教信仰观念认为蟾蜍属阳，兔子属阴，必须以偶数配之，故一阴一阳共居月中，"夫乌、兔、蟾蜍，日月气也"（《论衡·说日》）④，并强调兔、蟾蜍等为日月之气所化，无疑乃早期中国月神崇拜的一大特色，西汉刘安《五经通义》亦载："月中有兔与蟾蜍何？兔，阴也；蟾蜍，阳也。而与兔并，明阴系于阳也。"⑤ 兔、蟾在两汉时期常并称指月，如汉乐府诗歌云："三五明月满，四五蟾兔缺。"（《古诗十九首·孟冬寒气至》)⑥ 佐以汉代同时资料，安徽淮北矿务局林业处出土的东汉画像石《月·蟾蜍、玉兔捣药图》（见图 7，淮北市博物馆藏）⑦ 即属显证，玉兔、蟾蜍寄寓遥深，均繁殖能力超强，是宇宙事物中生命力的杰出代表，故被古人奉为长寿灵物，二者都是月亮的象征兽，传说反映了汉代人养生修炼的普遍观念与长生成仙的愿望，南宋邓深《中秋无月感而作歌》诗云："无乃韬光不自满，故能养兔得

---

① （唐）徐坚等：《初学记》卷一《天部上》，韩放主校点，京华出版社，2000，第 7 页。
② 姜亮夫：《楚辞通故》第三辑，云南人民出版社，1999，第 543 页。
③ （东汉）王充：《论衡》卷十五，陈蒲清点校，岳麓书社，2015，第 194 页。
④ （东汉）王充：《论衡》卷十一，陈蒲清点校，岳麓书社，2015，第 147 页。
⑤ （唐）徐坚等：《初学记》卷一《天部上》，韩放主校点，京华出版社，2000，第 16 页。
⑥ 卢盛江、卢燕新主编，宋红选注《中国古典诗词曲选粹·先秦两汉诗卷》，黄山书社，2018，第 331 页。
⑦ 高书林：《淮北汉画像石》，天津人民美术出版社，2002，第 177 页。

长生。"① 西汉初长沙马王堆一号、三号汉墓 T 形帛画弯月上均绘有奔跑状的玉兔、蟾蜍（见图 8，马王堆汉墓长沙博物馆藏）。战国至秦汉时期，月兔文化极有可能随着闻名世界的丝绸之路西传南下到古印度，并被佛教故事所吸纳引用，其后又返回中土。理顺中印文学月兔文化的时间顺序，其传承关系自然也就一目了然了，如萧登福对佛经所载的兔子故事的类型进行分析后，精辟指出："同一故事，历经三国的支谦、康僧会，及其后的西晋竺法护、元魏吉迦夜、梁僧旻、宝唱等人，如此漫长时间，兔子成道的故事，却仍然未能与月兔相结合；须至唐世才出现，此种转变，当应是受中土对月的浓厚情谊及月兔的传说刺激而使然；再者，唐后所译经，如宋绍德、慧询等译《菩萨本生鬘论》卷二《兔王舍身供养梵志缘起第六》，所述兔王自焚以供养梵志事，亦无月兔说，皆可说明唐时印度的月兔说，应是受中土影响而来。"② 萧氏所论，堪称卓见。印度文学专家糜文开也着重强调早在东汉时期，我国就已形成了颇具体系的月兔传说，后来逐步向西传播，在传入印度后，被印度佛本生故事所吸收，③ 所以造就了中印文化交流史上的一段佳话，这无疑验证了笔者关于中印月兔文化源流关系的判断。

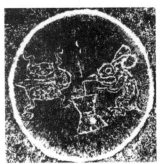

图 7 汉画像石《月·蟾蜍、玉兔捣药》

---

① （宋）邓深:《大隐居士诗集》卷上，影印文渊阁《四库全书》本，台湾商务印书馆，1986，第 59 页。

② 萧登福:《道家道教与中土佛教初期经义发展》，上海古籍出版社，2003，第 401 页。

③ 糜文开:《中印文学关系举例》，郁龙余编《中印文学关系源流》，湖南文艺出版社，1987，第 268 页。

图 8　长沙马王堆三号汉墓帛画上的《月中蟾蜍玉兔图》

以丝绸之路视角论之，古代中国中秋及月兔民俗对陆海丝绸沿线国家产生了深远的影响，如越南亦有中秋节，当地称为"儿童节"，节日期间街道四处可见出售兔等各类儿童玩具的商贩，孩子们喜欢提着灯笼四处嬉闹，各家各户边观月边赏花灯边吃月饼，畅谈月兔逸事趣闻，① 其乐融融。泰国人称中秋节为"祈月节"，节日晚上，他们会在庭院门前举行拜月仪式，点燃香花蜡烛，虔诚拜月，祈祷祝福，供奉神像为嫦娥、观音菩萨、八洞神仙等，然后阖家围聚吃团圆饭，中秋前后商场出售的月饼包装上多绘有月兔等中国风格浓郁的图案。② 菲律宾华裔过中秋节气氛非常热烈，节日期间家家户户吃月饼、着盛装、猜灯谜，此外庆祝活动还有舞龙舞狮、花车游行等，使历史悠久的唐人街充满了欢快的节日气氛，③ 其影响得到了菲律宾官方的高度认可，甚至亲自参与其中。中秋节在柬埔寨被叫作"拜月节"，拜月仪式是柬埔寨人欢度中秋的最重要仪式。人们精心准备月饼、糖果、水果等供品，还准备有民族特色的扁米（从成熟的糯禾中提制而成），中秋之夜月上树梢全家人围坐品尝扁米，柬埔寨人笃信中秋夜吃扁米会得到幸

---

① 董佳：《东南亚、南亚经济概论》，上海财经大学出版社，2019，第 103 页。
② 黄涛：《中秋》，生活·读书·新知三联书店，2010，第 161 页。
③ 北京市互联网信息办公室、首都互联网协会：《民俗网事：中秋节》，北京出版社，2013，第 100 页。

福。① 缅甸将中秋节称作"光明节"，八月"月圆日"家家户户通宵达旦开灯庆祝，处处灯火辉煌，天上皓月，地上彩灯，将缅甸装扮成一个不夜城，甚至缅甸国王会亲自主持庆典活动，并在卫队和文武百官簇拥下出宫观灯并举行盛大施舍，② 节日气氛浓郁，非常热闹。老挝人称中秋节为"月福节"。每逢中秋节，当地也有赏月的风俗。明月东升，全家团圆赏月、吃月饼、聊家常，而青年男女载歌载舞，庆祝活动通宵达旦。③ 吃月饼、赏月、提灯笼是马来西亚华人世代相传的中秋习俗。中秋临近时当地老字号商铺纷纷推出各色月饼与相关纪念品，以"嫦娥""七仙女"为人物主题的花车漫游街道，服饰鲜艳的艺人、青年男女翩翩起舞，④ 将活动推向高潮。新加坡作为一个旅游国家，非常注重中秋传统佳节，并将它打造为吸引世界各地游客的绝好机会。每年中秋临近时，当地的繁华街道、人文景观、公园场所等装饰一新，呈现喜气洋洋的节庆景象，令人陶醉。⑤ 斯里兰卡以中秋"月圆节"最为隆重（为国家法定节日），其间人们端坐赏月，歌舞娱乐。⑥ 无独有偶，"月圆节"也是东非坦桑尼亚的传统节日。月圆之夜，众人至空旷处围成圆圈默默坐下，直到明月高悬中天，大家开始热烈地交谈，并举行各种各样的庆祝活动欢度佳节。⑦ 日本将中秋节称为"十五夜"或"中秋名月"，日本赏月习俗（日语谓"月见"）源于中国，并流行边赏月边举行宴会（日语谓"观月宴"）。⑧ 朝鲜称中秋节为"秋夕节"，晚上赏月、娱乐、游戏，女人们在月光下手拉手围成一个圆圈团团转，

---

① 马琳琳：《中秋节》，吉林出版集团有限责任公司，2013，第124页。

② 陈李茂：《东盟国家礼仪与民俗文化》，西南交通大学出版社，2016，第80页。

③ 陈李茂：《东盟国家礼仪与民俗文化》，西南交通大学出版社，2016，第82页。

④ 北京市互联网信息办公室、首都互联网协会：《民俗网事：中秋节》，北京出版社，2013，第100页。

⑤ 北京市互联网信息办公室、首都互联网协会：《民俗网事：中秋节》，北京出版社，2013，第100页。

⑥ 陈栋康、梁岫珍：《国际商务礼俗》，中国对外经济贸易出版社，1992，第38页。

⑦ 沙女：《中外节日纪念日1001》，中国青年出版社，1996，第272页。

⑧ 杨小波著，杨秀如绘《跟着节日去旅行：秋季篇》，中国盲文出版社，2017，第74页。

边跳边唱，叫"羌羌水月来（汉译"降下来吧，明月的清辉"）"①。中秋节印度叫"明月节"，印度尼西亚称"大月节"，尼泊尔谓"德赛节"②，而伊朗人唤中秋节为"麦赫尔干节"，节日期间，人们以品尝各种丰收果实为乐，庆祝活动颇为隆重，要持续六天才结束③。由此可知沿着古老的丝绸之路，古代中国物资产品输送至东亚、东南亚、南亚与中亚等沿线地域，同时也带去了中国的民俗文化与人类智慧，推动了文明对话与文化交流（如世界各地的中秋节作为一种文化共性将古代史系连成一部全球通史），著名中亚史学者森安孝夫充分肯定丝绸之路在世界史上的重要地位，"目前我们已经发现并确认，过去在中亚生活的多民族、多语言、多宗教的人们，他们的生活无一例外都与'丝绸之路'有着密切的联系。可以说，截止到蒙古帝国时代的中央欧亚，'丝绸之路'的重要性毋庸置疑"④。月兔作为中秋的文化符号与吉祥象征一起融入了丝绸之路沿线各地文化风俗，十二生肖即作为极具中国特色的文化名片为环球诸国家喻户晓，正如佟加蒙、李亚兰精辟指出的："丝绸之路在中外文化交流史上的意义，给予多高的评价也不为过。在长达 1000 多年的时间里，东西方文明在这条大道上交会融合，相互借鉴和影响，形成了多元文化杂生共长的繁荣景象。尽管名为'丝绸之路'，其内涵却超越丝绸或者任何曾经在其上交易置换的实物，其范围也远非多少条可以数清的道路可以描述。'丝绸之路'的意蕴是这样的：编织细密、纹理繁杂而又经纬缠绕有迹可循之路。"⑤ 验以汉字史料，亦能循其轨迹。

②月（yuè）《说文·月部》："𠩺（月），阙也。太阴之精。象形。凡月之属皆从月。"⑥ 月乃典型的象形字，甲骨刻辞作"𝄐《合集》

---

① 黄涛：《中秋》，生活·读书·新知三联书店，2010，第 148 页。
② 孟宪平、刘修海：《节日大观》，黄河出版社，1998，第 211 页。
③ 余悦编著，陈马飞绘：《岁时节俗》，江西美术出版社，2011，第 143 页。
④ 〔日〕森安孝夫：《丝绸之路与唐帝国》，石晓军译，北京日报出版社，2020，第 68 页。
⑤ 佟加蒙、李亚兰：《中国文化在南亚》，大象出版社，2017，第 22 页。
⑥ （汉）许慎：《说文解字》卷七上，中华书局，1963，第 141 页。

19785""《合集》20613""《合集》31009"①，初文像半月之形，表示"月亮；月球"之意。许慎以"阙"训"月"，犹存半月之意。段《注》："月，阙也。大阴之精。月阙叠韵。《释名》曰：'月，缺也。满则缺也。'象形，象不满之形。"②古人认为月乃"太阴之精"，故它也是妇人、女子的象征。由于月亮盈亏的周期为一月（朔望月），所以人们把这种时间长度也称为"月"。《尚书·洪范》："二曰月。"孔颖达疏："从朔至晦，大月三十日，小月二十九日。"③后引申为"光阴"之义。月亮作为人类肉眼可见的醒目天体之一，被古希腊天文学家托勒密判定"（月亮）是对世界最有影响的'力量'"（《四部书·导言》）④，很早就被中华先民神格化、仙格化、人格化⑤，月神（常指嫦娥⑥）又名"月主"，为秦汉时期所祠的八神之一，"八神：一曰天主，祠天齐……六曰月主，祠之莱山。皆在齐北，并勃海"（《史记·封禅书》）⑦，属中国民间流传最广的神仙之一，这也是全人类崇拜的一种普遍现象。"嫦娥奔月"神话源自古人对宇宙星辰的自然崇拜，嫦娥故事最早出现在《归藏》。祭月仪轨属古代重要祭礼之一，史载天子于每年秋分设坛祭祀月神，见《管子·轻重己第八十五》："秋至而禾熟。天子祀于大惢，西出其国百三十八里而坛，服白而絻白，搢玉总，带锡监，吹埙箎之风，凿动金石之音，朝诸侯卿大夫列士，循于

---

① 刘钊、洪飏、张新俊编纂《新甲骨文编》，福建人民出版社，2009，第395页。
② （汉）许慎撰，（清）段玉裁注《说文解字注》七篇上，上海古籍出版社，1988，第313页。
③ （汉）孔安国注，（唐）孔颖达疏《尚书正义》卷第十二，喻遂生整理，山东画报出版社，2004，第385页。
④ 〔奥地利〕雷立柏：《张衡，科学与宗教》，社会科学文献出版社，2000，第166页。
⑤ 黄交军、李国英：《与鳄共舞：从〈说文解字〉管窥中国先民的鳄鱼文化意识》，《长江文明》2022年第1期。
⑥ 嫦娥同常娥，亦作"恒娥""姮娥"，月神名，后羿之妻。相传曾盗食不死之药而奔月，遂为月神，见西汉刘安《淮南子·览冥训》："譬若羿请不死之药于西王母，恒娥窃以奔月。"据说"嫦娥"本称恒娥、姮娥，因西汉时为避汉文帝刘恒的忌讳而改称嫦娥、常娥，这一事实蕴含了古代中国王者、尊者的避讳文化。
⑦ （西汉）司马迁：《史记全本》卷二十八，万卷出版公司，2014，第125页。

百姓，号曰祭月。"① 而兔作为中华儿女最为熟悉、喜爱的动物，常被民众用来指称月亮，成语如"兔升乌坠"，指日月相递出没，意谓光阴流逝。古代传说云月中有玉兔，故称月亮为"兔""玉兔"等；云日中有三足乌，故称太阳为"乌""金乌""赤乌""乌踆"等。"兔缺乌沉""兔走乌飞""金乌玉兔""白兔赤乌""东兔西乌""乌踆兔走""坠兔收光""玉兔银蟾""月中玉兔"等词语结构中之"兔"均谓月亮，而汉字作为表征民俗思想的文字史料，对涉兔月神崇拜古老宗教风尚亦有发明，"圐"属月之异体字。《字汇补·口部》："（道经）圐，月字。"② 古人相信兔为月精（月亮之精灵、精魂）、月魂、月神，三国魏鱼豢《典略》亦云："兔者，明月之精。"③

③菟（tù）《玉篇·艸部》："菟，音兔。菟丝，药名。又音徒。地名。"④《说文》未收录"菟"，然该字早在两汉及先秦时已出现，通兔，《战国策·楚策》："见菟而顾犬，未为晚也。"⑤ 西汉贾谊《陈政事疏》亦云："今不猎猛敌而猎田彘，不搏反寇而搏畜菟，玩细娱而不图大患，非所以为安也。"⑥ 史书群经中狡兔亦作"郊菟"，《淮南子·主术训》："（孔子）足蹴郊菟，力招城关，能亦多矣。"杨树达证闻："郊，当读为'狡'。"⑦ 兔、菟又可用作月亮的代称。八大行星之一的水星古代又叫辰星，别名兔星，省称兔。《史记·天官书》："兔过太白。"司马贞索隐："《广雅》云：'辰星谓之兔星。'则辰星之别名兔。或作毚也。"⑧ 典籍中月亮常以涉兔字词出现，如月或称"兔月"，北周

---

① （春秋）管仲：《管子》，北方文艺出版社，2013，第 477 页。
② （清）吴任臣：《字汇补》，上海古籍出版社，1996，第 32 页。
③ （明）黄省曾：《兽经·兔》，上海古籍出版社编《禽鱼虫兽编》，上海古籍出版社，1993，第 201 页。
④ （南朝梁）顾野王：《大广益会玉篇》，中华书局，1987，第 69 页。
⑤ （西汉）刘向：《战国策》，江苏凤凰科学技术出版社，2018，第 190 页。
⑥ （清）姚鼐：《古文辞类纂》卷十二《奏议类上编二》，崇文书局，2017，第 144 页。
⑦ 王海根：《古代汉语通假字大字典》，福建人民出版社，2006，第 887 页。
⑧ 华夫：《中国古代名物大典》上卷，济南出版社，1992，第 35 页。

庾信《七夕赋》："兔月先上，羊灯次安。"① 或称"乌菟"，北齐李清《造报德像碑》："乌菟轮亏，寒暑回复。"② 或称"白兔"，北周庾信《宫调曲》其三："金波来白兔，弱水下苍乌。"③ 或称"阴兔"，因月为阴精，又相传月中有玉兔故称，南朝梁简文帝《大法颂》序："阴兔两重，阳乌三足。"④ 或称"玄兔"，《文选·谢庄〈月赋〉》："引玄兔于帝台，集素娥于后庭。"李周翰注："玄兔，月也。月中有兔象，故以名焉。"⑤ 或称"金兔"，南朝梁刘孝绰《林下映月》诗："攒柯半玉蟾，裛叶彰金兔。"⑥ 或称"寒兔"，唐李贺《李凭箜篌引》诗："吴质不眠倚桂树，露脚斜飞湿寒兔。"王琦汇解："寒兔谓秋月。"⑦ 或称"老兔"，南唐陈陶《飞龙引》诗："彤庭侍宴瑶池席，老兔春高桂宫白。"⑧ 或称"踆兔"，清程晋芳《游太学观石鼓》诗："赤乌踆兔犹朦胧，六经聚讼如蚁丛。"⑨ 或称"蟾兔"，隋《朝日夕月歌·夕月诫夏》："成形表蟾兔，窃药资王母。"⑩ 或称"青蟾兔"，元张翥《中秋望亭驿对月代祀北还》诗："仙家刻玉青蟾兔，帝子吹笙白凤凰。"⑪ 或称"蜍兔"，清陈维崧《风流子》词："叹世上鸡虫，笑人寂寂，天边蜍兔，去我堂堂。"⑫ 或称"兔窟""月窟"，清陈维崧《月当厅·虎丘中秋柬

① 舒宝章选注《庾信选集·赋选》，中州书画社，1983，第 117 页。
② 孙进已、苏天钧、孙海：《中国考古集成华北卷（北京市、天津市、河北省、山西省）魏晋至隋唐》（二），哈尔滨出版社，1994，第 1622 页。
③ 赵建军、孙红梅、赵彩娟校注《北朝诗校注》，南开大学出版社，2014，第 393 页。
④ （明）张溥编，（清）吴汝纶选《汉魏六朝百三家集选》，吉林人民出版社，1998，第 480 页。
⑤ （清）许槤评选《六朝文洁》，沈泓、汪政注，浙江古籍出版社，2017，第 11 页。
⑥ 仇仲谦、韦善明等选注《咏月诗选》，广西人民出版社，1988，第 43 页。
⑦ （唐）李贺著，（清）王琦等注《李贺诗歌集注》卷一，上海古籍出版社，1977，第 32 页。
⑧ （清）温汝能：《粤东诗海》补遗卷一《唐》，吕永光等整理，中山大学出版社，1999，第 1924 页。
⑨ 孙书安编《中国博物别名大辞典》，北京出版社，2000，第 100 页。
⑩ （宋）郭茂倩：《乐府诗集》卷第四《郊庙歌辞四》隋感帝歌，上海古籍出版社，2016，第 52 页。
⑪ 无锡市太湖文史编纂中心编《梅里志·泰伯梅里志》，中国文史出版社，2005，第 142 页。
⑫ 马祖熙：《陈维崧年谱》，上海古籍出版社，2007，第 125 页。

蓬庵先生，用梅溪词韵》词："斜倚广寒一望，兔窟清深。"① 晋挚虞《思游赋》："观玄鸟之参趾兮，会根壹之神筹；扰兔于月窟兮，诘姮娥于蓐收。"② 或称"桂兔"，唐韩偓《元夜即席》诗："桂兔韬光云叶重，烛龙衔耀月轮明。"③ 或称"雪兔"，南宋刘克庄《木兰花慢·丁未中秋》词："失了白衣苍狗，夺回雪兔金蟆。"④ 或称"兔魄"，《周易参同契》卷上："蟾蜍与兔魄，日月无双明。"⑤ 或称"魄兔"，南宋计有功《唐诗纪事》卷九："彦伯为文，多变易求新，以凤阁为鵷阁，龙门为虬户，金谷为铣溪，玉山为琼岳，竹马为筱骖，月兔为魄兔，进士效之，谓之'徐涩体'。"⑥ 或称"瑶兔"，唐黄滔《丈六金身碑》："一夕，雨歇天清，风微月明，瑶兔无烟，铜龙有声。"⑦ 或称"冰兔"，唐李绅《奉酬乐天立秋夕有怀见寄》诗："冰兔半升魄，铜壶微滴长。"⑧ 或称"银兔"，隋炀帝《望江南·咏湖上月》诗："清露冷侵银兔影，西风吹落桂花枝。"⑨ 或称"兔影"，唐卢照邻《江中望月》诗："沉钩摇兔影，浮桂动丹芳。"⑩ 或称"兔轮"，唐元稹《梦上天》诗："西瞻若水兔轮低，东望蟠桃海波黑。"⑪ 或称"夕兔"，唐骆宾王《艳情代郭氏赠卢照邻》诗："抱膝当窗看夕兔，侧耳空房听晓鸡。"⑫ 或称"西兔"，唐韩偓《踪迹》诗："东乌西兔似车轮，劫火桑田不复论。"⑬ 大量诗文语料证实兔在古代被当作皓月祥瑞之兆，且与月合二

---

① 谢映先：《中华词律》卷一，湖南大学出版社，2005，第 192 页。

② 张国星：《六朝赋》，文化艺术出版社，1998，第 55 页。

③ 陈才智：《韩偓诗全集：汇校汇注汇评》，崇文书局，2017，第 371 页。

④ （宋）刘克庄：《后村长短句》卷二，章谷校点，上海古籍出版社，1989，第 53 页。

⑤ （东汉）魏伯阳等著，周全彬、盛克琦编校《参同集注——万古丹经王〈周易参同契〉注解集成》第一册，宗教文化出版社，2013，第 371 页。

⑥ （宋）计有功：《唐诗纪事》卷九《徐彦伯》，上海古籍出版社，2013，第 119 页。

⑦ （清）董诰等：《全唐文》卷八二五《黄滔》，山西教育出版社，2002，第 5120 页。

⑧ （唐）李绅著，王旋伯注《李绅诗注》，上海古籍出版社，1985，第 146 页。

⑨ （明）齐东野人：《隋炀帝艳史》卷三，洪波点校，朝华出版社，1993，第 106 页。

⑩ 周振甫主编《唐诗宋词元曲全集·全唐诗》卷四二，黄山书社，1999，第 365 页。

⑪ 陈伯海：《唐诗汇评》中册《乐府古诗十九首》，浙江教育出版社，1995，第 2011 页。

⑫ （唐）卢照邻、骆宾王、王勃、杨炯等：《初唐四杰诗全集》，海南出版社，1992，第 63 页。

⑬ 陈才智：《韩偓诗全集：汇校汇注汇评》，崇文书局，2017，第 476 页。

为一，故兔上古时就已位列仙班，荣耀加身，民间有"仙兔""兔仙"
"白兔公""白兔公子"之说，与众仙平起平坐。唐韩翃《送齐山人归
长白山》诗云："旧事仙人白兔公，掉头归去又乘风。"① 历代诗词中有
关月兔之不同称谓，既是中华传统文化多元化、多样性的历史沉淀，
也忠实见证着月兔神话源流演变的人文脉络，月兔神话为古代中国月
亮神话的重要构成与营养源泉，属于中华先民对宇宙天体神奇瑰丽的
浪漫想象与文化折射，打造了极具民族特色的月亮神话体系，寄寓着
古人探索苍穹、解释世界的原始思维、认知界域与人文情感，故"在
诗人的笔下，月亮是'有意味的形式'，是民族心理素质和民族风貌的
文化符号载体，正是其艺术魅力的奥密（秘）之所在"②。

　　"药窃羿妻偏称寡，金涂狡兔竟呼爷。……惯与儿童为戏具，印泥
糊纸又抟沙。"（清栎翁《燕台新咏·兔儿爷》）③ 诗文中的"兔爷"
（或称"兔儿爷""彩兔"）指兔神、月神，月神崇拜属天体崇拜，曾
普遍流行于世界的大部分民族之中，其视日月星辰诸宇宙天体为神灵
（或神灵之居所）而加以膜拜，属于泛灵崇拜的一种形态。它产生于原
始公社制时代，因原始人类对天体有时给人以光明、温暖而促使生命
繁衍，有时又给人以黑暗、寒冷或酷热而造成心理恐惧的变幻莫测的
运行困惑不解，故主观认为这种神秘力量可以主宰人世间一切吉凶祸
福，并对之进行虔诚祈祷和敬奉。上古时期思想家们普遍认为"对民
有利益的人和物，才能尊敬为神，神一定是聪明正直不害民的。害民
的是妖、厉、怪，不得称为神"④，而兔全身是宝，例如兔肉可吃、兔
脑可入药、兔皮可制裘、兔毛可做笔毫等，对中华先民恩惠良多，故
亿兆国民视之为瑞，尊其为神，并将其列为中国最具民族特色的十二
生肖，且高居第四位。"夏四月辛卯，停竹使符，颁银菟符于诸郡"

---

① 周振甫主编《唐诗宋词元曲全集·全唐诗》卷二四五，黄山书社，1999，第1828页。
② 韩烈文：《古代月景诗与民俗文化》，《四川师范大学学报》（社会科学版）1989年第3期。
③ 雷梦水辑《北京风俗杂咏续编》，北京古籍出版社，1987，第15页。
④ 范文澜：《中国通史简编》第一编，人民出版社，1964，第192页。

（《旧唐书·高祖本纪第一》）①，兵符、虎符作为古代国君的军事凭信、权力符号，是彰显王权、皇权的有力象征，历来以虎等兽王为图案。而中古时因神兔魅力倍增，初唐时李渊改虎符为银菟符（也称银兔符，银制的兔形兵符）。《新唐书·车服志》载："（高祖）班银菟符，其后改为铜鱼符。"② 唐人笔记张鷟《朝野佥载》亦曰："汉发兵用铜虎符。及唐初为银兔符，以兔子为符瑞故也。"③ 延至明清时期兔神崇拜更是"飞入寻常百姓家"，如河北等北方地区称兔神为"兔爷""兔儿爷"（"爷"在北方官话中为敬称，代表着权威和地位，此有可敬可亲意味），"月中不闻杵臼声，捣药使者功暂停。酬庸特许享时祭，抟泥范作千万形。居然人身兔斯首，士农工商无不有。就中簪缨窃绅黻，不道衣冠藏土偶。持钱入市儿喧哗，担头争买兔儿爷。长须缺口供玩弄，可惜官人无角牙"（清蒋士铨《京师乐府词十六首·兔儿爷》）④。每当传统节令中秋节前后，如北京、天津一带民间集市上手工艺人就会出售一种泥塑或纸扎的"兔儿爷"玩偶（见图9、图10），是儿童们特别喜欢的兔头人身手头小玩具，"每届中秋，市人之巧者，用黄土抟成蟾兔之像以出售，谓之兔儿爷。有衣冠而张盖者，有甲胄而带纛旗者，有骑虎者，有默坐者。大者三尺，小者尺余。其余匠艺工人无美不备，盖亦谑而虐矣"（清富察敦崇《燕京岁时记·兔儿爷摊子》）⑤。究其因源于旧时月中玉兔捣药的故事，故兔神多与月神有关（见图11，清代画家蒋溥《月中桂兔图》），该风俗活动原为妇女中秋时祭月拜月，后随着儿童参与、礼拜兔儿爷，就演绎成了一种童叟皆宜、男女同乐的全民狂欢、节庆娱乐，"京师中秋节，多以泥抟兔形，衣冠踞坐如人

---

① （后晋）刘昫等：《旧唐书》卷一，廉湘民等标点，吉林人民出版社，1995，第 4 页。
② （宋）欧阳修、（宋）宋祁：《新唐书》卷第二十四，陈焕良、文华点校，岳麓书社，1997，第 315 页。
③ （明）陶宗仪：《说郛》卷二，北京市中国书店，1986，第 12 页。
④ （清）蒋士铨著，邵海清校，李梦生笺《忠雅堂集校笺》，上海古籍出版社，1993，第 708 页。
⑤ 王碧滢、张勃标点《燕京岁时记：外六种》，北京出版社，2018，第 99 页。

状，儿女祀而拜之"（明纪坤《花王阁剩稿·戏题诗·小序》）①。明清时北京地区中秋节就用兔神来祭祀月亮，溯其源为秦汉时期中国民间兔信仰之现代依存和活化形态。昔时以兔为月魄之精，是长寿灵兽，"虎及鹿兔，皆寿千岁。寿满五百岁者，其毛色白"（东晋葛洪《抱朴子·对俗》）②。古有玉兔能祛疾避疫、捣药长生之说，据北方民间传说，有一年瘟疫肆虐，百姓痛苦不堪，玉兔不忍世间遭受如此磨难，下凡替百姓们看病，因它是兔子模样，故人们都很害怕它，于是玉兔设法穿上衣服，化作人形，最终帮助大家消除了疫情。百姓为纪念善良的玉兔带给人类健康，依据玉兔形象做成兔神模型，于每年八月十五按时祭拜兔神，③ 并上升为国家法定节日。

图9　泥塑兔儿爷　　　图10　纸扎兔儿爷　　图11　清代画家蒋溥《月中桂兔图》

"山间放养兔体健，少有脂肪蛋白全。苗家秘制有古方，黔兔出山梦已圆。"（吴茂钊《黔兔出金州》）④ 兔及兔文化对贵州等西南欠发达地区脱贫致富极具文化价值与现实意义，佐以西南少数民族古风旧俗更能凸显兔之文化意蕴。"卯，兔也"（东汉王充《论衡·物势篇》）⑤，按照十二兽与十二地支的配对关系兔与卯同义，用于上古先民纪时律

---

① （明）纪坤：《花王阁剩稿》，商务印书馆，1938，第18页。

② （晋）葛洪著，顾久译注《抱朴子内篇全译》卷三，贵州人民出版社，1995，第60页。

③ 徐潜：《中国传统节日》，吉林文史出版社，2014，第96页。

④ 吴茂钊、张乃恒：《黔菜传说》，青岛出版社，2018，第101页。

⑤ （东汉）王充：《论衡》，陈志坚主编《诸子集成》第五册，北京燕山出版社，2008，第63页。

历。《说文·卵部》："甲（卯），冒也。二月，万物冒地而出。象开门之形，故二月为天门。凡卯之属皆从卯。非，古文卯。"① 卯为典型的象形字，取"破土而出；万物生长"之义，与活泼矫健、动力十足、生育旺盛的狡兔、捷兔形象相当契合。受上古兔图腾崇拜的影响民间多以卯年卯月卯时为吉时，"忆雍正癸卯亡弟药房（方药房）锐意试三场，卜之水仙，水仙书十三字予之云：'兔且走，龙亦飞，七九之间数不违。'药房得之大喜，谓岁且卯兔也"（《清代述异·神卜》)②。清代街头"水仙术"占卜即抓住考生（生肖为卯年）祈求金榜题名的心理。五代时期甚至有节度使董昌以卯辰为吉日称帝之事，见南唐徐铉《稽神录·董昌》："昌每言：'我闻"兔子上金床"，谶我也；我卯生，来岁属卯，二月二日亦卯，即卯年卯月卯日，仍当以卯时。万世之业，利在于此。'乾宁二年二月二日，率军俗数万人，僭衮冕仪卫，登子城门楼。赦境内，改伪号罗平国，年号天册。自称圣人，及令官属将校等，皆呼：'圣人万岁！'"③ 历史上贵州并非天高皇帝远，而是与中原文明互动频繁，其地域文化忠实折射出中华民族大一统的历史洪流。如贵州剑河大广地区的侗族人以农历十月第一个兔日（卯日）为婚嫁喜事之良辰吉日，属于尊兔崇兔民族古老心理的真实反映；而苗族村民认为，兔代表着干净、温顺、善良与生机勃勃，故"兔场天"（苗语意为"卯日"）是好日子，每年"吃新节"（为苗族最隆重的传统节日之一），选定农历六月"兔场天"（苗语叫"农莫"，意为"吃兔"），全体村民一起"过兔节"，并举行跳芦笙、对山歌、赛马、斗牛等丰富多彩的文化娱乐活动。凯里市舟溪镇情郎村苗族村民择年于农历二月"卯日"开展"翻鼓"、跳笙、爬坡、游方等活动，隆重欢度"翻鼓

---

① （汉）许慎：《说文解字》卷十四下，中华书局，1963，第 311 页。
② （清）小横香室主人：《清朝野史大观》卷十一，李秉新、徐俊元、石玉新校勘，河北人民出版社，1997，第 1256 页。
③ （南唐）徐铉：《稽神录》卷一，齐豫生、夏于全主编《中国古典文学宝库》第六十五辑《志怪小说》，延边人民出版社，1999，第 234 页。

节"。榕江县晚寨数千侗族村民,每逢农历六月中旬"兔场天",身着节日服装,群集于"歌堂",演奏"晚寨琵琶歌"。荔波县瑶麓数万瑶族村民,每逢农历六月寅卯二日,开展规模盛大的敲铜鼓活动,跳打猎舞、芦笙舞,欢度"过卯节"①。仡佬族也重视"吃新节",如六盘水六枝特区菁口乡居都村仡佬族在"兔场天"各家做饭供五谷大神和祖先,亲朋好友相聚一起喝酒、吃饭,②"吃新节"是兔文化的发展和延续,保留着民族文化的原始信仰与远古信息。水族非常注重"卯节"(水语称 tsje^{13}ma:u^{35},谐"借卯"音,意为吃卯、过卯,又称"歌节"),"卯"在《水书》中作"◀▶"(见图 12,三都水族自治县九阡镇水各卯坡"卯"字雕塑;图 13,都江镇三都水书摩崖石刻;图 14,荔波县玉屏镇水族卯坡卯节供奉的"卯"字图腾),字形象女阴(女性生殖器官,能孕育生命、繁衍后代),属图画文字、象形文字,即《说文》"卯"训之"天门",亦为"玄牝之门"(《道德经》第六章)③"天地之根,万物之母"(《田间易学·图象·参两解》)④,有开启天地、滋生万物之意,乃古代水族人民生殖崇拜的文字图腾孑遗(与甲骨文存在亲缘关系),故"卯节"被水族人视为绿色生命最旺盛的季节,时间为水历的九、十月(农历的五、六月)的卯日(以辛卯为最上吉),正是稻田秧苗返青、快速生长之际,⑤ 与成年丰歉、人畜兴旺息息相关。卯节期间水族人们都要在卯坡祭台上隆重供奉"◀▶(卯)"字图腾,祭祀祖先,妇女到田坝进行祭稻活动,青年男女则至卯坡对唱情歌,谈情说爱,自由择偶,寻找终身幸福。霎时整个卯坡人山人

---

① 陈月巧、张春、吴正光:《五彩黔艺话生肖》,贵州大学出版社,2017,第 68~70 页。

② 龙佑铭、周友武:《仡佬族吃新节》,《贵州省非物质文化遗产田野调查丛书:六盘水市卷》,知识产权出版社,2018,第 144 页。

③ (春秋)李耳原著,余庆编译《道德经诠解》,万卷出版公司,2018,第 24 页。

④ (清)钱澄之:《田间易学》卷一,《钱澄之全集》之一,吴怀祺校点,黄山书社,1998,第 89 页。

⑤ 中国民间文学集成全国编辑委员会、中国歌谣集成贵州卷编辑委员会编《欢度卯节》,《中国歌谣集成:贵州卷》,中国 ISBN 中心,2009,第 1025 页。

图 12　水族水各卯坡"卯"字雕塑

图 13　都江镇三都水书摩崖石刻

图 14　玉屏镇卯坡卯节"卯"字图腾

海，场面颇为壮观，故水族卯节被海内外学者誉为"古老东方情人节"，驰名中外。

"鸡犬场开市不迁，参差石屋起炊烟。"（清沈兆霖《度黔杂咏》）①尤为特别的是，兔作为一种生肖动物受到社会大众的热烈欢迎，贵州

---

① 刘秀鸾选注《贵州旅游诗选》，中国旅游出版社，1993，第 5 页。清人沈兆霖自注云："黔中开场，以十二禽为名，子日为鼠场，丑日牛场。至期商贩毕至，如北方赶集。"

各族人们纷纷用它对地理单元进行命名以示纪念，如兔场、兔街、兔街子等，是古往今来经济生活集市贸易的生动写照，并演变为一种极具地域特色的生肖崇拜、民族符号与文化景观，"文化是乡村的灵魂和根脉，而乡土根脉诞生的中国决定了中国文化根基在乡村"[1]，地名文化作为乡村文化的特色组构，对我们文化寻根、乡村振兴具有现实意义。"后世市谓之墟，归市曰趁墟。言有人则嚣，无人则虚也。蜀谓之场，滇谓之街，岭南谓之务，河北谓之集"（明杨慎《丹铅总录·嚣字音义》）[2]，集市是中国农村及城郊定期进行商品交易、日常交流的活动场所，南北称呼有异，河北等北方地区称"集""集市"，南方多谓"墟（虚）""墟市""圩"，西南地区如贵州民间方言叫"场"[3]，老百姓上街赶集又名"赶场"。叶圣陶《蓉桂往返日记·（1942年）五月廿四日》亦载："贵阳赶场每十二日一轮，用'地支'名之，丑日之场为牛场，午日之场为马场，辰日之场为龙场（阳明谪居之龙场即取义于此），戌日之场为狗场。"[4] 检以历史文献，古圣先贤已注意到贵州特殊的生肖地名现象，如明代著名旅行家徐霞客在《黔游日记》中记有狗场、兔场、兔场营等，《大定县[5]志卷二·建置志·市集》载有"大兔场""小兔场"等生肖地名。受中原地区汉族移民文化的影响，当地人常用子（鼠）丑（牛）寅（虎）卯（兔）等十二生肖动物进行纪日纪时、日期排序，在固定地点、固定时间来逢日赶集，一般隔二三日或五六日开市一次（或逢节会时开市），当地人们如约定逢十二地支（属相）的"卯（兔）"日到指定地点去开市赶场、买卖东西，故该集市地点即取名"兔场"，该生肖地名命名法后蔓延到贵州全省各地。遍

① 高静、王志章：《改革开放40年：中国乡村文化的变迁逻辑、振兴路径与制度构建》，《农业经济问题》2019年第3期。
② （明）杨慎撰，王大淳笺证《丹铅总录笺证》，浙江古籍出版社，2013，第61~62页。
③ 孙怀仁、雍文远主编《经济大辞典·政治经济学卷》，上海辞书出版社，1994，第166页。
④ 叶圣陶：《蓉桂往返日记》，贵州省文史研究馆编《民国贵州文献大系》第七辑，贵州人民出版社，2015，第118页。
⑤ 大定县是贵州省原设的一个县，1958年2月16日改名为大方县。

检贵州含 "兔" 地名，其中以生肖地名 "兔场" 命名的共计 8 处①：黔南州福泉市的兔场农村集市、都匀市的兔场农村集市和下兔场农村集市、独山县兔场镇的兔场农贸市场及影山镇友芝村的兔场集市、平塘县的兔场农村集市；安顺市紫云县的兔场坳农村集市；黔西南州晴隆县的兔场坪农村集市。而以生肖地名如 "兔街" 命名的有 1 处：毕节市威宁县的兔街镇。贵州各地以兔为代表之生肖地名的大量应用凸显了贵州人民对于六畜兴旺、国富民殷的希冀。贵州是我国十二生肖地名最为集中的省份，全省 6 个地级市、3 个自治州都广泛存在生肖地名，在省级政区层面堪称独一无二，周文德等人强调 "'生肖名 + 场'字地名是彝汉文化交流融合的产物，是彝汉共同的民族文化遗产"②。生肖地名属非物质文化遗产，可以开发为一种生态时尚的文化旅游资源，对贵州等西南欠发达地区进行语言扶贫、助力乡村振兴等作用显著，有学者即充分肯定 "（以兔场兔街为代表的）生肖场具有文化认同的人类学价值，强化了人们对 '生肖节奏' 时间心理的认同，并将传统村落中的血缘认同提升到地缘认同层面，极大地促进了地域共同体的形成"③，有助于增强当地民众文化自信、文化自觉等意识。20 世纪末以来，全球开始掀起保护各个民族文化遗产的新风狂飙，民族文化（尤其是地域特色文化）成为识别、鉴定、承继人类赖以生存的 "民族的根"，对回答 "我是谁" "我从哪里来" "我要到哪里去" 三大哲学终极命题具有示源启智的指引作用。④ 而以兔为代表之生肖文化是中国最具特色的民俗文化，对汉字文化圈及陆海丝绸沿线国家影响深远。

---

① 贵州含 "兔场" "兔街" 等地名统计以目前最为权威的大型数据库 "中国·国家地名信息库" 为穷尽对象，共检得 8 处，而据侯绍庄统计仅有 4 处兔场地名，与笔者最新统计数量出入较大（参见侯绍庄《从明清贵州十二生肖场镇名称看汉文化的影响》，纪念贵州建省 590 周年学术讨论会组委会编《开发中的崛起——纪念贵州建省 590 周年学术讨论会文集》，贵州人民出版社，2004，第 319 页），供学界参考。
② 周文德、詹莎莎：《彝汉文化交融下的贵州十二生肖地名》，《民族学刊》2020 年第 5 期。
③ 龚露、张诗亚：《 "场圈" 与文化认同：凯里苗族生肖场研究》，《中央民族大学学报》（哲学社会科学版）2019 年第 5 期。
④ 黄交军、李国英：《早期中国狼之历史镜像抉微》，《语文学刊》2022 年第 1 期。

其实早在 20 世纪 90 年代初,国内就有声音呼吁当地政府要充分利用贵州存在丰富的十二生肖场镇名称的天然优势大力推动贵州经济腾飞。[①]鉴古知今,目前国内利用生肖文化发展当地经济已有成功案例,如江苏省镇江市连续多年开展"中国镇江生肖文化旅游活动",一年推出一个生肖,一年策划一个主题,通过长期精心打造宣传,现已逐渐成为闻名遐迩的旅游文化盛典,是镇江文化活动的知名品牌,可见生肖文化对破解西南乡村发展瓶颈难题同样意义非凡,以兔为代表的生肖地名文化能大力助推贵州弯道超车,建成可持续发展的生态模式。

"兔魄呈祥冰彩烂,广寒仙子生华旦。"(南宋吴文若《蝶恋花》)[②]必须指出的是,兔作为一种社会大众喜闻乐见的小动物,在诗文隐喻中频繁出现,应用相当灵活生动,而隐喻在古代汉语中不仅属于一种重要的语言手段、修辞技巧,更是一种认知工具、思维方式与生存基础,体现着国人赖以思维与行动的观念系统及本质特征,尤其是彰显中华民族特色的政治隐喻、权力符号,[③]兔特别是白兔(亦作"白菟",指白色的兔子),古代以为瑞物吉兆。据史料记载,地方诸侯、异域番邦常恭奉白兔等珍禽异兽进献中原王朝,如"日南徼外蛮夷献白雉、白兔"(《后汉书·光武帝纪下》)[④],各地百姓也将偶尔发现的白兔灵兽作为天降祥瑞上报给朝廷,《后汉书·孝桓帝纪》载:"十一月,西河言白菟见。"[⑤]古时人们相信心诚则灵、天人感应,孝子贤孙等言行举止可收获祥瑞征兆,表彰人间至诚。《宋史·杨大异传》:"(杨大异字同伯)十世祖祥避地醴陵,因家焉。祥事亲孝,亲亡哀毁,泣尽继以血,庐墓终身,有白芝、白乌、白兔之瑞。事闻于朝,褒封至孝公,

① 侯绍庄:《十二生肖场镇名称探源及其对贵州经济发展的影响》,《复印报刊资料(中国地理)》1993 年第 10 期。
② 吴清云编著《华夏吴姓家族史》第二十卷《宋》,知识产权出版社,2017,第 1929 页。
③ 黄军军、李国英:《龙行天下:〈康熙字典〉"龙"之汉字文化内涵观照》,《河南科技学院学报》2021 年第 11 期。
④ (南朝宋)范晔、(晋)司马彪:《后汉书》卷一,李润英点校,岳麓书社,2009,第 61 页。
⑤ (南朝宋)范晔、(晋)司马彪:《后汉书》卷七,李润英点校,岳麓书社,2009,第 131 页。

赐名木植墓道，以旌其孝。"① 随着兔文化的繁荣昌盛，"逐兔争先捷，掎鹿竞因机"（南朝梁何逊《行经孙氏陵》)②。兔不仅可指月，甚至也能隐喻皇位王权，如"逐兔"古时比喻争夺帝位，语出《后汉书·袁绍传》："世称万人逐兔，一人获之，贪者悉止，分定故也。"唐李贤注："《慎子》曰：'兔走于街，百人追之。贪人具存，人莫之非者，以兔为未定分也。积兔满市，过不能顾，非不欲兔也，分定之后，虽鄙不争。'《子思子》《商君书》并载，其词略同。"③ 这一语言事实彰显出兔在早期中国政治生活中的象征含义及社会地位，佐以文献典册，其证尤显昭昭，《三国演义》第六十回云："益州天府之国，非治乱之主，不可居也。今刘季玉不能用贤，此业不久必属他人。今日自付与将军，不可错失。岂不闻'逐兔先得'之语乎？将军欲取，某当效死。"④ 兔之系列隐喻有力地夯实了中国兔文化的深厚根基、文化内涵。

"影落金牛撩客恨，手摩玉兔练仙颜。"（北宋李弥逊《夏夜宿广教寺，风月清甚，思李白敬亭诗有怀，用似表弟韵》)⑤ 综上所述，兔因属奔跑健将、生存专家、生育能手等被中华先民尊奉为图腾徽识，古人把它视作氏族部落的祖先，是全员崇拜的图腾神、保护神、生育神、医药神、长寿神、智慧神、精灵神、吉祥神。1975 年湖北省云梦县睡虎地十一号秦墓出土的秦竹简《日书·盗者》载"子，鼠也。丑，牛也。寅，虎也。卯，兔也"，这是目前所发现关于十二生肖最古的文献记载，⑥ 则十二生肖的产生至迟可追溯至春秋时期。月兔传说亦与兔图腾崇拜有关，当代著名文化学者萧兵慧眼如炬，鲜明提出"月中蟾、

---

① （元）脱脱等：《宋史》卷四百二十三，大众文艺出版社，1999，第 3517 页。
② （南朝梁）何逊著，李伯齐校注《何逊集校注》，齐鲁书社，1989，第 319 页。
③ （晋）司马彪撰，（南朝梁）刘昭注补《后汉书》卷七四上，刘华祝等标点，吉林人民出版社，2005，第 1358 页。
④ （明）罗贯中：《三国演义》第六十回，四川人民出版社，2020，第 413 页。
⑤ 何家荣：《李白皖南诗文千年遗响》，安徽文艺出版社，2017，第 238 页。
⑥ 张衍田：《中国古代纪时考》，上海古籍出版社，2019，第 136 页。

兔是初民对于月亮中阴影的观察想象和神话摹写,又是氏族社会蛙图腾、兔图腾崇拜的产物"①,诚如斯言,原始人仰望星空皓月时,对月中阴影(实为月中环形山脉)产生了浓厚兴趣,"人为灵虫,形最似天。今人颐前侈临胸,而项不能覆背。近取诸身,故知天之体南低入地,北则偏高也"(三国吴姚信《昕天论》)②。初民利用具象思维将日月星辰等宇宙天体和身边熟悉事物进行联想比附,试图对世界未知现象做出合理解释。月中阴影乍看与兔形极为相似,汉代纬书《诗推度灾》:"月三日成魄,八日成光,蟾蜍体就,穴鼻时萌。"东汉宋均注:"穴,决也。决鼻兔也。"③决鼻亦称"穴鼻",谓玉兔,因兔裂鼻唇,故以称兔,借指月亮,清方以智《通雅·天文》"月魄谓之决鼻"条亦云:"《乾凿度》曰:'月八日成光,穴鼻始明。'注:'穴,决也。决鼻,兔也。'纬书为汉人所造,则汉时方语,必有以月魄为穴鼻者。"④加上兔又属本部族的动物图腾,故"月中有兔"上古神话由此诞生,二者糅合在一起产生"1+1>2"的民俗效果,并在中华民族大一统的历史进程中收获了更为广泛的社会认同。西方学界注意到兔在中国生肖文化中的特殊性、重要性,美国神秘主义作家泰德·安德鲁斯(T. Andrews)即认为兔是以动物图腾的方式进入十二生肖行列的,并明确指出:"在中国,兔子是十二生肖中的一员,人们将其视作幸运的象征。拥有兔图腾的人就拥有了月亮的力量,他们通常是敏感而富有艺术气息的。人们认为野兔是野心、策略和美德的化身,生活在月宫中。"⑤"人们最熟悉的是兔子强大的繁殖能力,以及快速敏捷的跳跃能力。它通常以跳

① 萧兵:《马王堆〈帛画〉与〈楚辞〉二则》,《江苏师院学报》(哲学社会科学版)1980年第1期。
② (清)严可均校辑《全上古三代秦汉三国六朝文·全三国文》卷七十一,陈延嘉、王同策、左振坤校点,河北教育出版社,1997,第675页。
③ 〔日〕安居香山、〔日〕中村璋八辑《纬书集成》上,河北人民出版社,1994,第468页。
④ (清)方以智:《通雅》卷十一,黄德宽、诸伟奇主编《方以智全书》第四册,黄山书社,2019,第483页。
⑤ 〔美〕泰德·安德鲁斯:《动物能改变你的气场》,仪玟兰译,吉林文史出版社,2012,第243页。

跃的方式移动，而拥有此类图腾的人也会有弹跳优势。所有的这些特点对于拥有兔子图腾的人来说尤为重要。"① "兔子有完美的防御能力。拥有此类图腾的人会将这种防御能力很好地用于他们的生活之中。兔子经常建造巢穴，用于躲避和休憩。"② 中国历代都有兔图腾崇拜的文化传统，据学者们考证，上古主要使用兔图腾的是女和月母之国（嫦娥所在的国度），如"有女和月母之国"（《山海经·大荒东经·女和月母国》）③，北方的先民中有女和与女常两族，两者的分支与伏羲氏联姻后迁居东方，成为女和月母国④；河南淅川县下寺楚墓出土玉饰中有两种较为特殊，虎形饰和兔形饰，表明楚地附近曾有过对虎和兔的崇拜，二者融合后，产生了新的图腾，麒和魑由此而来⑤；山西、陕西和甘肃一些地区广泛流传着"蛇盘兔，必定富；要想富，蛇盘兔""蛇盘兔，家家富""贴上蛇盘兔，种下摇钱树""喜珠石榴蛇盘兔，荣华富贵必定富"等民俗谚语，表达人们企盼富裕吉祥、万事亨通的美好愿望。相传原始社会时期，蛇图腾的部落与兔图腾的部落发生矛盾，常年争斗不已。后两位酋长为平息战争，进行协商谈判，终于化干戈为玉帛，且结合成一个大部落，从此大家和平相处，日渐强盛，故有"蛇盘兔"之说。今陕西等地区流行的"蛇盘兔"剪纸艺术图案⑥即为古代兔图腾的历史孑遗，"反映的是远古时代，黄河流域以蛇图腾和兔图腾为崇拜对象的两个部族之间由对垒到融合的过程"⑦。民俗文化内涵中，蛇喻阳喻男，兔喻阴喻女，盘是结合之义，蛇盘兔属阴阳交合、生生不息的吉祥符号。民间绘画、剪纸艺术中亦有"蛇盘兔""鹰踏

① 〔美〕泰德·安德鲁斯：《动物能改变你的气场》，仪玫兰译，吉林文史出版社，2012，第243 页。
② 〔美〕泰德·安德鲁斯：《动物能改变你的气场》，仪玫兰译，吉林文史出版社，2012，第244 页。
③ （汉）刘向、刘歆编《山海经》，崇贤书院注释，北京联合出版公司，2017，第 302 页。
④ 马博主编《山海经诠解》第四册，线装书局，2016，第 1565 页。
⑤ 黄崇浩：《屈子阳秋》，湖北人民出版社，2003，第 318 页。
⑥ 陈山桥编《陕北剪纸》，陕西人民美术出版社，2012，第 64 页。
⑦ 田东照：《餐韵食趣》，田潇鸿主编《田东照全集》卷九，三晋出版社，2014，第 213 页。

兔"造型符号（见图15、图16），① 其实民间蛇盘兔、鹰踏兔、蛤蟆驮兔类纹样均为原始部落联姻的标志，而在今天中国黄河流域不同民族的乡村中，鹰踏兔符号已转化为男女情爱的世俗象征。汉画像石中保存着较多的鹰踏兔图像（见图17，临沂市博物馆藏），彰显着远古时代鹰图腾部落与兔图腾部落的兼容交合，当然也可能是部落间吞并史实的再现。契丹人吸收了中华文化，也有十二生肖文化，其中（黑）兔尤见灵异，《辽史·地理志》载辽太宗出生时"应天皇后梦神人金冠素服，执兵仗，貌甚丰美，异兽十二随之。中有黑兔跃入后怀，因而有娠，遂生太宗。时黑云覆帐，火光照室，有声如雷，诸部异之"②。黑兔作为神瑞投胎从而使得应天皇后产下贵子，这无疑是契丹民族兔图腾崇拜的反映。今西南地区德昂族、傈僳族、纳西族等少数民族仍保留着以兔为图腾的习惯，并流传兔神传说，德昂族的寨旗上绘有民族标志虎和各寨标志兔、牛、羊等（兔形寨旗即由图腾演变而来）；傈僳族的氏族图腾含兔图腾、刚兔图腾等五十余种，其中碧箩雪山上的傈僳族以兔为图腾姓氏；纳西族关于喇氏族（喇在摩梭语中谓"虎"）之祖源传说中兔以神的身份出现，大意为天神格尔美创造了天地万物，并准备派神到地上去创造人类，众神害怕大地根基不稳、灾害频仍，都不敢请缨，天神格尔美只好派遣拖咧（拖咧在摩梭话中叫"兔"）担当此任务，并称赞拖咧"在天上是最机灵的神，又能说会道"，故去大地是最合适的选择。③ 佐以汉字，中华姓氏如"百家姓""千家姓"等几乎均为远古时期图腾崇拜之汉字孑遗，是身份认同与祖先记忆的文字媒介与思想载体。"本世纪最重要的心理发现是'自我意象'，即'我属于哪种人'的自我观念。汉先民的自我感觉非常良好，他们确信自己是天地万物的契合点，以我观物，'万物皆备于我'的原始信念使得汉

---

① 陈山桥编《陕北剪纸》，陕西人民美术出版社，2012，第60页。
② （元）脱脱等：《辽史》卷三十七，宋德金等标点，吉林人民出版社，1995，第257页。
③ 王迅：《兔寄明月》，社会科学文献出版社，1998，第200页。

字的主观意识十分强烈。"① 兔姓、菟姓即为远古兔图腾崇拜的历史产物。《古今图书集成》列有兔姓部，江苏、台湾等地有兔姓。菟最初见于《路史》，而"菟和"为历史上的复姓，《左传·哀公四年》："（楚人）左师军於菟和，右师军於仓野。"西晋杜预注："菟和山在上雒（洛）东也。菟音徒。"② "菟和"源于古人以地名为姓氏，见《中华古今姓氏大辞典》："菟和，历史上罕见复姓。《姓氏考略》收载。其注云：'《左传》："楚司马军於菟和"，是以地为氏。'"③ 无独有偶，古有菟裘氏，"菟裘"也是古族复姓，"菟裘，嬴姓也"（东汉王符《潜夫论·志氏姓》)④，"菟裘"是以国邑名为姓氏（本嬴姓，为秦之先民），《世本·氏姓篇》："菟裘氏，分封以国为氏。"⑤《古今姓氏书辩证》亦云："菟裘，《史记》秦嬴之后，分封以国为姓，有菟裘氏。春秋时，菟裘为鲁邑。"⑥ 利用王国维的二重证据法，佐以最新地下出土文献，1987 年 10 月在陕西省长安县（今长安区）张家坡村出土了"🐰（菟）𠂤（侯）鼎"，"兔侯即菟侯，为西周时菟国之君"，铭文中的菟 "为在

图 15　绥德剪纸蛇盘兔（喜花）

图 16　安塞剪纸鹰踏兔（喜花）

---

① 赵虹：《蛮野文化的追捕手——古汉字品格说》，学林出版社，1991，第 44 页。

② （战国）左丘明：《左传》第二十九，（西晋）杜预集解，上海古籍出版社，2015，第 997 页。

③ 窦学田：《中华古今姓氏大辞典》，警官教育出版社，1997，第 619 页。

④ （东汉）王符：《潜夫论》卷九，周永年主编《文白对照全译诸子百家集成》，时代文艺出版社，2002，第 138 页。

⑤ （汉）宋衷注：《世本》，《中国古代文化全阅读》第一辑第 48 册，时代文艺出版社，2008，第 54 页。

⑥ （宋）邓名世：《古今姓氏书辩证》卷二十，王力平点校，江西人民出版社，2006，第 201 页。

陕西商县雒东的菟和山之菟"①，可见中华古史信而有征、一脉相承，而兔姓、菟姓确乃中华先民兔图腾崇拜的见证，对解密民族秘史意义重大。

图 17　临沂白庄汉画像石鹰踏兔

四　结语

"借问月中兔，长年何所为。"（北宋梅尧臣《题腊药》）②古往今来，兔因其内涵丰富、独具特色跃升为亿兆国民津津乐道、常谈常新的一个文化现象与主题，并演绎成"中华民族文化认同、文化自觉、文化自信的喜庆动物、认知编码与文化基石，为中华民族共同体的形成增添了新的力证"③。通览掇遗《说文》兔类字词可以发现：中华先民通过观摩"狡兔三窟""势若脱兔""动如脱兔""兔子蹬鹰"等动物智慧证实了兔子并非传统意义上的弱者，而是"物竞天择，适者生存"自然规律下的生命强者，并通过积极效法兔子的生存智慧推进了中华文明的历史进程。在远古莽荒时代，出于永续发展的生态考量，古人利用狩猎、网捕、豢养等方式最终成功驯化了狡兔、野兔，推动了人类文明的发展。本文通过严谨周密的文字考古捍卫了中华先民驯

---

① 孙斌来、范有芳：《菟侯鼎铭文考释》，周天游主编《陕西历史博物馆馆刊》第10辑，三秦出版社，2003，第54~56页。

② （宋）梅尧臣著，朱东润编年校注《梅尧臣集编年校注》卷十八，上海古籍出版社，2006，第502页。

③ 黄交军、李国英：《中国早期鼠文化考索》，《国学》2021年第1期。

服野兔史实的发明权、解释权、话语权，有力地粉碎了欧美学界关于驯兔起源于欧洲的误区谬论、话语霸权。基于兔对人类生活的重要性，在泛灵崇拜的原始思维熏陶下，古圣先哲用兔等身边事物来阐释天体现象，贡献了瑰丽神奇的浪漫想象，折射出华夏儿女认知万物、解释宇宙的信心和勇气。早期中国月兔神话传说（及中秋文化）通过丝绸之路扩散到海外各国并被广泛认可，释教佛典消化吸收了月兔民俗，成为中印文化交流史上的经典案例。西南地区如贵州大量以兔为代表的生肖地名蕴含着丰富的文化内涵，挖掘推广生肖文化对贵州乡村振兴、语言扶贫等利国利民事业意义重大。

兔文化内涵底蕴深厚，其影响横亘数千载而不衰，时至今日仍大显神威、魅力犹存。2013 年 11 月凭借高达 65 万的投票数，我国首辆月球车被命名为"玉兔号"，与着陆器共同组成"嫦娥三号"探测器向太空发起新的"天问"探索，最终成功登陆月球；2019 年 1 月 3 日中国探月工程的"玉兔二号"月球车、"嫦娥四号"着陆器再次成功在月球背面的南极软着陆，开启了人类太空史的新纪元。"玉兔号"现已成为实现中华民族伟大复兴的中国梦与太空丝绸之路的金字招牌、文化名片及友好使者，体现出兔文化赓续祖志、历久弥坚的文化特性。以兔为传播媒介的中国科技故事仍在浩瀚星辰中继续上演新的动人传奇，为人类命运共同体续写辉煌，并激励着中华儿女继古开今、自强不息！

《日本灵异记》对《冥报记》的
受容与变容[*]

——以《常鸟卵煮食以现得恶死报缘》
与《隋冀州小儿》为例

熊　威　刘九令[**]

摘　要：《日本灵异记》卷第十《常鸟卵煮食以现得恶死报缘》与中国《冥报记》中的《隋冀州小儿》故事极度相类。本文通过逐一比较两文中相似的五大情节，考察了二者的异同及各自不足。可以发现，《隋冀州小儿》在秉承中国文学"真实性"特点的基础上，虽文字朴实，但情节却十分生动。或许在某些细节上仍有些许不佳之处，但作品大致已走向成熟。而《常鸟卵煮食以现得恶死报缘》则是作者景戒为打造日本国故事和强化佛教理念，将原故事大幅改写而成的作品，其中增添了不少日本本土要素。作品在改写后新生的矛盾，显示了景戒的创作尚有不成熟的地方。

关键词：《日本灵异记》　《冥报记》　受容与变容

引　言

"因果报应"母题故事中，有不少与"地狱"相关的场景，地狱作

---

* 基金项目：国家社科基金青年项目"亚洲文化语境下日本古代佛教说话文学的类型建构与研究"（14CWW007）。

** 作者简介：熊威，漳州正兴学校教师，硕士，研究方向为日本文学、中日比较文学。刘九令，文学博士，长江师范学院外国语学院副教授，硕士生导师，研究方向为中日比较文学研究。

为"惩恶"的场所，基本位处冥界，较难得见"现世地狱"的例子，然而《隋冀州小儿》却是一则罕见的"现世地狱"故事。《隋冀州小儿》最早见于《冥报记》，随着《冥报记》大行于世，后在《法苑珠林》（后称《珠林》）与《太平广记》（后称《广记》）中都有征引。由于相隔年代较近或原故事已具备了较为合理与完整的架构，在《珠林》与《广记》的征引中，故事原貌在最大限度上得到了保留，仅有些许异字上的斟酌和细节上的增删，并无过多改写之处。随着中国文化、文学向周边国家传播，《冥报记》卷本被带到了日本，藤原佐世编撰的《日本国见在书目》中便有《冥报记》十卷的相关记录。由于国内《冥报记》的遗失，日本抄写并保存的几版《冥报记》如今也成了还原作品的一项参照。所以《隋冀州小儿》故事不单见于中国的《珠林》和《广记》之中，在日本的《今昔物语集》中也有收录。而除了这些不经翻案就被高度保留的情形外，同样存在着将《冥报记》作为蓝本进行翻案，创作出具有日本特色的新故事的情形。显然，经过景戒的翻案，《隋冀州小儿》摇身一变成了《日本灵异记》里的《常鸟卵煮食以现得恶死报缘》。

一 《隋冀州小儿》与《常鸟卵煮食以现得恶死报缘》的渊源

（一）《冥报记》与《日本灵异记》的关联

中国文学，尤其是《冥报记》给景戒带来的影响，在《日本灵异记》上卷序言部分已有明确交代："昔，汉地造冥报记，大唐国作般若验记。何唯慎乎他国传录，弗信恐乎自土奇事。粤起自瞩之，不得忍寝。居心思之，不能默然。故聊注侧闻，号曰日本国现报善恶灵异记。"① 由

① 〔日〕景戒：《日本灵异记》，中田祝夫校注，小学馆，1975，第23页。

此也能知悉,《冥报记》《般若验记》等书在此时就已经传到了日本,且颇为盛行。但"自土"意识使得景戒对此很是不安,他希望能创作出属于本国的说话集。而实际上,《日本灵异记》中依旧可以比较清晰地看到上述两部作品的影子,其中不少故事正出典自《冥报记》。它们或由单个故事翻案而成,或由几个故事整合而来,原《冥报记》的故事在景戒的苦心翻案后,成了《日本灵异记》中具有日本特色的灵异故事。关于《常鸟卵煮食以现得恶死报缘》的出典情况,国内学者徐志红的《〈日本灵异记〉爝火考——以中卷十缘为中心》与林岚的《〈日本灵异记〉中卷第十段故事的叙述结构》在一定意义上有所涉及;李铭敬在《日本说话文学中中国古典作品接受研究所存问题刍议——以〈日本灵异记〉和〈今昔物语集〉为例》和《唐代〈金刚经〉灵验故事与日本平安时代佛教说话文学的交涉关系考略》中则指出了其与《隋冀州小儿》存在情节类似。而日本方面的佐藤谦三、中田祝夫则认为其与《冥报记》下卷《周武帝》《隋冀州小儿》存在对应关系。需要说明的是,《常鸟卵煮食以现得恶死报缘》与《周武帝》仅有"食卵遭恶报"一处相似,且《周武帝》作为"冥界地狱"一类的故事,两文在情节上实际相去甚远。中田祝夫也指出:"《冥报记》卷下周武帝、冀州小儿二则说话,都讲述了食卵遭恶报,尤其是后者,小儿被逼入城门中,苦于一地热火,而实际上却身处田中的情节与本说话极为类似。"① 综上可见,《常鸟卵煮食以现得恶死报缘》仅出典自《隋冀州小儿》,与《周武帝》或有相似之处但出典的可能性极低。

(二)《隋冀州小儿》与《常鸟卵煮食以现得恶死报缘》的情节对比

由于《隋冀州小儿》与《常鸟卵煮食以现得恶死报缘》在情节设置上有极大相似,故笔者在此借用寺川真知夫采用过的"情节比较

---

① 〔日〕景戒:《日本灵异记》,中田祝夫校注,小学馆,1975,第153页。

法",将《冥报记》的《隋冀州小儿》(主要使用方诗铭校注本,辅以大正藏本及《珠林》《广记》)和《日本灵异记》的《常鸟卵煮食以现得恶死报缘》(使用中田祝夫校注本)分为五大段落(情节)逐一对照,进行具体情节描写的比较(见表 1)。

表 1　《隋冀州小儿》与《常鸟卵煮食以现得恶死报缘》的内容对照

编号	《隋冀州小儿》	《常鸟卵煮食以现得恶死报缘》
A	隋开皇初,冀州外邑中有小儿,年十三,常盗邻家鸡卵,烧而食之	和泉国和泉郡下痛脚村,有一中男。姓名未详也。天年邪见,不信因果。常求鸟卵,煮食为业
B	后早朝,村人未起,其父闻外有人叩门呼此儿声。父令儿出应之,见一人云:"宜唤汝役。"儿曰:"唤我役者,入取衣粮。"使者曰:"不须也。"因引儿出村门	天平胜宝六年甲午春三月,不知兵士来,告中男言,「国司召也」。见兵士腰,负四尺札
C	村南旧是桑田,耕讫未下种,是旦,此儿忽见道右有一小城,四面门楼,丹采甚丽,儿怪曰:"何时有此?"使者呵之,使勿言,因引至城北门,令儿前入。儿入度阃,城门忽闭,不见一人,唯是空城。地皆热灰碎火,深才没踝,儿忽呼叫,走趣南门,垂至而闭。又走东西北门,亦皆如是,未往则开,既至便阖	即副共往,才至郡内于山直里,押入麦田。田一町余,麦生二尺许。眼见爓火,践足无间。走回田内,而叫哭曰,「热哉,热哉」
D	时村人出田采桑,男女大小皆见此儿在耕田中,口似啼声,四方驰走,皆相谓曰:"此儿狂耶?旦来如此,游戏不息。"至日食时,采桑者皆饭,儿父问曰:"见儿不?"桑人答曰:"在村南走戏,唤不肯来。"父出村,遥见儿走,大呼其名,一声便住,城灰忽不见。见父而倒,号泣不言,视之其足,半胫已上,血肉焦干,其膝已下,洪烂如炙,抱归养疗之,髀已上肉如故,膝下遂为枯骨。邻里闻之,共往视其走处,足迹通利,了无灰火。于是邑人男女大小,皆持戒练行	时有当村人。入山拾薪。见于走转哭叫之人,自山下来,执之而引,拒不所引。犹强追捉,乃从籓之外,牵之而出,噼地而卧嘿然。不曰。良久苏起,然病叫言,「痛足矣云々」。山人问言,「何故然也」。答曰,「有一兵士,召我将来,押入爓火、烧足如煮。见四方者,皆卫火山,无间所出故,叫走回」。山人闻之,褰袴见髆,髆肉烂销,其骨顼在。唯经之一日而死也
E	有大德僧道惠,本冀州人,为临言之,此其邻邑也	诚知,地狱现在。应信因果。不可如乌鸟慈己儿而食他儿。无慈悲者,虽人如乌矣。涅槃经云,「虽得人兽尊卑差别,宝命重死,二俱无异云々」。善恶因果经云,「今身烧煮鸡子,死堕灰河地狱」者,其谓之也

从表 1 五部分的对比可以看出，主要情节可以大体一一对应，这种对应关系很难说是一种巧合，更可能是刻意模仿和借鉴的结果。

二 《隋冀州小儿》与《常鸟卵煮食以现得恶死报缘》的比较与评析

《隋冀州小儿》与《常鸟卵煮食以现得恶死报缘》（后文以《冥报记》和《日本灵异记》分别进行指代）的紧密关联体现在故事情节的一致性上，两文皆以 A 盗食鸡（鸟）卵→B 使者来召→C 现世地狱→D 被人救出，最后加上 E 编者附言五个部分进行展开。但在高度相似的同时，二者也有着明显的不同，《日本灵异记》不仅对原故事发生的时间、地点、人物等进行了置换，在故事的细枝末节处也做了不少改动，其目的在于打造出符合景戒自身所需的日本国灵异故事。下面，笔者将按照以上五个部分，着重考察两文的异同及各自不足。

（一）A 盗食鸡（鸟）卵

该段落作为故事开端，分别交代了事件发生的地点和主要人物的年龄，以及小儿盗食鸡卵、中男常求鸟卵的相近行径。从故事主角年龄的设定来看，《冥报记》中主人公为十三岁小儿，这般年纪下的孩童普遍具备"天真""无知""顽皮"的特质，也正是这些特质，方可使得故事能按后续情节加以展开。若是将主角定为成年男子，后续展开也要相应做出改变才能符合逻辑。那么，为何《日本灵异记》中不再采用孩童，而要选取十七至二十岁的"中男"来做主角呢？如此改写恐怕与故事的结局是有着直接关联的。《冥报记》里，孩童最终被其父抱归家中疗养，虽是膝下烧作枯骨，但显然保住了性命。而《日本灵异记》里中男的结局则是"唯经之一日而死"。二者相比，报应的厉害程度无疑是后者更高。景戒编著《日本灵异记》的目的，一方面在于创作属于本国的灵异故事，另一方面也在于劝善惩恶与宣讲因果报应。

要达到劝善惩恶与宣讲因果的目的，当然还是拿出不信因果作恶受报的故事用以说明，最是有力，而报应中又以"死报"为最。另要说起"不信因果"，也正是到了中男的年纪，逐渐形成自己的世界观与价值观，对待事物有自己的看法，这才有了不信的前提。若要说尚且天真无知的十三岁孩童"不信因果"，恐怕多少还是有些牵强。

关于时间与地点的设置，《冥报记》和《日本灵异记》都给出了较为清晰的信息。这样的情节设置实际与中国社会尊实重信的史学观念有着直接关联，因此在中国古代文学中一贯对文章的"真实性"与"合理性"相当重视。在景戒所处的时代里，随着中国文化的不断输出，虽不及中国的重视程度之高，但日本也并没有忽略这些特点。对于作品"真实性"的追求，从日本的文学作品中同样能得到反映。回到故事中来，《冥报记》所提到的"隋开皇初"和"冀州外邑"，可以说除了在历史上的此时此地真有类似事件发生之外，它本身并没有过多含义，仅是在为故事提供"真实性"而已。

与之相对，《日本灵异记》在地点的设置上则非常耐人寻味。"和泉国和泉郡下痛脚村"此地名中最为醒目之处，当属"痛脚"，它与故事末尾中男"膊肉烂销，其骨瑣在"的"痛足"报应惊人一致，仿佛在开篇就已预示了结局。细观"痛脚"一词，读作"あなし"，而在日本的历史上，和泉国和泉郡也真实存在一唤作"あなし"的村庄，汉字写作"穴师"。村名的由来自然不是胡乱凑数，其背后定有缘由。吉野裕在《穴师传承批判序说：口译风土别记》中，否定了柳田国男的"穴师风位说"，并论考了穴师与制铁业者的紧密关联，肯定了"穴师铁师说"。[1] 在中国方面，《汉语大词典》对"穴师"给出的解释为："挖地道的兵士。"[2] 结合中文所指，再加上《日本灵异记》中用"痛

---

[1] 〔日〕吉野裕：《穴师传承批判序说：口译风土别记》，《日本文学》1972 年第 8 号，第 52 ~ 57 页。

[2] 汉语大词典编辑委员会、汉语大词典编纂处编纂《汉语大词典》第八卷，汉语大词典出版社，1991，第 405 页。

脚"代替"穴师"进行表记的做法，吉野裕的观点更为可信。反之，能用"痛脚"来代替"穴师"，也必须基于穴师为铁师的前提方可成立。依此来看，该村由铁师得名，则必然会有挖掘铁矿的集团存在。从工作性质上来说，铁师集团需要在岩穴中长时间进行铁矿和砂铁的挖掘工作，由于狭窄的矿内空间和长时间的工作，不可避免地会造成双脚的麻木与疼痛。这是时至今日，矿内工人都无法摆脱的病痛。由此推断，穴师村得名于穴师一职的可能性要大于穴师的风位一说，也正是由于穴师中患脚痛病的人数较多，故才有了"痛脚村"的表记方式。

如此一来，便可知晓，故事中出现的和泉国和泉郡下痛脚村在历史上真实存在。这正说明了该故事对于地点的置换是景戒精心考量后的选择，而并非为了后续剧情虚构而来。景戒刻意将地点设置在"痛脚村"，用"痛足"之报，去照应"穴师村"作"痛脚村"的村名缘起，也是为了能更好地引起本国民众的共鸣，使外来故事尽可能脱离原貌，以便将其变作本土故事。

（二）B 使者来召

两故事在该段落中都以使者来将主人公召走的模式展开。不同在于，《冥报记》里前来召人的是一身份不明的使者，只是说道"官唤汝役"，小儿回曰"唤我役者，入取衣粮"，使者拒绝了这一合理要求，便将小儿带出了村。然而这一情节设置看似可行，实则不佳，问题就出在了"官唤汝役"上。不同版本或许有所差异，可据保留了最多异体字的"大正藏本"来看，同样将其记作"官唤汝侵（役）"[1]。其中"侵"为"知恩院本"的写法，且以对校本来看侵字同役。可见"官唤汝侵"为《冥报记》原本写法的可能性最高，但仍为官唤汝役之意。

---

[1] 大正新修大藏经刊行会：《冥报记》第 51 册，《大正新修大藏经》，新文丰出版公司，1994，第 797 页。

　　回归文本，由 A 中信息可知，故事发生在隋开皇初年，小儿年仅十三。而《隋书》卷二十四《食货志》载："高祖登庸……男女三岁已下为黄，十岁已下为小，十七已下为中，十八已上为丁。丁从课役，六十为老，乃免。"[①] 同书又载："开皇三年（583）正月，帝入新宫。初令军人以二十一成丁。减十二番每岁为二十日役，减调绢一定为二丈。"[②] 由此可知，隋文帝登基时便定下了十八岁以上才须服役的标准，且在开皇三年正月时又进一步提高了兵役的年龄，更减少了服役时长，也减轻了百姓赋税。加之，在古代中国服徭役、兵役都需自备衣粮，可当小儿提出要求时，却遭到了拒绝。因此，将"官"视为现世之官，"官唤汝役"便不合道理。综观全篇，奇异非常，由此可断，召人之官唯有鬼官。可即便作此解释，"官唤汝役"也不可行。原因在于，小儿仅是在现世中受到了类似来自地狱中的惩罚，通篇故事实际并无任何与服役相关的后续展开。如此一来，所剩的唯一可能，便是鬼差在谎称官府召其服役。虽说在笔者目力所及的中国志怪故事中还不曾见过有鬼差说谎的案例，但也不能排除此种可能。鬼差若是如实相告，恐怕小儿定要苦苦求饶或是喊来父亲，难肯轻易随其而去。或许鬼差不愿为己徒增麻烦才用了谎言来将小儿带走吧。即便如此，鬼差仍大可选用其他理由将其招走，丝毫没有道理要以错误信息诓骗小儿。以中国志怪中的鬼类故事来看，仅为寻常"小鬼"就身怀"知现世、晓未来"本领的例子比比皆是，更不必说是此种能够设下现世地狱进行惩戒的高等鬼差，又岂会同十三小儿一样无知，不晓人间课役。凡此种种，"官唤汝役"之"役"以何解释，都难合理。

　　关于这一点，从将《隋冀州小儿》故事进行收录并把"官唤汝役"删减为"官唤汝"的《珠林》和《广记》中，或许可以窥见一二。虽说二书仅在此处删减了"役"字，后文仍保留了"儿曰：'呼我役者，

---

① （唐）魏征等：《隋书》第三册，中华书局，1997，第 680 页。
② （唐）魏征等：《隋书》第三册，中华书局，1997，第 681 页。

入取衣粮。'使者曰：'不须也。'因引儿去"的情节，但此话不由使者口中说出，便是给了小儿天真无知，自行猜测官府召他服役这一解释的可行性，也让使者的拒绝和后文并无服役的描写变得合情合理。笔者认为《珠林》和《广记》中对此处"役"字的删减会更优于《冥报记》原文。

相较于原故事的"官唤汝役"而言，《日本灵异记》不像《珠林》和《广记》那般仅是稍作修整，而是直接删去与服役沾边的所有内容，也更为明确地给出了"官"的身份——"国司"。基于《日本灵异记》的116则故事中都不曾有过将冥官称作国司的例子，因此笔者判定，此处的"国司"所指即是现世中和泉国的官员。同将"国司召也"以鬼差说谎的角度来看，不同于《冥报记》原文"服役"的"漏洞"，在此无疑是具有可行性的。日本的律令制把全日本一共分为了66国和2岛，国以大、中、上、下分为四等，与之相应的四等管理人员，统一称作"国司"。"国司"一词的由来虽得益于中国律令制的影响，但它却是日本历史上的专有名词。景戒选用此等具有本国特色的官职来对原文进行替换，无非出于两个目的。一是希望能尽量消除外来故事的陌生感，让翻案后的故事更容易被本国民众接受，由此打造出属于本国的灵异故事集。二是在保证故事灵异性的同时也不乏"真实性"。对于"真实性"的追求，从文章紧接着对使者腰间四尺令牌的细节描写也能得到体现。

（三）C 现世地狱

《冥报记》虽未直接点明故事与地狱的关系，但以上一段落的分析来看，使者为冥差的可能性最大，加上空城之中"地皆热灰碎火"，不禁就能使人联想到冥界里的"灰河地狱"；另以《珠林》和《广记》来看，两书都在下一段的"足迹通利，了无灰火"后增加了"良因实业，触处见狱"一句，其意便是说做好事就会有好结果，做坏事就会到处是地狱，由此也能窥见故事趋于"现世地狱"的可行性，并且此书书名正唤作《冥报记》。因此笔者才将此段落归作了"现世地狱"。

"现世地狱"这一段落作为故事发展的高潮，在《冥报记》里得到了较好的表现，且在该段落中相关情景的设定也都能与前后文建立起合理的联系，不单是满足了"合理性"的需求，更迎合了读者们所喜爱的"趣味性"。从"合理性"来讲，作者将"现世地狱"的舞台设置在了村南耕而未种的桑田之上。首先选择"村南"这一相距不远的地点，一边可与小儿的脚力相匹配，另一边也与下段"父出村，遥见儿走，大呼其名"的展开得以关联；其次土地耕而未种，这也成了村民途经桑田却未太过在意，继而没把小儿救下的重要原因；最后便是"桑田"，桑田一方面与之后出现的采桑村民相互关联，另一方面则给"空城"划定了范围，桑田的四围成了困住小儿的四堵城墙，不至于使"空城"变得了无疆界，这才有了小儿来回奔走的可能。从"趣味性"来讲，"现世地狱"无疑是整篇故事中最为奇幻的一段。忽然出现的空城，将小儿禁闭其中，遍地皆是热灰碎火。远处大开的城门，激起小儿的逃生欲望。赶赴城门，垂至而闭，它门又开。门门如此，引得小儿只能来回哭喊奔走。唐临通过对小儿在"空城"中的离奇遭遇的细致描写，让读者也能身临其境，不由与小儿同呼吸共命运，勾起了读者对小儿的同情心，也加深了其对残酷惩罚的畏惧。

关于"现世地狱"，它最为主要也是最为明显的特性便是具备惩戒功能。除此之外，在《冥报记》故事中，还表现出了其他两大特性。从《冥报记》下一段"时村人出田采桑，男女大小皆见此儿在耕田中，口似啼声，四方驰走，皆相谓曰：'此儿狂耶？且来如此，游戏不息。'"的文字描述中，体现出了它所具备的"外人不可视性"。而同为此段的"邻里闻之，共往视其走处，足迹通利，了无灰火"则体现出了它的另一特性，即"空间独享性"。支撑起这两大特性的唯一媒介便是道边突然出现的"小城"。古今中外，"城池"都在起着阻隔外界的作用，城门一闭便可形成密闭的空间。古代中国更是城池众多，因而城池的效用及其密闭的内涵也自然而然地被套用到了故事中，使得桑田四围上立起的城墙隔绝两界，令那方桑田化作了异界空间。这样的设定想必也是读者能够欣然接受的。然而，相较于趣味横生、灵异非凡的《冥报记》而言，《日本灵异记》在翻案时则将其处理得极为平淡，甚至将"城池"与"奔走空城"这一情景及其细节完全删去，把"现世地狱"简单地设置在了麦田上。"田一町余，麦生二尺许"，虽说景戒也在用这些数值来营造故事的"真实感"，但翻案后的几处改写却与从原故事中保留下的"眼见爝火，践足无间"再也无法契合。关于"爝火"的内涵，针对"爝火"为"炬火"的解读，徐志红从两文的接受关系切入，并指出："'下痛脚村的中男'对'冀州小儿'的接受恐怕并不完满，'爝火'的替换可谓典型。'冀州小儿'由于将鸡蛋'烧煨'而食，因此受到了如安世高译经中描绘出的入火城中苦于热灰碎火的刑罚。而在该故事接受的过程中，把'热灰碎火'变为了'爝火'。或是出于迎合'炬火'的目的，编者景戒将时间设在了麦生二尺的三月，从中能读到（景戒）想让人由麦色联想到火之地狱的可能。但'炬火'也使得文脉混乱，无法与文末提及的灰河地狱契合……《日本灵异记》中所使用的'爝火'意应为'炭火'。"①

　　对于"爝火"作"炭火"的解读，笔者持相同看法，因此才说"眼见爝火，践足无间"是对原故事的保留。可即便作"炭火"解，"爝火"也还是难与前后文契合。徐志红以"烧煨"的食用方式入手，找出了"热灰碎火"刑罚与"烧煨"食用之间紧密的关联性。这其实就是贯穿在故事中的因果报应关系，故事非常好地体现出了"因"与"报"的一致性。但以《日本灵异记》看，中男食用鸟卵却是"煮食"，并在下一段落中同样提到了"烧足如煮"，两处的"煮"无疑也是景戒对于"因""报"一致的追求，但景戒似乎忘记了麦田里的"炭火"，也忽视了文末的"灰河地狱"。"煮"在《辞海》中仅有"把

---

① 徐志红：《〈日本灵异记〉爝火考——以中卷十缘为中心》，《人间文化研究科年报》2005 年第 20 号，第 71～78 页。

东西放在水中加热使熟"① 一种解释，这在笔者看来，选用"煮"字无论如何也不及"烧"与"炭火"还有"灰河"之间关系紧密，并且"炭火"与麦田本应燃起的"炬火"也极为不搭。可见《日本灵异记》的这则翻案在注重达成"煮食鸟卵"之"因"与"烧足如煮"之"报"一致的同时，却忽视了自己保留下的"爝火"与"灰河地狱"的内涵。也正是"煮""麦田""爝火"三者的相互矛盾，才使得文脉混乱不堪。此处便呈现了景戒在翻案过程中青涩的一面。

（四）D 被人救出

这一段落主要是"现世地狱"的后续展开。两文相比，从内容上看，《冥报记》的人物有血有肉，情节也更加丰满，无疑仍是原故事有着更好的人物互动和细节描写。而关于该段落中见证人登场的意义，林岚认为《日本灵异记》里"山人"作为男子的"当村之人"，是男子种因结果的见证者，他作为男子直接叙述的唯一听取者，有权力为其做口述内容的转述。作品中"山人"与"当村之人"的两种称呼，意义大概在于表明他的双重见证人身份和双重叙述权利；而《冥报记》里众多的见证人仅仅目击到了事件的一部分，所以都不可能对整个事件做出完整叙述。因此担任叙述者的作者在文末又举出了"亲见其事"的道惠法师。② 由此可知，《日本灵异记》的"山人"与《冥报记》的"众人"在作为见证者的作用上实际是相当的。通过对比两则故事的内容及标题不难发现，比起对事件特异性的强调，景戒更侧重于宣扬因果报应，因此景戒无须繁多的见证人来让事件变得更加曲折、特异和有趣，而只需要"山人"一角来作为事件的完整见证人便足够了。

---

① 辞海编辑委员会编《辞海》，上海辞书出版社，1979，第 2834 页。
② 林岚：《〈日本灵异记〉中卷第十段故事的叙述结构》，李晨主编《21 世纪中国日本语教育研究》，吉林人民出版社，2005，第 268～271 页。

（五）E 编者附言

故事至上一段落为止已经迎来了结局，该部分则属于故事之外的编者附言，主要起着向读者传递讯息的作用。唐临所留文字仅是在简单告知读者，这件事是身为冀州人的高僧道惠告诉我的，他就是小儿邻邑的人。"某人对我言之""此乃我亲眼所见"，类似的表达，在中国志怪文学中相当常见，唐临在此遵循了主流的处理方式，其目的仍是证明自己所言非虚，让故事更加真实可信。

景戒则是在文章最后留下了"诚知，地狱现在。应信因果"的言论，意在说明现世确有地狱，也希望借此一并告诫读者要相信因果报应。出于僧人的身份和宣教的目的，景戒又接连引了两段佛经中的文字，两段文字分别引自《大般涅槃经》（后称《涅槃经》）和《佛说善恶因果经》（后称《因果经》），在除去异字的因素后，基本可以认为此处是对佛经原文的直接引用。虽是引了原文，但在引出《涅槃经》前，景戒却用了原经内容之外的例子。从《涅槃经》来看，这段话其实是佛陀针对阿暗世王逆害父亲而良心不安，常救屠羊却心初无惧所说的。因此佛陀才说道，虽是人兽贵贱有别，但在惜命重死上，二者无异。为何对羊心轻无惧，对父生重忧苦。[1] 谈话的主旨在于说明人兽生命同等珍贵，与故事主人公不爱惜动物性命常食鸟卵而遭报应的展开可以说是相当契合。然而，或许是想要起到前后照应的效果，景戒在此举出了乌鸦慈己儿而食他儿的例子，并再加以说明，无慈悲者，虽身为人，却如乌鸦。如此一来，反而使主旨偏离了"生命等重"，更近于不可损人利己一说。

再以《因果经》的引用来看，原文为"今身烧爆鸡子者死堕灰河

---

[1] 《大般涅槃经》卷第二十，昙无谶译，《大正新修大藏经》第 12 册，新文丰出版公司，1994，第 484 页。

地狱中"①。虽有"爒"字不同，但"爒"除在人名中使用外，别无他用，且发音同"煮"，结合语意来看，于此亦当为"煮"意。故在《日本灵异记》中以"今身烧煮鸡子，死堕灰河地狱"进行表记也不奇怪。景戒为了尽可能消除外来故事原本的痕迹，将"烧煨食之"改写作"烧煮食之"的依据恐怕便在于此。基于《因果经》最早见于敦煌文献中仁寿四年（604）所抄《优婆塞戒经》卷末题记，张小艳认为该经在 604 ~960 年这三百多年间一直在敦煌广泛流行，且主要通过民众抄经以获取现世的功德（如为亡者追福、为存者求安等）而广泛留存下来。在《因果经》为伪经的前提下，张小艳依据细致的文句对比，指出《因果经》有 31.9% 的经文源自其他五部经书，其余内容应为抄造者杂入的"世语"及其他文字，又一次有力地论证了《因果经》的伪经说。此外，张小艳还从出典及"世语"两个角度，以其中字词的用法来追溯成书年代，最终认为《因果经》成书的上限很有可能在 6 世纪中叶。② 由于《因果经》在中国成书及流行的上下限时期正可覆盖《冥报记》的成书年代，又因"今身烧爒鸡子者死堕灰河地狱中"一段与故事高度相似，且非出自其他五经，所以笔者推测《隋冀州小儿》的形成，存在受到《因果经》或是"世语"影响的两种可能。

三　结语

通过对上述五个部分的对照考察，可以发现，《隋冀州小儿》在秉承中国文学"真实性"特点的基础上，虽然文字较为朴实，但情节却十分生动。细节处理上或许存有些许不大妥当之处，但作品总体上已走向了成熟。另观《常鸟卵煮食以现得恶死报缘》则是景戒为打造日

① 《佛说善恶因果经》，《大正新修大藏经》第 85 册，新文丰出版公司，1994，第 1318 页。
② 张小艳：《汉文〈善恶因果经〉研究》，《敦煌吐鲁番研究》2016 年第 1 期，第 59~88 页。

本国故事和强化佛教理念，将原故事大幅改写而成的作品，其中增添了不少日本本土要素。通过细节确实能够感受到景戒为增添故事"真实性"付出的心血，但故事在改写后滋生了新的矛盾也是事实。《日本灵异记》作为日本最早的佛教说话集，尚有不少青涩之处，自然情有可原。当然在发现其不足的同时，更要看到日本对于外来文化借鉴的态度与方式。《日本灵异记》受中国文学影响颇深，两者关系的考察近年来也在缓缓推进，但仍有诸多余白，尚须继续追考。

建构比较文学主题学的中国语境

——读孟昭毅教授《比较文学主题学》

陈嘉豪[*]

摘　要：孟昭毅教授的新著《比较文学主题学》是我国首部比较文学主题学研究专著。著作在深入客观地阐述比较文学主题学学科史及其哲学内涵的基础上，从中国学者的理论贡献、比较文学主题学中国谱系的发展脉络以及具有中国与东方特色的研究成果等维度详尽、系统地提出了中国比较文学主题学的建设构想，不仅为我国后续的比较文学主题学研究奠定了坚实的基础，同时也是中国比较文学学者表达自我学理诉求的一次重要实践。

关键词：孟昭毅　比较文学主题学　中国比较文学

面对作为"舶来品"的比较文学主题学，中国学者如何突破西方话语的束缚，以自我的学术定位与价值取向表述学术洞见，是《比较文学主题学》紧密围绕的核心问题。孟昭毅教授的《比较文学主题学》是我国首部比较文学主题学研究专著，著作沿"理论编""史论编""实论编"的逻辑顺序，在严肃尊重学科发展史的基础上，富有创见且详尽、系统地提出了中国比较文学主题学的建设构想，是中国比较文学研究的重要理论成果，也为我国学者后续的比较文学主题学研究与实践奠定了坚实的基础。

---

[*]　作者简介：陈嘉豪，天津师范大学文学院、跨文化与世界文学研究院博士研究生，研究方向为印度英语文学、世界文学理论。

一 理论建构的中国贡献

回顾主题学坎坷的学科史，争议乃至否定的声音始终与学科发展进程相伴相随。比较文学主题学在国外的处境一方面是缺乏足够的重视，相关著作与专门的研究乏善可陈；另一方面是长期的争议使得范畴问题被搁置，"主题学"的本体论、方法论与实践论仍处在讨论与生成之中。而正是在这种不确定性之中，著者敏锐地指出主题学理论"必然会带给中国学科领域以诸多的反响，并产生多元化的发展趋向和多样化的学术成果"①。对主题学学科史及理论建构过程的追溯，是中国比较文学学者扭转"不在场"与"失语"局面的重要契机，也是彰显中国理论自信、文化自信的难得窗口。

对国外主题学学科史的梳理以及其中各种疑难问题的探讨是定位与挖掘中国贡献的前提与基础。从 18 世纪末德国民俗学生发到主题学研究的确立，这之间经历了两次转变。首先在浪漫主义文学思潮的影响下，以赫尔德、格林兄弟为代表的学者与作家群体对民间故事、神话传说和童话的整理编纂，推动着民间文学研究由量变走向质变，他们自发的比较行为要求更广阔的研究视域、对研究对象有更明晰的认识及可操作性更强的研究方法。主题学初期的演进，从对"素材史"与"主题史"的执着，转向将对比研究及影响研究的方法推至文学研究的台前，这也直接促成了比较文学的滥觞，② 经由科赫等人的深耕，主题学研究成为比较文学的主要内容之一；之后，欧美学者的诘难与质疑磨砺出主题学研究的一种"逆反性张力"，在大量实践成果的积累下，美国比较文学学者哈里·列文在历史上第一次提出"主题学"术语，并将研究视野扩展至东方文学文化。主题学世界视域的形成意味

---

① 孟昭毅：《比较文学主题学》，北京大学出版社，2022，第 6 页。
② 〔德〕胡戈·狄泽林克：《比较文学导论》，方维规译，北京师范大学出版社，2009，第 20 页。

着原有注重实证的史学研究及单纯的影响研究已乏力于比较文学"后期发展研究"阶段更宏伟的使命。在主题学研究的这一关键革新中，中国学者的推进举足轻重。

理论编的第二章，著者细致翔实又深入浅出地从本体论、认识论和方法论等方面抽象总结出主题学现有的理论成果与哲学内涵。恰恰以此为基，著者将中国学者在主题学领域的成果与贡献归纳为三种趋向，即中国民俗学、民间文学的主题学研究，比较文学研究中的主题学成果以及中国文学史研究中的主题史研究。与西方的情况类似，以王国维、鲁迅等人自发的比较文学研究以及顾颉刚等人的民俗学和民间文学研究为养料，中国民间文艺学范畴的主题学率先发轫，产出了季羡林《罗摩衍那初探》、钱锺书《管锥编》等一系列重要的主题学研究实践成果。与此同时，中国比较文学的理论建构也推动着主题学的迅速发展。如乐黛云的先驱性介绍，谢天振的主题学系统化讨论与学科基础的构筑，陈惇、刘象愚对主题、主题学本体论的进一步辨析，刘介民对主题学平行研究转向问题的探析等，都是中国学者参与主题学研究建构的典型。当然，《比较文学主题学》不仅深入故纸堆寻根溯源，还特别关注到 21 世纪以来崭露头角的具有中国特色的比较文学主题学研究，以及其业已形成的发展特色与活跃动态，其中又以孟教授在"马克思主义理论研究和建设工程重点教材"《比较文学概论》中的"文学主题与主题学"专论为代表，著者既对主题学研究中的关键概念、问题做出了廓清，同时又前瞻性地指出主题学研究仍处在富有活力的动态发展之中，新的理论探讨与研究实践都要实事求是，不可缚于现有的概念、范式，要承续百年来中国主题学研究的开拓与创新精神。至此，著者要言不烦地总结道，中国比较文学主题学研究已出现比较文学、中国文学史与民间文艺学等领域的学者，他们在理论建构、中外文学比较及题材史、主题史等问题上会通影响研究、平行研究、接受研究等方法，合力构建富有中国特色的比较文学主题学。不可否认的是，成绩斐然的中国比较文学主题学研究已成为世界比较文学学界不可忽视的一股力量。

二 绘制主题学中国谱系

从浩如烟海、光色驳杂的历史文献中抽丝剥茧,以中国比较文学日益凸显的发展特色为立足点寻根溯源,还原主题学中国谱系建构的历史脉络,是《比较文学主题学》史论编的中心使命。著作以中国比较文学主题学研究的发展线索为经,以具体的主题学优秀研究成果为纬,强调中国立场、世界视野与跨界方法的学术品格与奋斗愿景,提纲挈领地勾勒出比较文学主题学中国谱系的宏伟图景。

首先,从钟敬文故事类型研究、季羡林民间文学研究、饶宗颐比较神话学、刘守华民间故事学研究等代表成果,到陈岗龙等人的最新实践,民间文艺学范畴的主题学研究承载着文学文化"寻根"与开拓中外主题学研究的双向历史任务。著者指出民间文学研究是比较文学主题学的重要源头,是主题学研究取之不尽的源泉,而反过来主题学研究又促进了民间文艺学研究的理论升华,[①] 源远流长的中华文明之中取之不竭的民间文化资源是中国比较文学主题学研究无比珍贵的宝藏,在彰显"以我为主"的中国立场、中国特色方面发挥着不可替代的作用。其次,比较文学范畴的主题学研究可谓由民间文艺学的研究积累促成的另一条主题学发展路径,从题材史、主题史的寻踪到自发的中外文学主题问题比较,再到有意识、成体系的理论总结,大致经过了"西学东渐"与"理性反思"两个阶段。经王国维、鲁迅等先驱者的推动与奠基,谢天振、乐黛云、陈鹏翔、刘象愚、曹顺庆、王志耕、王向远等后继者在自己的学术领域所进行的比较文学主题学学科理论的探索,为主题学研究开拓出作为比较文学平行研究的重要组成部分,参与到中外文学关系之中的新领域,并业已促成中国语言文学学者与

---

① 孟昭毅:《比较文学主题学》,北京大学出版社,2022,第149~150页。

外国语言文学学者交流互鉴、共同开拓的新局面。比较文学主题学研究经历"由远到近、由浅入深、由表及里、从实践至理论"①的发展壮大，一批富有创见的主题学理论研究成果不断涌现，如曹顺庆、谢天振、王志耕等人在多种比较文学著作、教材中的专章论述，都表明主题学在比较文学领域的显学地位已然确立，且在理论与实践创新上仍活力十足。最后，经由主题学研究与中国文学研究的碰撞产生的阐发式研究范式，催生出中国文学领域新的学术增长点，这类研究以探寻中国古代神话、传说，各时期文学的文学现象为本，以中外主题学理论成果为阐释手段，致力于跳脱西方话语体系的主导，改变中国文学研究从属于西方权威、中国文学作品作为外国理论注脚的局面。主要有以王立中国古代文学主题学系列研究、宁稼雨中国叙事文化学研究等为代表的古代书面文学主题学研究，以叶舒宪、陈建宪结合文学人类学等理论视角开展的神话意象、母题研究为代表的中国神话主题学研究，以万建中禁忌主题研究为代表的中国民间传说、故事主题学研究，以及以王春荣新时期文学主题学研究为代表的现当代文学主题学研究四个方面。

可以看到，孟教授从百年来灿若繁星的主题学研究成果中，以世界的视野、历史的意识、现实的关怀与未来的憧憬构筑起的中国谱系是我国主题学研究史上一次麦哲伦式的探索，既对中国主题学研究过往的成就做出了准确的历史定位与世界定位，又为后继的研究指明了方向。

三 立足东方的具体实践

"以东方文学为据点，把东方文学、中国文学和西方文学全都放在

---

① 孟昭毅：《比较文学主题学》，北京大学出版社，2022，第 230 页。

自己的研究视野之中，从比较文学的理论高度加以审视"①，是孟教授比较文学研究的显著特点。在实论编，著者沿主题、母题题材、人物、意象等问题，借助具有代表性的研究案例，在理论阐释、历史梳理之外，搭建起主题学理论建构的实证反思维度。从案例的选择与阐释中，可以看到著者鲜明的理论立场与文化倾向，即以中国与东方文学的主题学问题为立足点，身体力行地表达中国学者的学理诉求，昭示中国比较文学主题学研究的特色。

总体来看，《比较文学主题学》实论编体现出如下特点。首先，强调东方文学之于主题学研究的重要作用。案例包括中国文学与东方文学的主题比较研究，如《长生殿》与《沙恭达罗》的"爱情"主题研究、"中越神话"相同母题研究等；东西方文学主题比较研究，如《罗摩衍那》与荷马史诗的"英雄"主题、东西方文学中的"情感与义务"主题等；东方文学间的主题流变与比较，如东方戏剧审美与"情境"、东亚汉诗中的"禅境"、"哈奴曼"形象的经典化研究等。其次，在有限的篇幅内尽可能多地涵盖处于比较文学"第三空间"交感区域的主题学的研究范式。案例包括经典作品个案的主题研究，如印度史诗的"分合论"主题；以影响研究为主的主题史、题材史研究，如"二妇争子"母题、《赵氏孤儿》与《中国孤儿》的题材变异、西方文学"乌托邦"题材流变等研究；主题学范畴的平行研究，如"香巴拉"和"香格里拉"的"乌托邦"主题、中外文学"变形"题材、中外文学的"蛇"及"蛇女"意象等研究。最后，凸显创新意识与时代精神。案例包括"玛卡梅"题材的主题学跨学科研究、呼应"一带一路"倡议的丝路文学中的"蚕""蛾"意象研究、探寻传统主题新生命力的"灰姑娘"形象的现代启示研究等。将这些视域各异、方法纷杂的研究个案连缀成章、合众为一的支点与原则，一是作为论述主题学研究之于文学研究的应用性的重要部分，实论编强调案例与理论编、史论编

---

① 陈惇：《序》，孟昭毅《比较文学通论》，南开大学出版社，2003，第4页。

的高度呼应，既要从指导实践的角度解释主题学的认识论、方法论等概念范畴如何有效地阐释文学作品的主题学现象，又要贯通主题学研究的传统与前沿，以强调主题学研究不可忽视的历史意识与现实关怀。二是要突出中国学人的研究成果与声音，不仅要彰显中国学者在中国文学与东方文学主题学研究上的特色与优势，还要从中国立场重新审视西方主题学研究的经典案例，将一些经典问题真正地置于世界视野中加以考察与再思考，并对其中的关键问题提出中国学者的质疑与见解，躬身垂范地打破长期以来西方话语被奉为圭臬的局面。另外，实论编以文学文本的主题学问题为本，避免理论的强制阐释与牵强附会，以比较文学主题学研究作为揭示人类文明互鉴的历史与未来的一把钥匙，践行主题学"关注人类共同命运的精神、情感和审美结构，并与时俱进，关注全社会乃至全人类共同面临的重大人文课题"① 的终极意义。

从理论编到史论编再到实论编，著者的论述由远及近，化繁为简，举重若轻，主题学理论与研究的种种迷思也在实论编一个又一个精彩纷呈的中外主题学研究经典案例中"守得云开见月明"，一目了然又引人入胜，这些经典成果对后辈学者的直接指导与启示意义不言自明。

结　语

可以说，孟昭毅教授的《比较文学主题学》不仅是我国主题学专著领域的开山之作，更是百年来中国主题学发展成果的集大成，肩负着继往开来的双重使命。构建比较文学主题学的中国立场，并不是简单地由中国学者将外国已有的成熟理论、成果译介、综述编纂成册便大功告成，这是一个取其精华，去其糟粕，又要在融会贯通中外主题学研究文献、史料、实践的基础上，将百年来中国主题学研究的特色、

---

① 孟昭毅：《比较文学主题学》，北京大学出版社，2022，第 549 页。

成就与贡献提炼升华的浩大工程。如著者所言，"比较文学主题学的形成史几乎就是一部比较文学学科发展史。而对于主题学研究从理论到实践的探讨，就是对比较文学研究领域的一次新的开拓"①，比较文学主题学中国语境的建构，回应的是新的历史主潮下主题学自身发展对东方智慧、中国话语的呼唤，承载的是当下中国比较文学实现新的突破与发展的重任。而中国学者如何从"跟着讲""对着讲"，真正地做到"领着讲"，首先要做的就是如《比较文学主题学》对中国语境的建构一般，旗帜鲜明地表达自己的学理诉求与中国立场，这样才能在扭转中西话语势差的基础上，实现中外文学文化的平等对话，建立中国比较文学研究的理论自信、文化自信。《比较文学主题学》的成书，意味着我国比较文学主题学研究进入了新的阶段，是我国相关领域研究成果与学术水平的又一次精进，但这部著作给予我们的意义却不止于主题学研究。一方面，在"世界文学"已然到来的当下，着眼于"被整合为一种异质文化相互叠加交叉的契合点的文学主题"②的主题学研究，无疑将为后理论时代的比较文学与世界文学研究提供更大的帮助；另一方面，比较文学主题学中国语境的建构表明"一个在文化上日益自信的中国，已经意识到它应该以明确有力的文化话语表达和创新学术的自我教育来担负起东方大国的责任，为世界学术作出应有的贡献"③。

---

① 孟昭毅：《比较文学主题学》，北京大学出版社，2022，第15页。
② 孟昭毅：《比较文学主题学》，北京大学出版社，2022，第552～553页。
③ 孟昭毅：《比较文学主题学》，北京大学出版社，2022，第9页。

胡适的"科学"观[*]

田　天^{**}

摘　要：本文通过对胡适"科学"与实验主义的解读，以及对胡适科学方法论在"问题与主义"之争、"整理国故"运动、《努力周报》创办、"好人政府"的组阁等方面的实践探讨，认为胡适传播与实践科学及其方法论的热忱、勇气是值得肯定的。但是，以胡适本人"反对盲从"强调"重判""重估"的一贯思想为标准重新审视他的科学观和方法论，就会发现他对实验主义不无盲从、对科学方法的重估不无错误。

关键词：胡适　科学观　实验主义

胡适作为五四新文化运动的引领者曾在《新青年》（第 2 卷第 5 期）上发表《文学改良刍议》一文，在文中胡适主张从大众语言使用者角度改良白话文，获得了中国各阶层的广泛关注与支持，因而名声大噪，成为近代中国改革的先驱。与此同时，胡适也并没有止步于只关注在中国文学上的改革，他在中国史学上开拓考据学，在哲学上创新研究观点与方法，掀起了"问题与主义"之争。他倡导"整理国故"运动，组阁"好人政府"，在众多领域都成为开"先风"者。胡适在诸多领域都有领时代风气之功，这与他终其一生都在秉持和实践自己的

---

* 本文系河北省社科基金项目：胡适的西方文化思想传播研究（1919 - 1935）（HB20XW006）的阶段性成果。

** 作者简介：田天，河北大学国际交流与教育学院副教授，文学博士，研究方向为文化传播与中国现当代文学。

实验主义科学观不无关系。正因如此,胡适的主张与信念,即其未成系统不符合中国国情的"科学方法"导致了他所投身的社会政治改革的最终失败。

一

胡适诠释"科学"的含义并将科学从物质层面带入精神文明层面。胡适认为文明是包含物质和精神两个层面的,物质与精神是共存关系。"凡文明都是人的心思智力运用自然界的质与力的作品;没有一种文明是精神的,也没有一种文明单是物质的。"[1] 因而其认为一切文明都有物质的表现,同时物质文明是精神文明的反映。如西方国家因"享乐"而发明的电车,就物质本身而言其蕴含着对科学精神的探索与表现。单从精神文明方面看,胡适认为科学是西洋近代文明的第一特色,其根本精神在于对处在事物之中的真理进行一点一滴的追求。胡适主张科学是精神文明的支柱,对真理的探求是科学的表现,而胡适在文中写到"科学的文明教人训练我们的官能智慧,一点一滴地去寻求真理,一丝一毫不放过,一铢一两地积起来。这是求真理的唯一法门"[2]。他在文中用了"一点一滴""一丝一毫""一铢一两"等词,后文中也出现了"'拿证据来'的态度可以称为近世宗教的'理智化'"[3] 等词句,表达了他所提倡的实验主义的科学方法论。由此可见,胡适认为近代对东西文化、文明的探讨的实质是东西方对真理的追求以及使用的观念与态度。胡适写于 1926 年 6 月的《我们对于西洋近代文明的态度》一文阐述了文化、文明、科学、真理之间的关系,也阐释了其科学方法论的思想。胡适在写于 1928 年 6 月的《请大家来照照镜子》一文中

---

[1] 《胡适文存》(三集),黄山书社,1996,第 1~2 页。
[2] 《胡适文存》(三集),黄山书社,1996,第 4 页。
[3] 《胡适文存》(三集),黄山书社,1996,第 6 页。

也同样在倡导国人去学习、去模仿其他国家的科学产物，如"我们必须学人家怎样用铁轨、汽车、电线、飞机……我们必须学人家怎样用教育来打倒愚昧，用实业来打倒贫穷，用机械来征服自然……我们必须学人家怎样用种种防弊的制度来经营商业……"① 东方对西方在先进的、科学的物质层面上的学习、接纳及其自身对科学技术的探索是胡适在五四运动发生后的几年间对科学作为舶来品的"赛先生"论证的回应。胡适将科学等同于真理，而他本人秉持的科学观只是被简化了的实验主义思想，用这种思想考量人类的物质与精神文明难免产生偏颇，这也是他用科学革新社会的尝试必然以失败告终的原因所在。

也许胡适将更多的在物质文明层面体现的科学带入精神文明的层面的原因是希冀此时的国人能够从禁锢其思想的封建礼教与文化的束缚中解放出来，改造中国环境，投身社会革新的浪潮中。胡适写到："人生世间，受环境的逼迫，受习惯的支配，受迷信与成见的拘束。只有真理可以使你自由，使你强有力，使你聪明圣智；只有真理可以使你打破你的环境里的一切束缚，使你戡天，使你缩地，使你天不怕，地不怕，堂堂地做一个人。"② 这里胡适认为国人应用对科学的追求与探索的精神将自己武装起来，打破封建社会的束缚，这是胡适主张运用科学解放国人思想，改革中国封建社会残余思想的第一层次。"这样充分运用人的聪明智慧来寻求真理以解放人的心灵，来制服天行以供人用，来改造物质的环境，来改革社会政治的制度，来谋人类最大多数的最大幸福……这样的文明应该能满足人类精神上的要求；这样的文明是精神的文明，是真正理想主义的文明，决不是唯物的文明。"③ 这里胡适认为国人运用科学以改革社会来谋求人类精神上的满足，追求理想的精神文明，这是他主张运用科学解放国人思想，摆脱封建思

---

① 《胡适文存》（三集），黄山书社，1996，第 24～25 页。
② 《胡适文存》（三集），黄山书社，1996，第 4 页。
③ 《胡适文存》（三集），黄山书社，1996，第 10 页。

想束缚的更高层次。

人们对科学在改革社会或是隐性的社会精神文明层面上的运用的态度即科学态度。胡适在 1919 年即给出了对于如何看待、处理事物的态度即科学态度的具体主张。胡适科学态度的具体主张主要有科学实验室的态度、历史的态度和评判的态度这三种。首先，科学实验室的态度，在胡适看来这种态度是要将科学律例认作假设，这种假设是人们主观创造的，是经过认证的假定，是随着自然变化的可变真理。假设是否能变为科学最关键的评判标准是其改革社会的效果。胡适在科学实验室的态度中将真理、科学视为可变量，是否能产生预期效果成为判断其能否是真理、科学的标准。这是胡适实际主义理念的一种体现，对具体真理、科学存疑的态度是可取的，但胡适的这一主张是将科学实验室的效果与社会改革效果相类比，是不恰当的。原因在于相较于科学实验室而言社会改革并不是一蹴而就的，社会的进步与变革也并非能通过单一的科学或真理来完全实现。其次，胡适认为历史的态度是"要研究事务如何发生，怎样来的，怎样变到现在的样子"①，即研究事件、事物的产生与衍变。这是实验主义哲学家将达尔文《物种由来》的进化观念引入哲学观点的应用。而胡适主张历史的态度，虽然这种科学态度在社会科学研究上具有一定的参考价值，但从研究实际来分析，对社会变革的研究比对某一物种由来的研究所涉及的问题更繁杂，若是简单地将自然科学观点与方法直接嵌入社会科学的研究中，这种思想与行为本身也值得再斟酌。最后，胡适的第三种科学态度是他在 1919 年 11 月《新思潮的意义》一文中提出的"新态度"，即评判的态度。他写到"评判的态度，简单说来，只是凡事要重新分别一个好与不好""'重新估定一切价值'八个字便是评判的态度的最好解释"②。文中，胡适对妇女裹脚、鸦片烟、贞操、孔教、维新党等

① 《胡适文存》（一集），黄山书社，1996，第216页。
② 《胡适文存》（一集），黄山书社，1996，第528页。

社会现象及其产生的社会价值与价值变化进行了讨论，旨在将种种社会现象的价值进行重新评估，反对盲从，去劣存优，推动社会进步。胡适认为评判的态度的结果是"只认得一个是与不是，一个好与不好，一个适与不适……不认得什么古今中外的调和"①。胡适持此观点是他日后被一部分人误认为"全盘西化论者"的重要原因，也是他在中西文化论战中反对调和、反对折中的出发点。可以说，评判的态度是胡适科学实验室的态度与历史的态度的综合表述，是胡适进行社会变革实践具体的科学态度体现。而对社会现象的价值的重新估定是社会改革的首要环节，但评判社会现象价值结果的标准才是进行社会改革的根基。历史已证实，从胡适运用所持科学理念进行的改革实践中可以发现，他并没有撼动中国半殖民地半封建社会的腐朽根基，因此他对社会事物、现象的改革所采取的这些科学态度大多数也未能如其所愿产生翻天覆地的变化。

国人如何看待科学可称为国人对科学的态度。五四时期"民主"与"科学"成为改革先驱们改革社会实践的理想表述，而"科学"则被人们贴上了不可撼动的标签。胡适在 1923 年 11 月的《〈科学与人生观〉序》中提到梁任公在发表《欧游心影录》前对科学的态度："这三十年来，有一个名词在国内几乎做到了无上尊严的地位；无论懂与不懂的人，无论守旧和维新的人，都不敢公然对他表示轻视或戏侮的态度。……我们至少可以说，自从中国讲变法维新以来，没有一个自命新人物的人敢公然毁谤'科学'的。"② 此后，梁任公等对科学或科学家进行了质疑，与丁文江等人展开了"科玄论战"。而"科玄论战"的实质是社会改革先驱者们对于科学与国家改革关系的再认识，是"科学派"对于改革出现的失败现状的直面与"玄学派"对其所持科学理论质疑的坚守。胡适在序文末提出了科学的人生观的主张，这是一

---

① 《胡适文存》（一集），黄山书社，1996，第 532 页。
② 《胡适文存》（二集），黄山书社，1996，第 140 页。

种含天文学、物理学、地质学、古生物学、生物学、生理学、心理学、人类学、人种学、社会学及宗教等的科学常识的新的人生观。胡适所提出的科学的人生观轮廓的第十点即"根据于生物学及社会学的知识,叫人知道个人——'小我'——是要死灭的,而人类——'大我'——是不死的,不朽的;叫人知道'为全种万世而生活'就是宗教,就是最高的宗教;而那些替个人谋死后的'天堂'、'净土'的宗教,乃是自私自利的宗教"①。这里胡适阐述了科学的人生观中个人与人类、个人与社会的密切联系。胡适在《介绍我自己的思想》一文中介绍其人生观道:"你种谷子,便有人充饥;你种树,便有人砍柴,便有人乘凉;你拆烂污,便有人遭瘟;你放野火,便有人烧死。"② 胡适主张的人生观是顺应社会环境,与人类生存相符的科学的人生观,个人的作为关系到他人乃至整个人类社会的发展。

二

胡适科学思想的核心是其毕生致力于传播与实践的科学方法论,即胡适的实验主义。胡适将其实验主义思想概括为"大胆假设,小心求证"。胡适在《介绍我自己的思想》中写到:"我的思想受两个人的影响最大:一个是赫胥黎,一个是杜威先生。赫胥黎教我怎样怀疑,教我不信任一切没有充分证据的东西。杜威先生教我怎样思想,教我处处顾到当前的问题,教我把一切学说理想都看作待证的假设,教我处处顾到思想的结果。"③ 简明地表达了其科学方法论思想的形成是受到赫胥黎和杜威的怀疑与求证思想的影响。沈庆利认为胡适代表了"现代国人尤其是先进知识分子在现代性追求中最基础、最基本的层

---

① 《胡适文存》(二集),黄山书社,1996,第151页。
② 胡适:《四十自述》,中国画报出版社,2014,第160页。
③ 胡适:《四十自述》,中国画报出版社,2014,第153页。

面，即对于'科学现代性'的建构，它主要集中于现代性建构中的经验理性层面。事实上没有'超验'之前提，所谓'经验'往往会限定在狭隘的牢笼之中难以'翻新'。就胡适一再借用赫胥黎所宣称的'拿证据来'这一'科学方法'而言，虽然看似极有道理，但在具体实践中并非都能行得通"①。这种科学在经验层面上的限定性使得胡适的"拿证据来"成为只是"看的科学"。胡适也在 1919 年的《实验主义》一文中，通过分别介绍实验主义与科学的关系、皮尔士"知行合一"的实验主义思想、詹姆士新心理学及"方法论、真理论、实在论"的实验主义、杜威"经验即是生活，生活即是应付环境""知识思想是人生应付环境的工具"② 及哲学是解决"人的问题"的方法的哲学基本观念、杜威论思想的"五步"及其教育哲学，将实验主义正式引入中国。分析《实验主义》一文结构可以发现，胡适在后三部分用大量笔墨介绍与解释了杜威的实验主义思想。值得关注的是胡适在介绍杜威论思想时分作了"五步"，即"（一）疑难的境地；（二）指定疑难之点究竟在什么地方；（三）假定种种解决疑难的方法；（四）把每种假定所涵的结果，一一想出来，看哪一个假定能够解决这个困难；（五）证实这种解决使人信用；或证明这种解决的谬误，使人不信用"③。胡适在分别讲解这五步之后，分析认为其中第三步即"假定种种解决疑难的方法"最重要，起到承上启下的作用，是归纳法和演绎法的重要部分，是思想训练、能力养成的关键步骤。可见胡适并非简要地、客观地介绍实验主义，而是带有个人思想色彩的对实验主义的分析与采纳。另外，从胡适《实验主义》与《杜威先生与中国》等文章中，也并未发现其对导师杜威的实验主义思想追根溯源的兴趣，这也就使得读者对其介绍的实验主义的精准性产生了怀疑。同时，胡适在文中也使用了较多总

---

① 沈庆利：《胡适"科学"观念的现代性反思》，《中国现代文学研究丛刊》2020 年第 9 期。
② 《胡适文存》（一集），黄山书社，1996，第 234 页。
③ 《胡适文存》（一集），黄山书社，1996，第 235 页。

结性、概括性的词语，如"总的来说""总名叫做""总括起来""要旨"等，这类词语不仅说明了胡适并未全面地、细致地介绍杜威等人的实验主义哲学思想，还展现出了胡适迫切传播实验主义的心情。乃至于胡适在1921年的《杜威先生与中国》中写到"特别主张的应用是有限的，方法的应用是无穷的。……国内敬爱杜威先生的人若都能注意于推行他所提倡的这两种方法，使历史的观念与实验的态度渐渐的变成思想界的风尚与习惯"①，这也充分表露了他意欲无条件地、不做环境区分地采用同一科学方法论改革社会的想法。胡适所传播与实践的"大胆假设，小心求证"的科学方法论或许是其"消化"后"简约化"的实验主义。

三

胡适传播实验主义的脚步并不单放在了介绍实验主义、传播实验主义上，更是在社会各方面展开了一系列的实验主义的传播实践。1919年胡适在《多研究些问题，少谈些主义》一文中写到"请你们多多研究这个问题如何解决，那个问题如何解决，不要高谈这种主义如何新奇，那种主义如何奥妙"②，主张人们要多研究具体问题的解决方法，而不要总是高谈"无用"的主义。在其观点受到蓝志先"太注重了实际的问题，把主义学理那一面的效果抹杀了一大半，也有些因噎废食的毛病"③和李大钊"若在没有组织，没有生机的社会，一切机能，都已闭止，任你有什么工具，都没有你使用作工的机会。这个时候，恐怕必须有一个根本解决，才有把一个一个的具体问题都解决了的希望"④的反驳和批评后，胡适又连续发表了《三论问题与主义》与《四论问题与主义》。胡适认为蓝志先、李大钊所提出的主义是抽象名

① 《胡适文存》（一集），黄山书社，1996，第278页。
② 《胡适文存》（一集），黄山书社，1996，第251～252页。
③ 《胡适文存》（一集），黄山书社，1996，第253页。
④ 《胡适文存》（一集），黄山书社，1996，第265页。

词所代表的具体的主张，对于一切学理和主义，都要找出前因与后果，用历史的态度去研究。他认为要将主义与主张区分对待，在各个具体的主张中实现社会改革、实现主义的实践。他主张采用渐进的逐个研究和解决问题的改良方法，而反对用革命的方法实现"根本的解决"，这是其实验主义唯心哲学在方法论上的突出体现，是他的致命缺点。"问题与主义"之争也是胡适在对西方科学思想的传播中有关中国社会吸收西方科学方法论的一次探讨。

胡适的"整理国故"被认为是开倒车，但从他所谓"再造文明"的角度看，这是胡适大规模倡导实验主义的治学方法并付诸实施的学术活动。胡适在1919年的《新思潮的意义》中提出"研究问题""输入学理""整理国故""再造文明"的主张，认为"研究问题"是对社会上、政治上、宗教上、文学上种种问题的讨论；"输入学理"是对西方新思想、新学术、新文学等的介绍；"整理国故"是要对旧有的学术思想持评判的态度，对其价值进行重新估定；"再造文明"是新思潮的唯一目的，需要对具体问题进行研究，一点一滴地解决。此后在北京大学《国学季刊》的发刊宣言中，他进一步提出"整理国故"的具体方法：一是"用历史的眼光来扩大国学研究的范围"；二是"用系统的整理来部勒国学研究的资料"；三是"用比较的研究来帮助国学的材料的整理与解释"。① 尽管"整理国故"的研究对象是中国古典文化，但胡适的初衷是要从中国传统文化中找到与西方科学的契合点，使人们认识到中国文化的多重存在，即既有"国粹"，又有"国渣"。同时胡适主张对旧有的学术思想要重新估定一切价值；主张因人类社会固有的守旧惰性而反对调和，以充分吸收科学方法，使得"各家都还他一个本来真面目，各家都还他一个真价值"②。胡适在1927年《整理国故与打鬼》中写到"打鬼"比输入新知识、新思想更重要，"我所以要整

---

① 《胡适文存》（二集），黄山书社，1996，第13页。
② 《胡适文存》（一集），黄山书社，1996，第533页。

理国故，只是要人明白这些东西原来'也不过如此'！本来'不过如此'，我所以还他个'不过如此'"①，使国人正确认识国故，这也是胡适提倡"整理国故"的原因之一。1922 年 9 月 3 日，胡适发行《努力周报》副刊《读书杂志》，《读书杂志》先后发表胡适作《读〈楚辞〉》、胡适作《一千九百年前的一个社会主义者——王莽》、顾颉刚作《与玄同先生论古史书》等讨论古史的文章，成为胡适实践"整理国故"的主要阵地。胡适在 1924 年《一年半的回顾》中指出《努力周报》在中国思想史上的地位的体现不是靠其政论而是靠《读书杂志》里讨论古史的文章和"科玄论战"中发表的批评梁漱溟、张君劢等"一般先生"的文章。胡适对于古小说的考证，如其《〈红楼梦〉考证》《〈水浒传〉考证》等就以方法的新颖和论证的严密确当，树立了新的学术典范，为当时学术界找到了新的治学方法，也因此使胡适成为考据学的开创者，为顾颉刚创立古史辨学提供了思路。而胡适的考证思想过于机械，重形而不重质，如耿志云认为"他过分强调《红楼梦》是曹雪芹的自叙传，因而有时就把小说中的人物、情节、背景机械地往曹雪芹等真人身上套。受他影响的一些学者，后来更发展了这种偏向，实际上在新形式下重复了索隐派的错误"②。立志做国人导师的胡适，早在美国时便留学弃农学文，最终选择钻研中国哲学，并以《中国古代哲学方法之进化史》为题作其博士学位论文，又于 1919 年 2 月在修改博士学位论文基础上发表了《中国哲学史大纲》。胡适在此书中运用考证学，将史料作为叙述各家哲学思想的重要依据。这种"求证"方法使中国哲学史以一个崭新的面貌展现在国人面前，同样也是因此方法，中国哲学在世界哲学上获得了一席之地。梁启超在《晨报副镌》头版上发表的《评胡适之〈中国哲学史大纲〉》一文中写到："凡关于知识论方面，到处发现石破天惊的伟论；凡关于宇宙观、人生

---

① 《胡适文存》（三集），黄山书社，1996，第 105 页。
② 耿志云：《胡适研究十论》，复旦大学出版社，2019，第 143 页。

观方面十有九很浅薄或谬误。"① 胡适曾很自信地评价他的《中国哲学史大纲》，"中国治哲学史，我是开山的人，这一件事要算是中国一件大幸事。这一部书的功用能使中国哲学史变色。以后无论国内国外研究这一门学问的人都躲不了这一部书的影响"②。可见胡适对于他的实验主义科学方法论应用在学术研究上所取得的效果的肯定。"整理国故"所采用的学术方法论也是胡适推崇的理性科学的研究方法。当然，"整理国故"与当时的民族救亡的政治运动是不相协调的，这反映了胡适科学方法论在政治上的保守与局限。

胡适创办《努力周报》、组阁"好人政府"可以说是他的科学方法论在中国政治领域的传播实践。1922 年 5 月 7 日，《努力周报》创刊，这是胡适、丁文江等人筹备数十月创办的"公开谈论政治"的刊物。胡适在创刊号上发表了号召人们"不怕阻力！不怕武力！只怕不努力！"的《努力歌》作为发刊词，表现了胡适再造中国政治的热忱。此时的胡适认为其紧握改革社会的科学真理，认为中国政治的问题会在他的科学方法论的应用下一个个解决。其实胡适 1921 年 10 月在大学演讲时就已经开始传播"好政府主义"了，认为满足公共的需要为公共谋取利益的政府即是好政府。谋取的利益即是实际的一个个主张，是实验主义方法论在政治上的实践。之后，胡适借助《努力周报》联合蔡元培、王宠惠、罗文干、汤尔和、陶行知、王伯秋、梁漱溟、李大钊、陶孟和、朱经农、张慰慈、高一涵、徐宝璜、王征、丁文江等 16 人共同署名发表他起草的《我们的政治主张》，提出组建一个公开的、宪政的、有计划的"好政府"，此为国家政治改革"最低限度的要求"③。胡适及其同人提出了有关国家政治改革的一系列具体的主张，以求国家问题的具体解决。如在政治上，主张召开南北和会、裁官、

---

① 梁启超：《评胡适之〈中国哲学史大纲〉》，《晨报副镌》1922 年 3 月 16 日，第 1 版。
② 《胡适文存》（三集），黄山书社，1996，第 105 页。
③ 胡适等：《我们的政治主张》，《努力周报》1922 年第 2 期。

裁兵、改良选举制；在经济上，主张国家财政公开、统筹国家支出等。胡适等人的政治主张刊出后虽有讥讽、嘲笑之声，但由 16 位社会知识界名流——其中 11 位在北京大学就职，有校长、图书馆主任、哲学系主任、教务长、教授及教员，剩下 5 位分别为东南大学教育科主任、政法经济科主任、医学博士、美国新银行团秘书、前地质调查所所长——所署名的《我们的政治主张》同样也获得了众多的支持者、应和者，产生了很大的社会舆论与反响。胡适等人也在此之际，借助军阀吴佩孚的力量组阁了"好人政府"，由在《我们的政治主张》上署名的王宠惠、罗文干、汤尔和三位分任国务总理、财政总长、教育总长。但胡适参与组阁的"好人内阁"根本无法有计划、有步骤地实施其宣布的这些政治主张，因为其并没有从根本上动摇军阀统治及中国半殖民地半封建的社会制度，因此"好人政府"根本没有自主施政的能力，很快"好人政府"便沦为军阀派别的牺牲品，曹锟借"罗文干案"发难吴佩孚，迫使"好人内阁"请辞。至此，"好人政府"仅存在了两个月零六天就宣告失败了。现实的中国政治社会给予了胡适在论政、干政方面的重大打击，加之他身体出了状况，随后便去了上海、杭州休养。也因此他在 1922 年 12 月 24 日的《努力周报》上发表了告假一年，休息养病的公告。胡适等人采用实验主义科学方法论，试图一个一个解决社会现实问题的科学思想使得他们最终成为改革中国政治的保守者，成为中国政治改革浪潮中的改良派。组阁"好人政府"的失败是胡适等人试图运用不成体系的、不彻底推翻中国半殖民地半封建社会制度的科学方法论的必然结果。

胡适对于传播与实践科学观念、方法论的热忱、勇气是值得肯定的，而借用胡适"反对盲从"重新"评判""估定"的思想来审视他的科学观与方法论，会发现其对科学方法论的"盲从"与错误的"估定"。胡适的思想与方法论走向衰败的根本原因之一是其并没有选择与中国社会相符合的先进、系统、科学的方法论。

乡邦文献　赖斯以存

——王金富《古典文献说赤城》整理刍议

赵鸿飞*

摘　要：王金富先生《古典文献说赤城》是近年来乡邦文献整理的新成果，其体例完善，时间跨度历两千年之久。且严肃征信，选择精审，又适当做注，方便读者翻检阅读。乡邦文献在资料分类、恪守"从早不从晚"原则、兼顾学术性与实用性等诸多方面仍有继续提升的空间。特别是有待于开阔视野，进一步扩大对经部、子部文献，碑刻，地方志，海外汉籍等存世文献搜罗的范围，并利用数字技术，开办网站，建立数据库，提高文献的利用率。

关键词：古典文献　赤城　数字技术

庚子年岁末，承友人抬爱，寄赠了《古典文献说赤城》一书，厚厚的精装五大册，装帧印刷均及精良，堪称皇皇巨著，拿在手里有一种沉稳踏实的厚重感。

睹乔木而思故家，考文献而念旧邦。《古诗十九首》里也说"胡马依北风，越鸟巢南枝"。久居异乡，远离故土，乡愁自然是如影相随，挥之不去。

赤城县僻处塞北，虽非通都大邑，但也有着悠久的历史。《畿辅通

---

* 作者简介：赵鸿飞，文学博士，上海商学院文法学院副教授，研究方向为中国古代文学。

志》载："赤城古榆罔氏诸侯蚩尤所都也。"《宣府镇志》亦云："因城
东二里，山石多赤，色如云霞，望之若雉堞，故名赤城山，城因山得
名。"今县辖区包括原龙关、赤城二县。春秋时属燕国，秦属上谷郡，
西汉因之，并于今雕鹗一带置女祁县，且驻东部都尉。东汉并女祁入
下洛县，为下洛之北境，仍属上谷郡。北魏时为御夷镇地（镇驻今独
石口东）。唐穆宗长庆二年（822）置龙门县，属河东道新州。辽景宗
时置望云县（治今云州一带）。金属西京路德兴府，为龙门、望云二县
地。元中统四年（1263）升望云县为云州。明代废州，复置望云县，
宣德五年（1430）六月置赤城堡，并自开平故城移开平卫至今独石口，
次年七月又置龙门卫。清康熙三十二年（1693）置赤城县和龙门县。
雍正年间于独石口置独石口厅，民国二年（1913）改为独石县，民国
三年（1914）改龙门县为龙关县，民国四年（1915）改称沽源县迁往
沽源。1937 年"七七"事变后，仍设龙关、赤城二县。1958 年赤城、
龙关二县合并，县人民政府驻龙关，称龙关县。1960 年县治迁驻赤城
镇，改称赤城县至今。①

　　若从唐长庆二年置龙门县算起，赤城县的历史至今也有 1200 年了。
沧海桑田，人事代谢，历经千年淘洗，积淀下了一定数量的乡邦文献。
一般来说，乡邦文献有着丰富的地方特色，它产生、发展于区域特定
的自然、社会和文化环境，或偏重于政治经济，或着眼于文化教育，
或钟情于乡风民俗，总体上涵盖了该区域内的自然与人文状况，属于
某一区域的文化积淀及历史产物。乡邦文献不仅记载和传承了该地的
历史文化遗存，也为后世研究本地历史渊源、发展脉络及探索未来走
向提供了可资借鉴的丰厚资源。它们吉光片羽，如散金碎玉般隐身于
浩如烟海的文献典籍之中，无论是一般读者的阅读浏览，还是专业学
者的学术研究，都会有诸多不便。所以，广采典籍、网罗旧闻、汇集

---

　　① 马献忠：《赤城县建制沿革及现状》，中国人民政治协商会议赤城县委员会文史资料征集委员
　　　 会编《赤城文史资料》（第一辑），1987。

乡邦文献就成为有心人乐此不疲的志业之一，王金富先生就是其中的
佼佼者。

梁启超在《中国近三百年学术史》第十四节"清代学者整理旧学之
总成绩"的"辑佚书"中曾提出考量文献辑佚优劣的四条标准："1. 佚
文出自何书，必须注明；数书同引，则举其最先者。能确遵此例者优，
否者劣。2. 既辑一书，则必求备。所辑佚文多者优，少者劣。3. 既须
求备，又须求真。若贪多而误认他书为本书佚文则劣。4. 原书篇第有
可整理者，应极力整理，求还其书本来面目。杂乱排列者劣。"在这四
条中，"求真"是最关键的一条，如果这一条没有保障，其他便都谈不
上了。细绎金富先生之巨编，其优长之处，约有以下数端。

其一，体例完善。王金富先生辑点校注的《古典文献说赤城》，紧
紧围绕"赤城"，以一人之力，集十数年之功，皓首穷经，爬梳剔掘，
考镜源流，抉幽阐微，先后批阅 140 多种文献，"将古典文献中记载有
关赤城的史事，按古典文献体裁分类汇编成册"①，分为纪传体类、编
年体类、政书类、地理类、别集类、总集类、诏令奏议类、杂史类及
其他，共九类。全书每种史料标题下配以"题解"，介绍相关背景，而
且每种史料所选内容，皆以"条目体"形式独立成文。正文中进行断
句、标点、分段、注释，并在正文条目标题后或内容末尾的圆括弧内
标明卷数、页码等内容。其中的页码通常是指影印古籍重新编排的页
码，同时为了保持古籍的原貌，也保存了古籍中缝处原来的页码，并
在"题解"中专门做出说明。巨编体例完善，要言不烦，搜罗宏富，
卷帙浩繁，五大册字数凡 220 余万言，基本上将与赤城相关的文献搜罗
殆尽。乡邦文献，赖斯以存。可以说，王金富先生的这一工作，对乡
邦文献之保存、乡邦文化之弘扬，以及地方文史研究和经济文化之发
展，均居功厥伟，令人称道。

其二，时间跨度涵盖远古、秦汉唐宋，超迈明清，直至民国，历

---

① 王金富辑点校注《古典文献说赤城》，中国文史出版社，2021，前言第 1 页。

两千年之久。该编第一辑"纪传体类"以司马迁《史记》卷一一〇《匈奴列传第五十》开篇，将史籍文献中有关赤城记载的年代上限追溯至战国时期，"燕亦筑长城，自造阳至襄平。置上谷、渔阳、右北平、辽西、辽东郡以据胡"。并在"造阳"后引韦昭注曰，"地名，在上谷。正义曰：按上谷郡，今妫州"。一般认为，"造阳"在今赤城县独石口附近，当为赤城地域归属的较早记载。其后，编者主要从史部文献中钩沉辑佚，如正史中的《汉书》《魏书》《北史》《隋书》《新唐书》《元史》《明史》《清史稿》、编年类史书中的《资治通鉴》《明实录》《清实录》《续资治通鉴》《明通鉴》《国榷》《东华录》、杂事类中的《中堂事记》《名山藏》《北征记》《北使录》，兼及诏令奏议类和地理类中的《山海经》《水经注》《太平寰宇记》《大明一统志》等，完整勾勒出了赤城有记载以来近两千年的脉络走向，为赤城游子了解、熟悉故土家乡提供了一份翔实丰满的历史记忆。

其三，严肃征信，选择精审，详细交代文献来源出处，做到了无一字无来历，无一字无出处。全编 220 多万言，结构谨严，体大虑精，作者在前言中自述，每一篇都以"题解"的方式，介绍文献的作者、成书年代和背景，详细交代文献编辑所依据的版本及其价值。而且基本遵循"从早不从晚"的原则，尽量选取成书较早的第一手资料。对于版本较复杂的文献，编者在不同版本间进行了互校，个别也参考了现代版的点校本。① 譬如元虞集《道园学古录》，编者选择《四部丛刊》所用上海涵芬楼影印明景泰七年（1456）郑达、黄江翻元刻本为底本，而以台北新文丰出版社影印《元人文集珍本丛刊》中的《道园类稿》参校，就堪称卓见。《道园学古录》五十卷，是元人虞集的诗文集。分为《在朝稿》、《应制录》、《归田稿》和《方外稿》，其中《在朝稿》篇幅最长，占二十卷，《归田稿》次之，占十八卷，余者各为六卷。其内容十分丰富，是研究宋元文学、宋元理学、宗教、书法、绘

---

① 　王金富辑点校注《古典文献说赤城》，中国文史出版社，2021，前言第 4 页。

画及元代政治制度的重要材料。① 据学者考证，《道园学古录》的编纂始于至正元年（1341）十一月，是虞集门人李本及虞集少子翁归等人，在闽宪斡玉伦徒的敦请之下，基于原有旧稿整理、补缀而成。虞集门人李本《学古录跋尾》称："至正元年十又一月，闽宪斡公使文公之五世孙炘来求记屏山书院，并征先生文稿以刻诸梓。本与先生之幼子翁归及同门之友编辑之。"② 作者虞集本人参与了编纂的工作，并且亲自确定了类目和书名。编纂工作告竣后，在斡玉伦徒的主持下，该书在福建建宁刊刻，这便是元建本。由此，黄溍在《遗稿序》中所提出的"其类目皆公手所编定"这一说法，是可以成立的。《道园类稿》是在《道园学古录》的基础上重新编纂而成的。《道园学古录》在元明时期先后形成过四个版本，分别是元建本、景泰本、嘉靖本和成化刻本。据郑达《重刊道园学古录序》及叶盛《书道园学古录书后》可知，景泰本《道园学古录》直接以元刻本上版，在宗琇主持下，由郑达、黄仕达捐赀，依靠刘宗文、顾有终等人的帮助刊刻而成。可以说，元刻本是景泰本的祖本。万镗在《重刊道园学古录序》中亦曾提及，陶谐、虞茂在嘉靖四年（1525）刊刻此书于抚州，是为嘉靖本。严绍璗《日藏汉籍善本书录》著录有一部成化刻本，然而从古至今，别无他人记载。③ 清代还有四库本，但库本的文献价值一向遭人诟病，严肃的学者一般多弃而不取。1922 年，上海商务印书馆编辑出版了《四部丛刊》，其中所收《道园学古录》即明景泰七年（1456）郑达、黄江翻元建本。而王德毅、潘柏澄主编，台北新文丰出版社影印的《元人文集珍本丛刊》中的《道园类稿》，是明初的覆刻本，其是在《道园学古录》的基础上重新编纂而成的。比较而言，景泰本的价值不言而

---

① 参见白寿彝总主编，陈得芝主编《中国通史》修订本第 8 册，上海人民出版社，2004，第 46 ~ 48 页
② （元）虞集：《道园学古录》，昆山郑达明景泰七年刻本。
③ 参见刘奉文、王春伟《〈道园学古录〉成书及元明刻本考》，《古籍整理研究学刊》2015 年第 4 期。

喻，编者以此为底本，确为有见。

　　其四，适当做注，方便读者翻检阅读。众所周知，古籍文献文本一般以文言形式呈现，阅读这些文献要求读者具备相当的古汉语阅读能力，同时还要具备一定的历史、地理、名物、制度、军制、文学、哲学、经济等方面的知识，这无形中提高了读者的阅读门槛，降低了读者的阅读兴趣和热情。所以，针对不同层次、不同文化水准的读者，编者在保证学术水准的前提下，也尝试向普通读者靠拢，使他们有机会、有能力了解自己的乡邦文化。所以，必要的注解释读，及相关背景资料的介绍就显得十分必要。编者在这方面的努力是有目共睹的：在保持文献原貌的基础上，编者对所选内容做了断句、标点，进行了适当分段；除标目外，所有人名、地名、年号皆标专名号，以便读者阅读；注释一律采取脚注形式，排在本页正文之下，繁简得当，较少枝蔓芜杂之病；所采用的工具书据编者在《凡例》4 中所言，基本上以《汉语大字典》（崇文书局、四川书局出版社，2001，9 卷本）、《汉语大词典》（上海辞书出版社，12 卷本）、《中华字海》（中华书局，1994）、《辞海》（上海辞书出版社，2010）、《现代汉语词典》等为主。①

　　不过，如此一部大书，不可能做到尽善尽美，平心而论，该书也不无可议之处。当然，笔者也并非文献学专家，大致算得上是一个文史爱好者吧。仅就初步的翻检阅读，依个人愚见聊举数端，以便商榷。

　　其一，通检全书，从五辑编排的顺序及分类上可以看出，第一辑包括纪传体类、别集类、总集类，第二辑包括编年体类，第三辑包括杂史类、地理类一，第四辑包括地理类二、政书类，第五辑包括诏令奏议类及其他。编者的资源取径基本上不出史部和集部文献。按照传统的四部分类法，通常以经史子集的顺序编排。依据《四库全书总目提要》，史部文献包括正史类、编年类、纪事本末类、别史类、杂史类、诏令奏议类、传记类、史钞类、载记类、时令类、地理类、职官

---

① 王金富辑点校注《古典文献说赤城》，中国文史出版社，2021，凡例第 1 页。

类、政书类、目录类和史评等十数种①；集部文献通常被认为属于文学范畴，包括楚辞、别集、总集、词曲和诗文评五类。故此，愚以为，史部、集部分属不同的大类，混在一起显然有些欠妥，如果把第一辑中的别集类和总集类移出放在第五辑，把第五辑的诏令奏议类放入第三辑杂史类之后，那么全书整体看来就可能更符合传统习惯和学术规范。

其二，前已述及，编者遵循"从早不从晚"的原则，十分注重文献的版本选择，尽量选取成书较早的第一手资料。在每篇的"题解"中除介绍文献的作者、成书年代和背景外，还详细交代文献所依据的版本及其价值。对于版本较复杂的文献，编者在不同版本间进行了互校，个别也参考了现代版的点校本。不过，编者所辑录的正史类文献，基本的依据是百衲本二十四史，此外还有《新元史》《清史稿》。二十四史版本甚夥，记其大端有明南京国子监刻"二十一史"（南监本）、明万历北京国子监刻"二十一史"（北监本）、明崇祯毛氏汲古阁刻"十七史"、清乾隆武英殿本"二十四史"、清同治光绪间五省官书局合刻"二十四史"、民国商务印书馆印张元济辑"百衲本二十四史"及中华书局排印"点校本二十四史"等。"百衲本二十四史"是由商务印书馆于民国初年在张元济主持下推出的影印版"二十四史"，由许多版本相互参校、补缀而成，故名之曰"百衲本二十四史"。这套书除《旧五代史》《元史》《明史》等数种以明清时的版本作为底本外，大部分采用珍罕的宋元古本为底本影印，从民初开始，中经"一二·八"淞沪事变，历尽艰辛，终于1936年告竣。其中，《史记》用宋庆元、黄善夫刻本，《汉书》用宋景祐刻本，《新唐书》用宋嘉祐刻本配其他宋本。其实有些时候，学术是后出转精的，后世的一些精校精刻本在质量上远胜最初的本子，譬如2013年中华书局出版的《史记》（"点校本二十四史"修订本），此修订本历时8年，是21世纪最新学术成果和学术水准的集中体

---

① （清）永瑢等：《四库全书总目·门目》，中华书局，1965，第2~4页。

现，质量上应该没有问题。再如《新元史》，是柯劭忞在《元史》的基础上用 30 年之功修订而成。《元史》的修撰用时 331 天，不足一年，虽时间仓促，体例和具体史实多有舛误，难免草率，学界评价欠佳，但所保存的史料保持了原始的面貌，较少润饰，故其史料价值仍然不容忽视。柯劭忞的《新元史》延续乾嘉学派的传统、舆地之学的路径，完成于 20 世纪 20 年代的特定时空下，体例上更加规范，并且广泛参考了古今中外各家研究《元史》的新成果，可谓集大成之作。西北史地之学成果丰硕，前有魏源的《元史新编》、洪钧的《元史译文证补》和屠寄的《蒙兀儿史记》，柯劭忞的《新元史》继踵其后，成就亦不遑多让。但彼时中国现代史学的学科体制和研究机构正在陆续建立，评价尺度也在发生变化，有学者指出，"然篇首无一字之序，无半行之凡例，令人不能得其著书宗旨及其所以异于前人者在何处，篇中篇末又无一字之考异或按语，不知其改正旧史者为某部分，何故改正，所根据者何书"（陈高华等《中国古代史史料学》），不为无见。故虽经当时北洋政府大总统徐世昌下令并入正史，增二十四史为"二十五史"，地位甚高，但学界由于其史学价值不高，仍以"二十四史"加《清史稿》为"二十五史"，而不取《新元史》。如果只是作为一般性阅读，那么《新元史》固不失为一种选择。而对于讲求严谨周密的学术研究，且对元史有深入了解的人来说，若将《新元史》当作史料来引用，恐怕须慎之又慎。2018年，上海古籍出版社出版了整理本《新元史》，该本由多位专家合力历时五年点校完成。此书以庚午重订本为底本，退耕堂初刻本为校本，并参以《元史》《续文献通考》及元人碑传、文集等文献，考订精审，校勘周详，足资参照。

若果泥守"从早不从晚"之原则，显然有些作茧自缚。个人愚见，当不能搜罗目睹孤本秘书或精椠良刻时，不如择其善者而从之。

其三，编者在结构全书时，不徒为增其篇幅，广其规模，更力图兼顾学术性与实用性，但难免顾此失彼。编者"辑点校注"的工作，"其目的就是为赤城历史文化研究提供可靠依据，进一步提高地方历史文化的研究水平"①；另外，编者又谦称，"本书是古典文献中有关赤城史料的辑录，并不属于历史文化研究范畴，只是为赤城历史文化研究提供了基本素材"，是烹调大餐的"食材"②。既服务于学术研究，也为普罗大众提高"食材"，编者兼顾学术性与实用性的价值指向是十分明确的。很大程度上，在《古典文献说赤城》中，这种取向或者目的是基本实现了的，毕竟读者可以各取所需。不过，学术性与实用性似乎是一对矛盾，二者均臻于理想状态不太可能，这就要求双方各退一步，都做出牺牲，但在如何在二者之间寻找合适的平衡点似乎并不容易。更多的时候是顾此失彼，左支右绌，有时甚至吃力不讨好。

即以对于古籍文献的校勘注释而论，一般而言，从版本源流梳理，到文字比勘，再到字词和本事的考索，重在对名物制度、典章故实，以及相关典故等的追索考辨。如果追求学术性，那么一个标准的范例是李善的《文选注》。《文选》是由南梁昭明太子萧统主持编撰的一部文章总集，按照《文选序》中确立的选文标准——"事出于沉思，义归乎翰藻""综辑辞采""错比文华"——精选前代优秀文章，成为其后历代文人士子的必读书目之一，甚至有"《文选》烂，秀才半"之说，可谓影响深远。李善为《文选》作了详细的注释，征引了极其丰富的文献资料，凡经部 215 种、史部 352 种、子部 217 种、集部 798 种，四部合计 1582 种，算得上是旁征博引，资料丰赡。李善由此开启了后世的一门显学——"文选学"。"注书至难，虽孔安国、马融、郑康成、王弼之解经，杜元凯之解《左传》，颜师古之注《汉书》，亦不能无失。"《古典文献说赤城》的注释工作，花费了编者巨大的精力，也倾注了编者大量的心血，譬如对难读难解的字词进行注音、释义，对许多年号注出了对应的公历年代，对某些典故也有所介绍说明，所选择的工具书如《中华字海》《汉语大字典》《汉语大词典》《现代汉

---

① 王金富辑点校注《古典文献说赤城》，中国文史出版社，2021，前言第 1 页。
② 王金富辑点校注《古典文献说赤城》，中国文史出版社，2021，前言第 5 页。

语词典》《辞海》《辞源》等，也较为权威，这些对于普通读者无疑帮助极大，这或许是编者追求实用性的一种努力吧。其间的良苦用心，想必编者和读者都会心有灵犀。

其四，虽然面对皇皇巨编《古典文献说赤城》，令人叹为观止，但似乎仍然觉得意犹未尽。古典文献汗牛充栋，浩如烟海，要想把淹没在浩瀚文海中有关赤城的相关文献一网打尽，确实不是一件易事。可以肯定地说，仍然有许多相关文献等待像金富先生这样的有心人去发现、挖掘、打捞、整理。除了史部、集部外，经部、子部应当也还有一定的遗存。此外地方志、碑刻等存世文献也应当列入编者继续搜罗的范围，如果再开阔一下视野，海外许多汉籍中也会有相当数量的相关文献。特别是随着现代科技的提高，大量古典文献网站得以开通，为相关资料的搜集整理提供了新的想象空间。所以，此项工作仍然大有可为，"往者不可谏，来者犹可追"，金富先生勉乎哉！

知古可以鉴今，继往可以开来。另外有一点不成熟的建议。既然王金富先生花费大量时间、精力编成此一巨帙，又募集资金付梓，如果束之高阁，仅仅收藏在图书馆，那将是资源的巨大浪费，金富先生的劳动成果也不能很好地造福桑梓、惠及乡邦，发挥其应有的作用。有鉴于此，可否开办网站，建立数据库，让乡邦文献不仅为赤城人所熟知，也可以走出县域，走向全国，乃至世界，这样才可以使更多的人了解赤城、热爱赤城、宣传赤城、建设赤城。

以上是一位古典文献爱好者兼久别故乡的游子，对《古典文献说赤城》一书粗浅的阅读体会，也是对王金富先生和故土故人的礼敬。行文中识鉴之谫陋，器局之拘牵，是显而易见的，失当之处，还望见谅。

离别家乡岁月多，近来人事半消磨。惟有门前镜湖水，春风不改旧时波。[①] 愿故乡山河依旧，岁月无恙，人民安堵，百业阜盛。

---

① （唐）贺知章：《回乡偶书》其二，（清）沈德潜《唐诗别裁集》卷十九，清康熙五十六年（1717）碧梧书屋刻本，第524页。

《考工记》中的艺术生产管理研究

刘　洋　李岩松*

摘　要：我国古代经典中蕴含着十分丰富的艺术管理内容，《考工记》作为记录春秋战国时期工艺生产技术和制度规范的历史文献，显示出管理者即统治阶级从艺术生产组织和生产过程两大方面进行管理的特点。管理者具体通过"百工"工种分类、建立奖惩制度、把控工艺选材、注重产品检验等管理方法进行艺术生产管理，反映出当时管理者在艺术生产管理活动中不仅遵循艺术规律和美学标准，而且突出其统治需要和政治教化功能的理念和特点。

关键词：《考工记》　艺术管理史文献　组织管理　品质管理
管理理念

　　《考工记》约成书于战国时期，目前多数学者认为它是齐国统治者制定的指导、监督和考核官府手工业、工匠劳动的书，是我国第一部系统的手工艺技术著作。该书不仅记述了春秋战国时代手工业中各工种的制造工艺，而且记录了先秦政府所制定的手工业各个工种的设计规范、生产规范和营建制度，内容涉及艺术管理的方方面面。在我国古代"艺术"概念的演化过程中，"艺术"与"技术"密不可分，《考

　　* 作者简介：刘洋，哈尔滨音乐学院艺术学系艺术学理论专业硕士研究生，研究方向为艺术文献与艺术史；李岩松，哈尔滨音乐学院艺术学系副教授，硕士研究生导师，研究方向为艺术文献与艺术史。

工记》更是格外注重艺术管理之中的工艺管理。当前探究古代艺术管理文献更要重视作为艺术生产重要组成部分之工艺生产的管理文献，《考工记》正是这样一部记载了管理者即统治阶级为管理作为古代艺术生产重要成分的"百工之事"而制定的制度与规范等内容的文献。

西汉时，河间献王刘德整理《周官》，发现"冬官"篇佚失，因《考工记》中的内容属冬官管辖范围，便将《考工记》补入。此后《考工记》便成为《周官》的一个部分，即《周官·冬官·考工记》。后刘歆校书时改《周官》为《周礼》，故《考工记》又称《周礼·考工记》或《周礼·冬官·考工记》。《考工记》全书共 7100 余字，短小精悍，主要记述"百工之事"，所谓"百工"即当时官营手工业与家庭手工业的主要工种，含攻木、攻金、攻皮、染设色、刮摩、抟埴（陶瓷）等六大类三十个工种的制造工艺。具体包括春秋战国时代的制车、兵器、生活用器、礼器、钟磬乐器、玉器、练染、绘画、陶瓷、建筑、水利等手工业技术，涉及美学、艺术学、天文学、地理学、数学、物理学、声学等方面的知识。值得注意的是，在各种手工艺生产技术中关于各种艺术产品的生产记述尤为突出，一方面反映出我国传统艺术与技术的紧密结合，另一方面反映出我国深厚的艺术生产管理实践。当前，探究我国经典文献中的艺术管理形态有利于我们从本土出发建立中国气派的艺术管理学理论体系。笔者将《考工记》中的艺术管理内容划分为艺术生产组织管理、生产过程管理和艺术管理理念三个方面，以期总结《考工记》这部中国最早的手工艺技术汇编中的艺术生产管理经验，为当今艺术管理提供中国历史经验和传统智慧。

一 艺术生产组织管理

《考工记》在开篇"总叙"当中就介绍了"百工"的含义和其在国家机构中的地位，即"审曲面埶，以饬五材，以辨民器，谓之百工"

"国有六职，百工与居一焉""百工之事，皆圣人之作也"①。东汉郑玄注："百工，司空（司马、司寇、司士、司徒、司空并称"五官"）事官之属……司空掌营城郭、建都邑、立社稷宗庙、造宫室车服器械。"可见统治阶级在当时通过将手工业生产纳入国家官职进行组织管理，"百工"当属国家的六大职务之一且皆为"圣人之作"。有学者指出，虽然"百工"对艺术形态的分类在今天看来还处于朴素状态，但我们可以将其视为一种复合型的工艺美术生产。②通过"总叙"可以看出当时国家对这些手工业或"复合型工艺美术"的技术与生产极为重视并进行了组织与制度上的管理，在《考工记》中主要体现为对艺术手工业者的分类与奖惩。

（一）百工分类管理

在上古时期，艺术管理还处于萌发状态，这种朴素的艺术管理首先体现在对艺术的分类上，分类是管理的先决条件或者可以看作管理的首要一步。在《尚书》中，对艺术形态的分类就已经开始了，《尚书·尧典》云："诗言志，歌永言，声依永，律和声，八音克谐，无相夺伦，神人以和。"③艺术被分为"诗""歌""乐"等，到《考工记》则更进一步，对艺术生产部门进行了分类。

《考工记》虽篇幅短小但对手工艺从业者的记载很全面，几乎囊括了当时社会中所有工艺的职事。在这种对烦琐工艺技术的记叙中，可以看出当时国家统治阶级对"百工"的分类管理。所谓"凡攻木之工七，攻金之工六，攻皮之工五，设色之工五，刮摩之工五，抟埴之工二"④。在"百工"之中共分为六大类，每一类中又有不同的工种。"攻木之工：轮、舆、弓、庐、匠、车、梓；攻金之工：筑、冶、凫、

---

① 闻人军译注《考工记译注》，上海古籍出版社，2008，第 1 页。
② 谢崇安：《商周艺术》，巴蜀书社，1997，第 230 页。
③ 王世舜、王翠叶译注《尚书》，中华书局，2012，第 28 页。
④ 闻人军译注《考工记译注》，上海古籍出版社，2008，第 10 页。

栗、段、桃；攻皮之工：函、鲍、韗、韦、裘；设色之工：画、缋、钟、筐、幌；刮摩之工：玉、楖、雕、矢、磬；抟埴之工：陶、旊。"① 可以看出，在"百工"的六大类中，一共含有三十种工种，其中对艺术生产组织的管理十分明确。特别是在"攻金之工"中，对冶金的工官进一步分类，"筑氏执下齐，冶氏执上齐，凫氏为声，栗氏为量，段氏为镈器，桃氏为刃"②，此处的"凫氏"便是制作钟的工种。《考工记》依据艺术门类对不同分工的工种进行分类管理，不仅有利于手工业者对某一技艺进行钻研，精益求精，而且有利于国家统治阶级进行统一管理和调度，这也奠定了后世艺术管理中对不同艺术形态进行分类管理的基础。

（二）百工奖惩制度

除了对手工艺人进行统一分类管理，将责任落实到个人外，《考工记》中显示，当时统治者对手工艺的生产活动进行严格把控，建立了赏罚分明的奖惩制度。如在"攻木之工"中的"梓人"一节记述"梓人"除了要负责制作筍虡外还要负责制作饮酒器具，检验"梓人"所制的饮酒器具是否合格时"凡试梓饮器，乡衡而实不尽，梓师罪之"③。此外，《考工记》中还有多处提到对艺术产品的检验。与此同时，此处还说明了检验不合格的结果，如果"梓人"制作的饮酒器举起时两柱向眉，其中还有剩余不能饮尽的话，"梓师"就要惩罚制作此器的"梓人"。所谓"梓师"就是"梓人"的上司，拥有相当于今天质检师的职能，如果产品不合格，"梓师"就要惩罚相应的工匠。这里惩罚制度的记录与前文"谓之国工"④ 这种褒奖的记录形成奖惩对应的相对完善的工匠管理制度，有学者指出这种相对完善的人事管理制度对于今天

---

① 闻人军译注《考工记译注》，上海古籍出版社，2008，第 10 页。
② 闻人军译注《考工记译注》，上海古籍出版社，2008，第 41 页。
③ 闻人军译注《考工记译注》，上海古籍出版社，2008，第 101 页。
④ 闻人军译注《考工记译注》，上海古籍出版社，2008，第 23、26 页。

艺术等企业形成"陟罚臧否，不宜异同"的人事管理格局有着珍贵的启示意义。①

二 生产过程管理

在各种工艺的生产过程中，《考工记》都显示出管理者即国家统治者在选材把控、多部门协作和注重工艺产品质量等多个维度上进行管理。在有关各个工艺技术的叙述中，有的提出严格的选材要求，有的提出科学的工艺配比，有的提出检验的标准和方法，全面反映出管理者在工艺品质方面建立了高度统一的艺术生产方式和品质检验标准。由此可见，当前我国无论是在工业制造还是艺术创作上对品质的严格把控都有着根深蒂固的传统。

（一）把控选材，天人合一

《考工记》"总叙"中有"天有时，地有气，材有美，工有巧，合此四者，然后可以为良"②。顺应天时地气，材料就会上佳，再加上精巧的工艺就可以得到精良的器物。"韗人"一节中讲到制作皮鼓的时候有"凡冒鼓，必以启蛰之日"③，顺应天时，鼓声才会达天通地，鸣出正音。另有《考工记》中"金有六齐"一说，其一曰"六分其金而锡居一，谓之钟鼎之齐"④，在金工中，不同比例的青铜有着各自的特性，分别适合做钟鼎、斧斤、戈戟、大刃、杀矢、鉴燧等不同的器物。"六齐"这一青铜的不同比例不仅经过现代科学家验证具有高度的科学性，⑤ 而且有学者研究认为此类艺术制作工艺中的科技含量开了中国器

---

① 王方良：《〈考工记〉设计管理思想探究》，《电影评介》2006 年第 16 期。
② 闻人军译注《考工记译注》，上海古籍出版社，2008，第 4 页。
③ 闻人军译注《考工记译注》，上海古籍出版社，2008，第 66 页。
④ 闻人军译注《考工记译注》，上海古籍出版社，2008，第 41 页。
⑤ 华觉明：《曾侯乙编钟复制研究中的科学技术工作》，《文物》1983 年第 8 期。

乐制造史上的先河，① 更加反映出统治阶级对青铜器物原料的科学认识与管理。再者，"画缋"一节中记述从事绘画的匠人要"杂五色。东方谓之青，南方谓之赤，西方谓之白，北方谓之黑，天谓之玄，地谓之黄"②，即在绘画中要"杂四时五色"，顺应自然，天人合一，唯有如此才能达到"巧"的效果。"弓人"一节中对制作选材也有着"取六材必以其时，六材既聚，巧者和之"③ 的要求与规定。《考工记》中所有这些对选材的讲究与规范都可以看出统治阶级对艺术生产活动中选材的管理，要求其遵循自然，取得良材。

（二）部门协作，检验质量

在工艺产品的生产过程中，统治阶级作为管理者十分注重手工艺人的多部门协作和分工细化。工艺产品制作完成后，管理者运用一系列的方法检验其质量与实用性，并反馈到产品的生产要求中。《考工记》"总叙"中提到"有虞氏上陶，夏后氏上匠，殷人上梓，周人上舆。故一器而工聚焉者，车为多"④，这句话的意思是有虞氏提倡制陶业，夏后氏提倡水利和营造业，殷人提倡木作手工业，周人提倡车辆制造业。一种器物聚集数个工种才能制作完成的，以车为多。在多个器物的生产制造过程中，管理者协调各个部门通力合作，使得各个部门功能细化，艺术生产活动顺利进行。另外在产品质量的检验上，一方面，管理层针对不同工艺建立了与之匹配的检验标准，如"总叙"中的"察车之道，必自载于地者始也"⑤ 要求检验车子要从车轮着手来检验其荷载能力；"鲍人"中的"鲍人之事。望而视之，欲其荼白也；进而握之，欲其柔而滑也；卷而抟之，欲其无迤也"⑥ 要求检验皮革产

---

① 李红云：《从〈考工记〉看齐国乐器制造业》，《民族艺术》2011 年第 3 期。
② 闻人军译注《考工记译注》，上海古籍出版社，2008，第 68 页。
③ 闻人军译注《考工记译注》，上海古籍出版社，2008，第 134 页。
④ 闻人军译注《考工记译注》，上海古籍出版社，2008，第 11 页。
⑤ 闻人军译注《考工记译注》，上海古籍出版社，2008，第 14 页。
⑥ 闻人军译注《考工记译注》，上海古籍出版社，2008，第 63 页。

品要通过观察工艺产品的颜色、手摸触感和卷起来的状态；"鞄人""韦氏""裘氏"中的"良鼓瑕如积环"① 说明品质上乘的鼓的鼓面应该呈同心圆形纹理，已佚的"裘氏"记述裘皮服装艺术一节中想必也会有介绍服装品质把控的文字；"陶人""旊人"中的"凡陶旊之事，髻垦薜暴不入市。器中膊，豆中县，膊崇四尺，方四寸"② 则说明了陶器制品的"市场准入规则"，列示了检验陶器制品的工具"膊""中绳"和"四尺""四寸"等产品数据要求。另一方面，在《考工记》中，管理者还从消费者的角度出发，注重产品的使用功能并反馈到产品的生产当中。如"轮人"一节中"凡为轮，行泽者欲杼，行山者欲侔"③ 就说明了在不同使用情况下产品的制作也应该不同。"弓人"一节中"凡为弓，各因其君之躬志虑血气……"④ 表示产品要根据不同使用者的情况而生产。总之，《考工记》中这些对工艺品质量的监督与检验都反映了统治阶级作为管理者对艺术生产过程和工艺产品质量的管理。

三　艺术管理理念

除了分析《考工记》中对艺术生产组织和工艺产品的管理外，分析当时艺术管理者即国家统治者的管理理念对了解当时的社会文化状况也具有重要意义。艺术管理的发展过程绝不是孤立存在的，艺术管理史是政治史、经济史、艺术史等交融的产物并随着社会的发展而发展。如有学者研究我国文化与艺术管理的当代特征指出，文化艺术的管理职能呈现为丰富多样、市场作用驱动与政府调控有机结合等。⑤ 实

---

① 闻人军译注《考工记译注》，上海古籍出版社，2008，第 67 页。
② 闻人军译注《考工记译注》，上海古籍出版社，2008，第 94 页。
③ 闻人军译注《考工记译注》，上海古籍出版社，2008，第 23 页。
④ 闻人军译注《考工记译注》，上海古籍出版社，2008，第 148 页。
⑤ 田川流：《论我国文化与艺术管理的当代特征》，《齐鲁艺苑》2017 年第 2 期。

际上这些都可以在我国的艺术生产管理活动和文献中找寻到其原始基础，恰好说明了我国的艺术管理具有一脉相承的基因与特点。《考工记》中有两大管理理念和特色贯穿艺术生产管理活动始终：一方面，统治者对这种复合型的工艺美术造物进行管理时遵循艺术规律和美学标准；另一方面，统治者对其生产进行政治性干预，以满足政治统治需要，达成政治教化的目的。

（一）造物遵循艺术规律和美学标准

《考工记》中，"凫氏"是专门负责铸造铜钟乐器的工种。在其制造工艺的叙述中显示出高度的科学性和艺术规律。"凫氏"一节开篇介绍乐钟的各部位构造，铣、于、鼓、钲、舞、甬、衡、旋、幹、篆、枚、隧，[①] 对乐钟的各个部位予以介绍后，开始介绍它们之间的铸造比例："十分其铣，去二以为钲。以其钲为之铣间，去二分以为之鼓间。以其鼓间为之舞修，去二分以为舞广。以其钲之长为之甬长，以其甬长为之围。叁分其围，去一以为衡围。叁分其甬长，二在上，一在下，以设其旋。"[②] 这段话的意思是如果把铣的长度看作一个参考，钲长是铣长的五分之四。以钲长作为两铣之间的距离，两鼓之间的距离是铣长的五分之三。以两鼓之间的距离作为舞的纵长，那么舞的横宽则是铣长的五分之二。以钲长作为甬长，以甬长作为它的周长，那么衡的周长则是甬的周长的三分之二。在甬部近下端的三分之一处设置钟环。这种科学的长度关系显示出了乐钟的严格规制。在此基础上再对钟壁的厚薄、钟口的大小、钟甬的长度、隧的深度等进行调整以便规范乐钟的音高，即"钟大而短，则其声疾而短闻；钟小而长，则其声舒而远闻。为遂，六分其厚，以其一为之深而圜之"[③]。经过现代复制乐钟

---

① 闻人军译注《考工记译注》，上海古籍出版社，2008，第49页。
② 闻人军译注《考工记译注》，上海古籍出版社，2008，第49页。
③ 闻人军译注《考工记译注》，上海古籍出版社，2008，第50页。

的调试，有专家指出这些钟体发音的要素通过"磨"和"剡"调试确能达到乐钟的调律标准。[1]

"磬氏"一节详细记述了编磬的制作工艺与艺术要求。"倨句一矩有半，其博为一，股为二，鼓为三。叁分其股博，去一以为鼓博。叁分其鼓博，以其一为之厚"[2] 对石磬的角度、长度和厚度做出了乐器形制上的规范，后世出土的石磬经过测量其形制已经充分证实《考工记》中的这些资料属实。[3] 除此之外"磬氏"一节中进一步指出石磬调音的规律方法，"已上，则摩其旁；已下，则摩其耑"[4]，即通过打磨石磬的不同部位来调节音的清浊，现代研究表明石磬的打磨不仅仅是出于美观的需要，其打磨的光洁度对石磬的震动和声音的传导有着明显的优化效果。[5] 另外值得注意的是，石磬制作中的博、股、鼓等乐器形制数值规律与上述"凫氏"制乐钟同为"模数制"，反映了当时手工艺技术美学的萌芽，朴素的造物美学标准处于草创阶段，已经渗入此时的艺术生产管理活动之中。

"攻木之工"中负责制作笋虡的"梓人"一节记述了钟簴的形制要与铜钟相配合的造物美学标准。"宗庙之事，脂者、膏者以为牲。赢者、羽者、鳞者以为笋虡。"[6] 这句话的意思是宗庙祭祀，要用脂类和膏类的动物来做牺牲，要用赢类、羽类、鳞类动物来作为笋或虡的造型。后又曰"……谓之小虫之属，以为雕琢"[7]，意思是小虫之类的可以用来作为雕琢装饰；"……大声而宏，则于钟宜。若是者以为钟虡，是故击其所县而由其虡鸣"[8]，意思是（赢类）这种动物声音宏大，与

---

① 黄翔鹏：《复制曾侯乙钟的调律问题刍议》，《江汉考古》1983 年第 2 期。
② 闻人军译注《考工记译注》，上海古籍出版社，2008，第 86 页。
③ 高蕾：《河南省出土石磬初探》，《中原文物》2001 年第 5 期。
④ 闻人军译注《考工记译注》，上海古籍出版社，2008，第 86 页。
⑤ 冯光生、徐雪仙：《战国曾侯乙编磬的复原及相关问题的研究》，《文物》1984 年第 5 期。
⑥ 闻人军译注《考工记译注》，上海古籍出版社，2008，第 97 页。
⑦ 闻人军译注《考工记译注》，上海古籍出版社，2008，第 97 页。
⑧ 闻人军译注《考工记译注》，上海古籍出版社，2008，第 97 页。

乐钟相适宜，如果以这类动物作为钟虡的造型，敲击悬钟的时候，就好像钟虡发出声音似的；"……无力而轻，则于任轻宜；其声清阳而远闻，则于磬宜。若是者以为磬虡，故击其所县而由其虡鸣"①则记述了与石磬相匹配的磬虡的造型样式，其造型样式是力气不大轻捷的羽类，这类动物声音清阳远播，与磬相宜，如果用这类动物作为磬虡的造型，敲击悬磬的时候，就好像磬虡发出来声音似的。此类讲究雕饰与乐器相应相配的叙述还有很多，一方面可以增加乐器的造型美，另一方面可以使得音乐形象化，增加艺术感染力。

此外，"画缋"一节还在画工色彩运用方面将色彩与地理方位结合起来，形成朴素的中国传统色彩美学观，此论前文"天人合一"部分已有论及，不再赘述。有学者认为这种朴素的色彩美学"不但包含了方位观念，也影响到后来的与阴阳五行有关的中国哲学思想"②。综上所述，《考工记》显示出管理者在艺术生产过程中遵循艺术规律和朴素的造物美学标准，为后世艺术生产管理提供了经典范式和工匠精神。

（二）造物顺应统治需要和政治教化

《考工记》艺术生产管理中的另一个重要管理理念缘于其管理者的主体身份特性，即身为统治阶级对国家艺术生产管理的把控。有学者在研究中国艺术管理史时指出中国艺术管理史中最大的主体是宫廷，③即统治阶级，以统治者为代表的对国家一切事物拥有最高决策权的管理主体。《考工记》毋庸置疑是在记述国家统治下的手工艺生产地文献资料，因此在一定程度上体现了统治阶级的造物观和政治目的。"百工"所造工艺品除了供统治阶级支配使用外，还在造物中实现其政治教化功能。如"栗氏"所造的"䤨"除了声律要"中黄钟之宫"外，

---

① 闻人军译注《考工记译注》，上海古籍出版社，2008，第97页。
② 李倍雷：《〈考工记〉造物思想与图案学关系研究》，《东南大学学报》（哲学社会科学版）2018年第5期。
③ 孔庆茂：《中国艺术管理史初探》，《南京艺术学院学报》（美术与设计版）2008年第5期。

还要铸刻铭文，其曰"时文思索，允臻其极，嘉量既成，以观四国，永启厥后，兹器维则"，意思就是文德之君，为民思索，创制量器，信用卓著。标准量器，制造成功，颁示四方，仿制使用。永传后世，教训子孙，遵行此器，守为总则。在国家统治阶级管理下量器的生产不仅要与"黄钟宫"相符，还要彰显统治者的权威，达到其巩固政治统治的目的。

"玉人"一节中介绍了制作玉器的工艺标准和细则，并且对各种玉器的用途做出说明和规定。中国自古以来便有着深厚的"玉文化"，甚至考古学界还出现过"玉器时代"，引起诸多争论。① 《周礼·春官·大宗伯》中记载着六种"礼玉器"即苍璧、黄琮、青圭、赤璋、白琥、玄璜，分别用以礼天、礼地、礼东方、礼南方、礼西方、礼北方，可见当时"玉"与"礼"密不可分，这里提到的六种"礼玉"，在《周礼·考工记》"玉人"一节中介绍了两种，即"圭"和"璋"。其曰："镇圭尺有二寸，天子守之。命圭九寸，谓之桓圭，公守之。命圭七寸，谓之信圭，侯守之。命圭七寸，谓之躬圭，伯守之……""天子用全，上公用龙，侯用瓒，伯用将……"② 可见统治者对"圭"的形制和材质进行了严格的等级区分，用身份等级观念观照玉器艺术的生产，从而与国家统治结合起来，其中渗透着统治阶级对玉器艺术生产的政治性干预，从而使得玉器艺术成为此时"礼乐文化"的重要组成部分。③

在记述建筑艺术的"匠人"一节中，也可以十分明显地看出统治阶级管理者加强政权统治的管理理念。首先《考工记》这一节对"夏后氏世室""殷人重屋""周人明堂"④ 的规制进行记叙；其次提及技术宫城规制的规范，如"内有九室，九嫔居之；外有九室，九卿朝焉"

---

① 谢仲礼：《"玉器时代"——一个新概念的分析》，《考古》1994 年第 9 期。
② 闻人军译注《考工记译注》，上海古籍出版社，2008，第 77 页。
③ 孙庆伟：《出土资料所见的西周礼仪用玉》，《南方文物》2007 年第 1 期。
④ 闻人军译注《考工记译注》，上海古籍出版社，2008，第 112 页。

"九分其国,以为九分,九卿治之"①,路门内外各分九室供妃嫔居住和九卿朝政,宫城占王城的九分之一,政事分为九种派给九卿;最后还提到"门阿之制,以为都城之制;宫隅之制,以为诸侯之城制。环涂以为诸侯经涂,野涂以为都经涂"②,即对王子弟、卿大夫和诸侯的城隅高度和干道规模做出严格的等级规定,在建筑艺术中树立严格的尊卑规范,反映出统治阶级管理者对建筑等各个方面带有强化统治和政治教化目的的管理。

结　语

中国艺术管理活动与远古先民的艺术活动同时产生、同步发展,艺术管理在成规模、有意识的艺术文化活动中孕育成型。《周礼·冬官·考工记》作为我国第一部系统记载工艺生产技术与管理制度的典籍,其中蕴含着珍贵的艺术文献,包含艺术管理制度与思想、艺术史、艺术与科技、艺术美学等多方面的内容。本文通过分析《考工记》中艺术生产的内容与特点,探析当时统治阶级管理者对艺术生产活动的管理,分析其进行管理的特点与理念。其意义与目的一方面是尝试从本土历史出发探寻具有我国特色的艺术管理的源流,另一方面希望能够为当今艺术生产管理实践提供历史经验。

---

① 闻人军译注《考工记译注》,上海古籍出版社,2008,第118页。
② 闻人军译注《考工记译注》,上海古籍出版社,2008,第118页。

光绪《唐山县志》勘误一则

杨振强[*]

摘　要：明万历间画家刘于台为保定唐县人，康熙《唐县新志》、康熙《保定府志》俱可考，光绪《唐山县志》系误收，其误收之本虽来自雍正《畿辅通志》，但致误之源却为康熙《畿辅通志》。

关键词：刘于台　唐县　唐山县

光绪《唐山县志》卷之十人物志学行载：

> 刘于台，唐山人。少聪颖，业儒术。万历中补弟子员。志气恢岩而工于画，凡山水、花草、人物备极其巧，人多宝之。时名公有云：“易庵文、肖岩字、于台画可称‘唐山三绝’。”
>
> 此从《畿辅通志》艺术门抄来，传仍旧。邑旧志无。但易庵、肖岩不知系何姓氏、何里居，姑缺之，以俟后之博物者。^①

上文之注交代了文献来源，言其抄自《畿辅通志》艺术门，同时说明邑旧志无载，另留下了易庵、肖岩两人“不知系何姓氏、何里居”的疑惑。

---

* 作者简介：杨振强，河北民族师范学院美术与设计学院讲师，研究方向为河北书画文献。

① （清）苏玉修、杜霱、李飞鸣纂辑《唐山县志》卷之十人物志学行，清光绪七年（1881）刻本。此唐山县位于今河北省隆尧县西部。1928 年，唐山县改为尧山县。1947 年，隆平、尧山两县合并为隆尧县。

借助上述线索，经检康熙《唐山县志》，确实无此。光绪《唐山县志》之前有康熙、雍正两版《畿辅通志》，则均有收录。

康熙《畿辅通志》卷之第三十三艺学明载：

> 刘于台，唐山人。少聪颖，业儒术。万历中补弟子员。志气恢宕而工于画，凡山水、花草、人物备极其巧，人多宝之。时名公有云："易庵文、肖岩字、于台画可称'唐山三绝'。"①

雍正《畿辅通志》卷之八十三艺术顺德府明载：

> 刘于台，唐山人。少聪颖，业儒术。万历中补弟子员。志气恢岩而工于画，凡山水、花草、人物备极其巧，人多宝之。时名公有云："易庵文、肖岩字、于台画可称'唐山三绝'。"②

两相对比，仅"宕""岩"一字之别，后者显系承继前者，且后者将其明确置于顺德府下，核以光绪《唐山县志》所记，出处与之吻合，内容完全一致，光绪《唐山县志》所抄之本可明确为雍正《畿辅通志》。

单从内容上看，这则刘于台的小传，确实没有什么破绽，但从县志编纂的逻辑上来说，仍令人生疑：既为"唐山三绝"，显系地方文化之杰出代表，为何距离所涉人物活动年代相对较近的康熙《唐山县志》却无蛛丝马迹，反而需要光绪《唐山县志》借助省志来补遗？

康熙十一年（1672），诏谕全国各省、府、县编修地方志，以供纂修《大清一统志》，各地开始掀起修志的高潮。就河北来说，康熙十二

---

① （清）于成龙、格尔古德总裁，郭棻总修《畿辅通志》卷之第三十三艺学明，清康熙二十二年（1683）刻本。

② （清）唐执玉等总裁，田易等采辑《畿辅通志》卷之八十三艺术顺德府明，清雍正十三年（1735）刻本。

年（1673）、康熙十九年（1680），康熙《唐县新志》、康熙《保定府志》先后刊刻，与刊刻于康熙十二年的康熙《唐山县志》所不同的是，两志均收录有刘于台小传。

康熙《唐县新志》杂志卷之十八技艺载：

> 刘于台，放水村人。少聪颖，业儒。明万历中入弟子员。志气恢宏而工于画，凡山水、花草、人物备极其巧，人多宝之。时名公有云："易菴文、肖岩字、于台画可称'唐山三绝'。"①

康熙《保定府志》卷之二十九艺术载：

> 刘于台，唐县人。少聪颖，业儒。明万历中补弟子员。志气恢宏而工于画，凡山水、花草、人物备极其巧，人多宝之。时名公有云："易庵文、肖岩字、于台画可称'唐山三绝'。"②

前所引诸志，就刊刻年代而言，没有比康熙《唐县新志》更早者，可知其所记为刘于台小传的本来面目。唐县为保定府属县，且康熙《保定府志》之刊刻年代晚于康熙《唐县新志》七年，通过将康熙《唐县新志》与康熙《保定府志》所记进行比对，可知康熙《保定府志》所记正是承继自康熙《唐县新志》，而且是最早对其进行改动者。对于刘于台籍贯的表述，康熙《唐县新志》仅记其村名，就县志而言，当然可行，但在府志汇纂成书时，若一如其旧，显然不妥，故编纂者将村名改为县名，即将"放水村"改为"唐县"。此外，"入弟子员"之"入"改为"补"，"易菴"之"菴"改为"庵"。

---

① （清）王政修，张珽、陈瑞纂修《唐县新志》杂志卷之十八技艺，清康熙十二年刻本。因涉及文本改动，本文保留了相应的繁体字、异体字，下同。
② （清）纪弘谟修、郭棻纂辑《保定府志》卷之二十九艺术，清康熙十九年刻本。

府、县志向来是省志文献的主要来源，通过将康熙《畿辅通志》与康熙《保定府志》、康熙《唐县新志》所记进行比对，可以发现康熙《畿辅通志》与康熙《保定府志》最为接近，计有三处不同：一作"唐山人"，一作"唐县人"；一作"业儒术"，一作"业儒"；一作"万历"，一作"明万历"。加之康熙《畿辅通志》的刊刻时间仅晚于康熙《保定府志》三年，总修其事者即纂辑康熙《保定府志》的清苑人郭棻，可以确定康熙《畿辅通志》所记使用的底本正是康熙《保定府志》。而康熙《畿辅通志》将"唐县人"改为"唐山人"，显系误改，虽一字之差，却造成张冠李戴。至于其误改之因，或许是受到了小传中"唐山三绝"四字的影响，将"唐山"误认为是唐山县了。至雍正《畿辅通志》，此误被承袭，因唐山县属于顺德府，复将其置于顺德府条下，这种编排上的地域认同，无疑强化了文献的可信度。而与康熙《畿辅通志》相比，雍正《畿辅通志》将"恢宕"改为"恢岩"虽不可取，却是区分其与康熙《畿辅通志》所记的唯一证据。前已考证出，光绪《唐山县志》与雍正《畿辅通志》的内容完全一致，可谓以讹传讹。[①] 需要补充说明的是，在光绪《唐山县志》之前，乾隆《顺德府志》已经据雍正《畿辅通志》进行收录。[②] 对此，光绪《唐山县志》的编纂者不可能不知，而之所以在来源上选择接受省志，当是其成书年代及志书级别均优于府志之故。

通过上述文献梳理，可以确知刘于台为保定唐县放水村人，光绪《唐山县志》系误收，其误收之本虽来自雍正《畿辅通志》，但致误之

---

① 受光绪《唐山县志》之影响，迄今，在隆尧县地方志类文献书写中，此讹不仅仍在延续，而且又衍生出新误，如由隆尧县地方志办公室、隆尧县文化馆组织编写，列为隆尧县情丛书之二予以出版的《精英荟萃宣务山》在将光绪《唐山县志》刘于台小传转化为白话文进行收录的同时，将其里籍详记为"明朝唐山县干言村人"。董树仁主编《精英荟萃宣务山》，天马出版社，2001，第21页。

② （清）徐景曾总修《顺德府志》卷之十四艺术元，清乾隆十五年（1750）刻本。与雍正《畿辅通志》相核，仅将其"业儒术"之"术"删去，余皆同。

源却为康熙《畿辅通志》。① 至于光绪《唐山县志》悬而未决的疑惑，亦可在康熙《唐县新志》中找到答案。该志人物志卷之十六文学明载：

> 刘乾，字仲坤。登嘉靖戊戌科进士，官国子监监丞。议论英发，神色秀特，博极群书。著有《易庵鸡土集》数卷行于世（后集未刻）。学者称为易庵先生。
>
> 王汝霖，字肖岩。由太学生官灵丘知县。丰姿英秀，博通书籍，善诗文，工字学，草书有米董体。学士孙承宗尝称为"北方才子"。著有诗集。②

---

① 地方志外，清代编纂而成的画家传记类文献《画名家录》收录有精简版的刘于台小传，从《历代画史汇传》转引的内容来看，其使用的底本亦是刘于台籍贯被误改后的。《历代画史汇传》："刘于台，唐山人。山水、花卉、人物备极其巧，人每珍重之。"（《画名家录》）参见（清）彭蕴璨《历代画史汇传》卷三十五，清道光五年（1825）吴门尚志堂彭氏刻本。

② （清）王政修，张珽、陈璐纂修《唐县新志》人物志卷之十六文学明，清康熙十二年刻本。

商兵铭文 "𣪘" 字考释评述

郑文月[*]

摘　要：商代兵器中有两戈铭文作 "𣪘" 形，学界多将其与甲骨文中的北方风名相联系并考察，从字形例证、典籍记载、语音流变等角度综合论证，认为其可释为形声字殳、役、卷、夗等，表示北方风之肃杀凛冽。但综合该字所见的甲金文字形及文字用例，本文认为 "𣪘" 应为从 "尸" 从 "𠂤" 的会意字，象外部有人双手持棍状器具（或兵器），击杀下方跪坐之人，且综合文字的形音义及目前所见资料，陈剑将 "𣪘" 释为 "杀" 字一论最为合理。此外，殷商时国之大事，在祀与戎，且商祭残酷而血腥，因此本文猜测此字描画的是当时某种祭祀礼仪中举行的人祭活动。

关键词：商代　甲金文　人祭　评述

商代青铜兵器中有两戈铭文形体作 "𣪘" 和 "𣪘"，吴镇烽编著的《商周青铜器铭文暨图像集成》（16040、16041）[①] 释为 "卷"，后《商周金文通鉴》改之，将其隶定为 "殳"，释为 "杀"。除以上两形外，此字在商代金文中还见 "𣪘" "𣪘" "𣪘" 等形，皆实与上述两戈铭文相同，本文均称作 "𣪘"。此字为何，学界众说纷纭。

武丁期甲骨（《甲骨文合集》14294、14295）上见北方风名形体作

---

*　作者简介：郑文月，文学硕士，河北大学文学院教师，主要从事古文字研究。
①　吴镇烽编著《商周青铜器铭文暨图像集成》，上海古籍出版社，2012，第43~44页。

“”“”，学界多按字形视其为“㱦”字。胡厚宣提到：“北方风，甲骨文说‘风曰㱦’，‘㱦’即伇、役。”“‘㱦’字甲骨文作、，即‘役’字。役字，《说文解字》古文从人，从人与从同……字象手执兵器以刺人之形，与‘㓹’义相当。”“《山海经》说‘来风曰狡’，狡读若㓹，㓹、役义近，犹言寒风。《吕氏春秋》《淮南子》都说‘北方曰寒风’。”① 胡厚宣结合字形、字音及典籍记载将北方风名“”“”隶定为“㱦”，释为“役”，且认为该字应读“㓹”，以象征北方之风寒冷刺人，而此义又为“役”字手持兵器刺人之义的引申。于省吾亦认为“”为“伇”字，且“‘风曰伇’指寒风”。但其根据古音声纽通转规律认为：“‘伇’应读为‘烈’或‘冽’。”② 而非胡厚宣所言之“㓹”。

裘锡圭先生指出，“与见于《合》14295的四方风名中的北方风名同字。此风名亦作‘’，或释作‘役’……古文字中从‘又’与从‘収’往往没有区别，如‘敕’字右旁也可作‘’。……所以见于下引卜辞的国族名也应是‘役’字”③。其根据古文字从“又”与从“収”无别的规律认为《甲骨文合集》7072中的国族名“”也为“役”字。其又言：“此国族名屡见于商代金文（参看《金文编》1044页091号）。”④ 而《金文编》91号字字形为“”“”“”⑤，那么依裘先生所言，商兵铭文“”字、《金文编》中诸字形、甲骨文中北方风名“”、国族名“”均为“伇（役）”字。

以上各家皆认为“”形诸字即“㱦”，应释为“伇（役）”，但也有学者持不同观点，如杨树达虽认同北方风名为“㱦”，却认为“㱦”字义不明，不可释。⑥《甲骨文字诂林》亦从字形上否认了“㱦”“役”为同字的观点，其于“㱦”字下注：“甲骨文有‘役’字作

① 胡厚宣：《释殷代求年于四方和四方风的祭祀》，《复旦学报》（人文科学版）1956年第1期。
② 于省吾：《甲骨文字释林》，中华书局，2009，第150页。
③ 裘锡圭：《裘锡圭学术文集》（古代历史、思想、民俗卷），复旦大学出版社，2012，第181页。
④ 裘锡圭：《裘锡圭学术文集》（古代历史、思想、民俗卷），复旦大学出版社，2012，第181页。
⑤ 容庚编著，张振林、马国权摹补《金文编》，中华书局，1985，第1044页。
⑥ 杨树达：《积微居甲文说》，上海古籍出版社，2003，第83页。

'役','毁'与'役'形义均有别。"① 李学勤先生也认为"毁"字从"卩",与从人的"役"非同字。② 但其亦根据《山海经》中北方风名作"狻"认为"毁"为谈部字的形声字。此些学者仅认为"毁"字非"役（役）",或因其字义不明,或因"卩""彳"二者形体有别,但都默认了"𝕏"即"毁"的观点。

何景成结合字形及古文字中从"又"与从"収"无别的规律认为"𝕏""𝕏""𝕏""𝕏"为同一字,且提到:"𝕏、𝕏、𝕏都有一个类似双手持棒的字形,可以隶定为'由'。我们认为𝕏和𝕏可以分别释为'卷'和'豢'。《说文》:卷,膝曲也,从卩关声。"③ "卷和豢两字均从'𦫵'声,'𦫵'见于《说文》,谓:'𦫵,抟饭也,从廾采声。采,古文辨字。读若书卷。'"何景成还结合所见的"𝕏"形诸字字形认为,将"𝕏""𝕏""𝕏"中的"𝕏""𝕏""𝕏"视为"殳"是错误的,其明确提出部件"𝕏""𝕏""𝕏"虽形体与"殳"相似,却实非"殳"字,这种类似双手持一圆头长柄状物的"由"形可隶定为"由（"𦫵"之初文）",故而其亦否认了将"𝕏""𝕏"等形释为"役（役）"字的说法。此外,其还从张亚初先生说④认为应将"𝕏"字释为"卷",从"𦫵"声,读为"寒"。

据上述说法,我们可知何景成主要从文字的形音义角度将"𝕏"看作了从卩卷声的形声字,故甲骨中北方风名当释为"卷",读为"寒"。其还强调"𝕏"所从之"由（由）"为"𦫵"之初文,作声符,正与"卩"屈膝跪坐之义相合。综合前文论述,我们可以看出,诸家多以传世典籍中关于北方风名的记载用字为依据,结合语音的流变和通转范例将"𝕏"字看作一个从卩（同卩）卷声的形声字,并与北方

---

① 于省吾主编《甲骨文字诂林》,中华书局,1996,第415页。
② 李学勤:《中国古代文明研究》,华东师范大学出版社,2005,第30页。
③ 何景成:《试释甲骨文的北方风名——兼说甲骨文的"𦫵"字》,《殷都学刊》2009年第2期。
④ 张亚初:《疑难铭文拟定字一览表——摘自〈殷周金文集成引得〉》,吉林大学古文字研究室编《于省吾教授百年诞辰纪念文集》,吉林大学出版社,1996,第143页。

风寒冷肃杀的特点相合。那么该字究竟是否为从卩卷声的形声字，我们可继续讨论。

刘钊认为甲骨文中北方风名应释为"夗"，并引《说文解字》对"夗"的解释认为字书中从"夗"或"宛"之字多有曲折屈伏之意，且典籍中宛、鬱相同，鬱训聚积滞塞不通之义，与"屈伏"意相因。① 北方风名用此字应蕴含因冬季清冷风寒而鸟兽蛰伏不出之意，刘钊后又将此字与《山海经》《尚书》等典籍中的相关记载相联系，以表释"夗"之合理。

不同于前者，陈剑认为应将"𢽳"释为"杀"字，其以"摯""熱"二字的字形演变、于卜辞中的用法和特殊字形为类比依据认为"杀"字前身为"蚑""蚑"二字，其提到："将'蚑''蚑'与'杀'字相联系认同，首先在字形演变上是完全说得过去的。""从用法来看，除去最主要的见于祭祀卜辞者外，'蚑''蚑'字还出现在一些跟奴隶逃亡或暴动有关的卜辞中……如将'蚑''蚑'字改为直接释作'杀'，则是再通顺没有了。"② 其还认为何景成所举诸字形"跟'蚑''蚑'比较，系将'虫'旁换成了像跪坐人形的'卩'旁，字形关系与上文所论蚑犬、蚑豕等字亦皆相类"③。"'杀'字诸体象双手执扑杖或椎梃之类椎杀、击杀蛇虺、犬豕等动物或人，鲜血四溅之形，从字形看其本义应为椎杀、击杀；引申为指一般的杀戮、杀伐。"④ 此外，其还提到："'杀'正与'狄''刹'音近可通。'狄、刹'声母为余母，'杀'与余母字相通。"⑤ 又从语音的角度佐证了其将"𢽳"释为"杀"字的观点。

据陈剑以上所论，"𢽳"应为从"卩"从"殳"的会意字，可隶定

---

① 刘钊：《古文字考释丛稿》，岳麓书社，2005，第 41 页。因涉及字形考辨，此处保留"郁"的繁体形式。
② 陈剑：《试说甲骨文的"杀"字》，《古文字研究》第 29 辑，2012，第 14 页。
③ 陈剑：《试说甲骨文的"杀"字》，《古文字研究》第 29 辑，2012，第 14 页。
④ 陈剑：《试说甲骨文的"杀"字》，《古文字研究》第 29 辑，2012，第 14 页。
⑤ 陈剑：《试说甲骨文的"杀"字》，《古文字研究》第 29 辑，2012，第 13 页。

为"殳",释为"杀","殳"象"杀人以梃"之形,为"杀人""椎杀"之"杀"的专字,字形构造与"蚊""蚁"二字相类,左部为被击杀的对象,右部象手持棍状物击杀下方跪坐之人之动作,而北方风名之"殳"所代表的则是由"击杀"义引申来的"肃杀"义,"殳风"为肃杀之风,这正与北方风的特点相符合。

以上说法各有理据,但值得再度思量。首先看学界多释为"殳"字的"殳"形。"殳"字甲骨文作"殳""殳""殳"① 等形,金文作"殳、殳"② 等形,《说文解字》:"殳,以杸殊人也。《礼》:'殳以积竹八觚,长丈二尺,建于兵车,车旅贲以先驱。'"《说文解字注》:"殳,以杖殊人也。'杖'各本作'杸'……殊,断也。以杖殳人者,谓以杖隔远之……周礼旅贲氏,掌执戈盾,夹王车而趋,盖亦执殳矣。"③ 据以上可知"殳"又作"杸",作隔离人所执用之杖。郑司农注《周礼·夏官·司兵》中"掌五兵五盾"云:"五兵者,戈、殳、戟、酋矛、夷矛。"④ 可见"殳"又为兵器之称。《说文解字》:"杸,军中士所持殳也,不必皆用积竹,故字从木。"故"殳"为竹或木质地的无刃杸杖,可做隔离执杖或杀人兵器,亦可做王车随侍手持开路之仪仗器具。曾侯乙墓曾出土青铜殳(见图1),又丰富了"殳"的材质类型。

目前所见甲金文"殳"字均作单手持物状,未见对称手形出现之例,古文字中多见为求对称重复部件的现象,如"殳"重复"卩"旁作"殳",且虽"从手从攴无别",但就目前所见"殳"形诸字来看,"殳"形均作两手对称持一棍状物,无一例外。因此"殳"形应是特意为之的固定形态,而非简单的手形对称重复,故我们不能本末倒置,用规律来束缚现实存在的字形,而应从宏观的角度将"殳"看作一个不可分割的整体。

---

① 刘钊:《新甲骨文编》,福建人民出版社,2014,第185页。
② 董莲池:《新金文编》,作家出版社,2011,第368页。
③ (汉)许慎撰,(清)段玉裁注《说文解字注》,上海古籍出版社,1981,第120页。
④ (清)李光坡:《周礼述注》,商务印书馆,2019,第324页。

此外，所见"殳"字手持之物作"𝑃""🠖"等形，也与"𝓦"形中"𝐼"不同。关于"𝐼"，我们可参《甲骨文字典》对𝒶字的解释："𝒶，从卩从𝓀，𝓀象戈去掉戈头一横之戈柲部分，为从𝓀八声之后起字，后更增木为柲，故𝓀为柲之初文。𝓴当即𝒶字。"① 《说文解字》言𝒶："宰之也，从卩，必声。"② 那么"𝓴"字所示之义应为用戈柲击打或宰杀跪坐之人。同理，我们可推测"𝓦"形中的"𝐼"或为某种省形或全形的杀人用具。

从字形构造看，双手持物为"𠬞"形，《说文解字》："𠬞，竦手也。"③ 《说文解字注》："此字谓竦其两手以有所奉也。"④ 《甲骨文字典》"𠬞"下注："象𠬞其两手有所奉执之形。释义：用如供，当为供牲之祭。"⑤ 那么我们据此可推，"𝓦"形或为祭祀过程两手奉执"𝐼"的某种仪式动作。

结合以上对"𝓀𝓀""𝐼"的分析可知，将"𝓦"视作"殳"不妥，但可以确定的是，此形象手持物。且结合《新金文编》所收"𝓦"字形体作"𝕬""𝕭"来看，何景成释其为"𝓫"似乎也是有问题的，因此"𝓦"不应是声符，而应为表意部件，这在某种程度上与陈剑的观点是相契合的。

上文提到李学勤先生认为从"卩"与从"人"不同，甚是。"卩"象人腿弯曲跪坐（𝓑），而"人（亻）"象人腿直立（𝓷、𝓸、𝓹），二者所象人之形态不同。《甲骨文字典》"人"字下释："𝓷，象人侧立之形。""𝓑，卩象人跪坐之形。"⑥ 《甲骨文字典》在释"卩"时还提到："跪为殷人祭祀时跪拜姿态……𝓿字因有祭祀时礼拜之义。"⑦ 且"令"字下又

---

① 徐中舒：《甲骨文字典》，四川辞书出版社，1990，第 1002 页。
② （汉）许慎：《说文解字》，中华书局，2013，第 184 页。
③ （汉）许慎：《说文解字》，中华书局，2013，第 53 页。
④ （汉）许慎撰，（清）段玉裁注《说文解字注》，上海古籍出版社，1981，第 103 页。
⑤ 徐中舒：《甲骨文字典》，四川辞书出版社，1990，第 236 页。
⑥ 徐中舒：《甲骨文字典》，四川辞书出版社，1990，第 875 页。
⑦ 徐中舒：《甲骨文字典》，四川辞书出版社，1990，第 999 页。

注:"从卩以跪踞之人表受命之意。"① 侯家庄墓地曾出土石刻(见图2),形体与"卩"相类。文字反映时代观念,在商文化背景下,人形跪坐与站立在政治和社会意义方面有着天壤之别,且此铭文在商周金文中多作族徽文字单独出现,少数与父名、母名同出,因此更具特殊的时代内涵。故从"卩"与从"人"必不相同。

图1 曾侯乙墓出土的青铜殳

图2 侯家庄墓地石刻

最后我们再来分析"役"字。《说文解字》:"役(役),戍边也,从殳、从彳。臣铉等曰:'彳,步也,彳亦声。役,古文役从人。'"②《说文解字注》:"殳,所以守也,故字从殳,引申之义凡事劳者皆曰役。""古文役从人。与戍从人持戈同意。"③"役"字从"彳",甲骨文作"役""役""役"等形,为《说文解字》古文役从"人"之形,从人从彳实同。该字象一手持殳驱人前行或击打前人,表役使义,后战国文字中见"役"形,将从"人"改为"辵",更表役使、驱赶义。

结合以上对"役"字和"役"字的形体及各部件的分析来看,"役"释"役"是存在问题的,且"役"应为合体会意字而非形声字,所表示的应该是外部有人双手(役)持棍状器具(或兵器)(役),击杀下方跪坐之人(役)。而廾形持物或表奉执之庄严或因所持之物形体较长,结合部件内涵,本文猜测此字描画的是殷商时期举行的某种祭

---

① 徐中舒:《甲骨文字典》,四川辞书出版社,1990,第1000页。
② (汉)许慎:《说文解字》,中华书局,2013,第66页。
③ (汉)许慎撰,(清)段玉裁注《说文解字注》,上海古籍出版社,1981,第120页。

祀礼仪中的人祭活动。

　　商代人祭活动盛行，人祭是指用活人作为人牲来祭祀神灵的仪式，殷商甲骨刻辞中关于以人作为祭品献祭神灵的记载体现了商人对祖先神灵的虔诚信仰以及对其庇佑的强烈期待。马季凡在《商代中期的人祭制度研究——以郑州小双桥商代遗址的人祭遗存为例》一文中论述杀用人牲的方式时提到了击杀的方法："击杀就是用锐器或钝器打杀，当然，这些刑器也包括棍棒……在甲骨文中，用锐器、钝器或棍棒击杀人牲以祭的用语有二：𝒸、𝒹。"① 王平等在《甲骨文与殷商人祭》中也提到："击毙人牲法谓祭祀中用棍棒等武器击毙人牲，以此向神灵献祭。人祭卜辞中记录这种杀人牲法的汉字主要有敤（𝒳、𝒴）字和弞（𝒵、𝒶）字。"② 因此"𝒷"或与以上字形相类，可表祭祀中击杀人牲的方法或动作，这就与陈剑释其为"杀"的说法不谋而合。

　　由于"𝒷"字常见于戈、鼎、瓿等青铜器物之上，结合以上论述，本文认为"𝒷"亦为人牲祭祀用字，且结合目前所见资料来看，陈剑将其释为会意字，表"杀"义是最为合理的说法，但具体所释何字，留待来日更多资料的出土。

---

① 马季凡：《商代中期的人祭制度研究——以郑州小双桥商代遗址的人祭遗存为例》，《中原文物》2004 年第 3 期。
② 王平、（德）顾彬：《甲骨文与殷商人祭》，大象出版社，2007，第 91 页。

《干禄字书》俗字字形结构及造字理据探析[*]

李建廷^{**}

摘　要：《干禄字书》是一部重要的正字学著作，书中所列俗字对研究汉字的历史、汉字的演变具有重要作用。对《干禄字书》中俗字的字形结构和造字理据两方面进行综合考察，有助于概览该书中俗字与正字的字形结构差异全貌和俗字构字的深层理据特征，从而加深对俗字的理解。

关键词：干禄字书　俗字　字形结构　造字理据

《干禄字书》由唐人颜元孙撰，并由其侄颜真卿于唐大历九年（774）书写刻石，立于湖州（今浙江吴兴）刺史院东厅。后因刻石摹拓甚多，剥损严重。唐开成四年（839），湖州刺史杨汉公为避免真迹湮没，又重新摹写勒石，此即所谓湖本。颜真卿所书刻石真本和杨汉公摹本均在北宋欧阳修《集古录》中有著录，并云此时刻石真本残缺甚多，已不完整，当今世人所传为汉公摹本。欧阳修注录二本分别在公元 1064 和 1066 年。据《四库全书总目提要》，宋宝祐丁巳（1257），衡阳陈兰孙将《干禄字书》锓木。宋宝祐本是《字书》较早的刻本，清代扬州马曰璐重又翻刻此本，是现在各家普遍使用的刻本。宋宝祐

---

* 本文为国家社科基金项目"基于语料库平台的字书俗字整理与研究"（项目编号：18BYY141）阶段性成果。

** 李建廷，副编审，社会科学文献出版社人文分社总编辑，研究方向为汉字发展史、汉字传播史。

本刻本较早，有较高的研究价值，现各研究文章均采用故宫收藏的勾刻《字书》拓本，然对于刻本却视若罔闻，此本既刊刻较早、使用较广，则亦具有一定价值，故本文以刻本为材料，梳理其中所列俗字，以见刻本俗、通、正三体真实面貌。本文所用版本为日本官版书籍发行所文化十四年（1817）刊印的《官板干禄字书》，其来源即为马曰璐本。

《干禄字书》作者颜元孙《干禄字书》是一部专门收录并辨析唐代俗字以及易混字的字书，是唐代重要的正字学著作，并对后来的正字学产生了深刻影响。《干禄字书》反映了唐初社会用字的基本面貌，为汉字发展和形体演变的研究提供了珍贵资料，其所蕴含的正字学思想，也对当前的汉字整理和规范化工作具有非常重要的借鉴意义。

《干禄字书》作者颜元孙根据唐时用字实际情况，将当时汉字不同写法分为俗、通、正三体。《干禄字书·序》云："所谓俗者，例皆浅近，唯籍帐、文案、券契、药方，非涉雅言，用亦无爽，若能改革，善不可加。所谓通者，相承久远，可以施表奏、笺启、尺牍、判状，固免诋诃。若须作文言及选曹铨试，兼择正体用之尤佳。所谓正者，并有凭据，可以施著述、文章、对策、碑碣，将为允当。进士考试，理宜必遵正体；明经对策，贵合经注本文；碑书多作八分，任别询旧则。"意即俗字是指在账簿、药方等与普通老百姓生活息息相关的场合使用的比较浅近通俗的字体。针对这种字体，颜元孙的态度是，只要不用在正式场合，也没有大碍；如果能进行规范，那么也会大有裨益。通体指的是流传较为久远，获得普遍承认的字体。这类字体可以用在表奏、尺牍等文体当中。此种字体已具有历史传承性和约定俗成性，故使用此种字体，并不会有所不妥，但作者也认为作文或者是选取官吏则应当采用正体字。所谓正体，则是指符合造字理据的文字，作者认为，著述、文章等规范性文体应当使用正字。颜元孙所谓的造字理据主要是依据《说文解字》分析所得。根据施安昌对《干禄字书》的研究统计，《干禄字书》中正字与《说文解字》小篆字形相合的达82.2%。① 清代罗振玉在《干禄字书笺证》中说道："小学盛于汉，晦于六朝，渐明于唐。汉唐间诸字书，《说文解字》外，晋有吕忱《字林》，梁有顾野王《玉篇》，其书详矣备矣，然多存后世俗作，意在补《说文》所未备。其实所收之字多无意义，大抵皆增其所不必增，于六书殊无裨益。惟唐人《干禄字书》《五经文字》实能祖述许书，折衷至当。《五经文字》犹偶有疏舛，《干禄字书》则有纯无驳。"② 罗振玉将《干禄字书》放到和《说文解字》相媲美的地步，并认为"此书当与仓雅并重"，足见此书的价值。

《干禄字书》将当时所见的异体字加以搜集整理，按《广韵》206韵，分平上去入四声排列，每组字例先罗列俗体或通体，若二者皆有，则并加收录，后再罗列正体；另有"并正"条目，即所列字形均为正体。该书共整理异体字计804组，1656字，其中俗字计350字（包括五组提及俗字，但未将正字俗字按编纂体例列举的，即①辭辥并辥让，俗作辞，非也；②霄俗作宵，非也；③否否可否及否泰字同，今俗并作否，非也；④清清温清字俗作清，非也；⑤臘蠟上臘祭下蜜，俗从葛，非也）。

目前，学界对俗字类型的划分不尽相同。王宁《汉字构形学讲座》认为："因为汉字是因义而构形的，所以，说明一个汉字的形体必须包括构形和构意这两个部分。构形指采用哪些构件、数目多少、拼合的方式、放置的位置等。而构意则指这种构形体现了何种造字意图、带来了哪些意义信息，又采用了何种手段来与相似字和同类字相区别。"③ 所谓"构意"就是造字理据，王宁认为："汉字形体中可分析的意义信息，来自原初造字时造字者的一种主观造字意图，我们称作构意，也

---

① 施安昌：《唐代正字学考》，《故宫博物院院刊》1982 年第 3 期。
② 罗振玉：《干禄字书笺证·序》，《罗振玉学术论著集》第二集，上海古籍出版社，2010，第511 页。
③ 王宁：《汉字构形学讲座》，上海教育出版社，2002，第 27 页。

称造意。……造意一旦为使用的群体所公认，便成为一种可分析的客体，我们称作造字理据。造字理据因社会约定而与字形较稳定地结合在一起，它是汉字表意性质的体现。"① 因此，对比正字和俗字应当从构形和构意两个方面去综合考虑，进行较为详尽的归纳整理，只有这样才能够比较全面地展现《干禄字书》俗字的整体面貌，发现俗字产生的一些规律。

结合张涌泉《汉语俗字研究》② 以及黄征《敦煌俗字种类考辨》③的分类，本文将俗字构形类型概括为替换、省略、添加、笔画改变和位移五种情况，在造字理据方面（构意）则分为：改换声符、改换义符、声符义符均改换、借用他字、书写变异、省去声符、省去义符、增加声符、增加义符等情况。

一　构形方面

（一）替换

替换是指部件的替换。部件是由笔画构成的具有组配汉字功能的构字单位。能否构成组配汉字的构字单位主要参考《说文解字》，即能在《说文解字》中溯源的汉字才叫作部件。满足部件替换的要求是：在替换前属于成字部件，被替换后依然是成字部件。部件替换包括形声字声符、义符的替换，也包括为会意字新造的形声字，或者为形声字新造的会意字。为方便查看，本文将《干禄字书》正字放在前面，俗字放在后面。经过整理，《干禄字书》有 211 组属于部件替换。

功㓛、馮馮、雄雄、逢逢、恭恭、邦邦、雙雙、卮厄、篩籭、規規、兒児、澌澌、羑羑、窺窥、辭辝辞、耆耆、鷗鶿、醫醫、私私、蕤蕤、

---

① 王宁：《汉字构形学讲座》，上海教育出版社，2002，第 24 页。
② 张涌泉：《汉语俗字研究》，商务印书馆，2010。
③ 黄征：《敦煌俗字种类考辨》，《古文献研究集刊》第 1 辑，凤凰出版社，2007。

淄湽、尼尼、蚩蚩、鼇鼇、乃多、扶狀、鑪爐、蒲蒱、黎梨、泥渥、蜺霓、谿溪、攜携、隄堤、稽稽、犀犀、階堦、灰灰、蝯猨、原原、宛窐、冠弁、單单、關開、遷遷、牽牽、憐怜、權权、愆愆、喬高、堯尧、樵蕉、料析、鼯韶、霄宵、牢牢、翶翱、鵶鴉、覃覃、蠶蚕、床牀、莊荘、商商、觴醻、邙芒、坰坰、耕耕、簪簪、侵侵、潛潜、稜楞、弘弓、滕滕、峙峙、恥耻、旅拔、黍黍、簗藥、敘叙、黼黼、鼓鼓、體体、體软、蟲蟲、款欵、宣宜、滿滿、舛舛、翦剪、婑娷、燥燦、棗棗、蚤蚤、藻藻、搏搗、暎曎、老老、惱惚、琄璘、假假、鮭鮓、養养、枉拄、莽莾、馳鼉、整愁、困囧、迴逥、卓早、牖牗、受受、狗猗、寢寢、喬丢、減减、涷凍、夢夢、寐寐、秘祕、廢庻、句勾、慕慕、步歩、害害、泰泰、壻智、閉閇、荔荔、隸隸、弊弊、祭祭、藝艺、勢势、塵塵、第茅、派沠、掛掛、阨陋、性恠、袚秡、奮奮、糞裏、粲粲、亂乱、倪侃、歎嘆、館舘、蒜蒜、箏竽、宦窐、篡墓、羨羡、盜盜、操捺、暴暴、躁踩、駄馱、剚埀、況况、競竟、勁勁、清清、佞佞、臭臭、舊旧、薔貧、富富、售售、鬪鬥、寇寇、譜諳、稱秤、穀穀、僕傑、肉宍、鳳凤、倏倏、局局、摧摧、悉悉、膝脒、漆涤、毀敃、奪奔、殺殺、節節、決决、戔蔑、熱熱、滅滅、敵歐、狄狄、嫡嫡、閱閱、析杤、歷歷、覓覓、席庸、柏栢、策笶、狹狹、協協、獵獦、臘臘、膰蟣、澀淾、惡恶、鶴鶴、飾餙、棘棘、稷褫、黔嘿。

（二）省略

省略既包括笔画的省略，也包括部件的省略。本文只将正字笔画减少而不造成部件变异的情况作为省略。《干禄字书》中有 70 组字属于省略。

蟲虫、虧虧、㜎聶、膚膚、圖㘡、臺臺、因曰、電電、樊樊、寬寛、攀攀、乾乹、邊遍、全全、黿黿、鼉鼉、牆墙、臧威、當当、囊囊、流流、市市、齒蓝、否否、夤夤、與与、所所、隱隱、斷断、坐坐、寡宴、寫寫、犀牟、阜早、缶缶、臼臼、備俻、類頮、置置、彎彎、御祯、

歲崴、對對、胤胤、晉晋、釁曡、憲宪、遁遁、豺豺、耀𥤛、貌皃、夏
夏、夐夐、庻庶、貿貧、哭吳、肅肅、罄罄、學学、欝欝、蝨虱、厭厭、
闕闕、糶粜、插揷、緝絹、鑿鑿、直直、色色、稽穑。

（三） 添加

添加即为笔画的添加，另外，部件的添加也算作此类。同样，为
了更好地归类和分析，本文只将正字笔画增加而不造成该字部件变异
的情况作为添加。《干禄字书》中属于添加的字组共 42 组。

支支、茲茲、俞俞、壺壷、回囬、看着、删刪、肴餚、皐睾、爪
芆、涼涼、皇凰、靈霝、劉劉、休休、兇兖、巨𢀛、舞儛、果菓、瓦瓦、
友友、義義、嗣嗣、卤烝、毅毅、著着、度度、帶带、戾戻、字学、免
兔、弔吊、匠近、沃泼、匹远、率攣、勃勃、突窡、益益、索紫、堅鏧、
宜𢒎。

（四） 笔画改变

省略和添加两种情况往往呈现互相交叉的现象，为了更好归类，
本文将整字笔画数作为参考标准，整字笔画减少为省略，增多为添加，
余为笔画改变，即在笔画数相同的基础上，单纯产生笔形改变。属于
笔画改变的共 23 组。

衺裦、庸庸、徒徙、亏亐、完兒、焉焉、庭迋、凡几、裹裹、楚楚、
解解、典典、兩両、丑丑、后后、苟苟、讯訊、變夑、召𠮦、恙恙、乞
㐰、發敥、拔抺。

（五） 位移

位移是指构字部件位置的改变。属于位移的共 4 组。
蘇蘺、飆飚、譬𤢤、奝奛。

从字形结构的变化来看，最容易产生俗字的方式就是部件替换，
这一方面是由于汉字合体字占多数，另一方面也说明，笔画作为构成

汉字字形的最小单位，很难具有组配汉字功能。王宁在《汉字构形学讲座》中说道："虽然不少形素是由多个笔画构成的，我们在作构形分析时，并不以笔画作为下一层次的单位。也有少数构件是单笔画的，为了理论体系的严谨，这种构件应具双重身份：在书写时，称为笔画；进入构形时，称为单笔构件。"① 单从《干禄字书》合体字结构变化的情况看，构件的替换远多于构件笔画的增减，这说明汉字书写者的头脑当中存在汉字是由构件构成，而不是单纯的笔画的堆积这样一种意识。

王宁先生还说道："汉字的构件是体现构意的，笔画却不具有体现构意的功能。如'革'是以整体的构形来表示'去毛之皮'这一构意的，拆分成笔画后，各笔画体现不出构字意图。这就使构件与笔画有了根本性质上的差别。……正因为结构生成与书写顺序是不一致的，所以，当我们分析正规字体的结构时，主要分析构件及其功能；而当分析变异字体时，由于这种变异是书写造成的，就必须首先考虑书写顺序和笔画密集程度所起的作用。"② 通过对《干禄字书》俗字字形结构的分析，以及根据王宁先生的观点，俗字首先在构件上体现出人们在书写异体字或者是错字的时候，往往倾向于寻求一种新的或者未知的构意，而不是单纯添加笔画，因为构件是一个有机构成，而笔画则只是一个最小的构字单位。

二 构意方面

汉字属于表意系统的文字。王宁认为汉字的造字理据就是原初造字时造字者的一种主观造字意图，这种意图经过社会的约定俗成而为社会所认可，其形式较为稳定，而随着汉字形体的演变，早期汉字直

① 王宁：《汉字构形学讲座》，上海教育出版社，2002，第43页。
② 王宁：《汉字构形学讲座》，上海教育出版社，2002，第42~43页。

接根据物象构形的构形理据遭到破坏，汉字象形意味逐渐消失，字符和构件义化，有表形变为表意。而汉字常见的构形方式是半意半声。① 汉字构件根据其构意类别分别有以下结构功能：表形功能、表意功能、示音功能、标示功能。根据这几种功能，构件被分为表形构件、表意构件、示音构件、标示构件。在演变中丧失了构意功能，无法解释的构件为记号构件。

苏培成《现代汉字学纲要》认为："用文字来记录语言，就是使文字符号和语言成分建立联系。这种联系可以是任意的，就是无理据的，也可以不是任意的，就是有理据的。文字的理据就是字理。……汉字不是拼音文字，是语素文字。它的理据表现为部件和字音、字义间的联系。看到一个汉字，能够从它的部件联想到它的读音和意义，知道它代表的是什么语素，这样的字叫有理据。反之，看到了部件不能够引起联想，这样的字就是没有理据。"②

苏培成和王宁的观点侧重有所不同，但对于汉字理据的理解都是从汉字的形、音、义出发，即都是将汉字字形和其字义、字音之间的有机联系作为出发点。根据这样的观点，《干禄字书》中在形体构造中经过替换、省略、添加、笔画改变和位移等五种情况的改变后，其构意有如下变化。

（一）改换声符

改换声符指改换形声字声符的情况。《干禄字书》中有 83 个字组属于改换声符。

馮溤、雄雄、逢逢、邦邦、筛篍、窥窥、耆耆、鸥鹢、醫醟、私私、蕤蕹、淄淄、尼㞐、蚩虫、鳌鳌、膚膚、㱥多、蒲莆、攜携、單单、關開、牽牵、憐怜、愆愆、堯尧、料斫、韬韜、霄霄、蠶蚕、坰坰、簪

---

① 王宁：《汉字构形学讲座》，上海教育出版社，2002，第 24~27 页。
② 苏培成：《现代汉字学纲要》，北京大学出版社，1994，第 81 页。

簪、潛濳、稜楞、弘弘、蠡蠡、娛娱、燥燥、蚤蚤、藻藻、搏搏、琐璁、
假假、鰎鮮、養養、迴迴、牖牖、狗猗、害害、荔荔、弊弊、派沠、挂
掛、阨隘、怔怔、侃侃、蒜蒜、操捹、躁踩、駄駄、佞佞、貿貸、鬪鬪、
譜譜、稱秤、穀穀、僕僷、摧摧、膝脒、漆涞、蟲蟲、狄狄、嫡嫡、関
閧、席席、柏栢、策筴、狹狭、協协、獵獵、臘臘、螣蟶、惡恶、鶴鶴。

其中有 4 组为由形声字变为会意字，分别是窥窥、蠡蠡、稜楞、蒜
蒜。由形声变为会意，构字理据由部件和字音之间的联系变为部件和
字义之间的联系，从部件能够看出此字的造字意图，其造字理据有其
合理的成分。另有 20 组俗字改换声符后，新的声符依然能起到表音的
作用，且有些字表音作用得到了加强，如狗猗、柏栢、鶴鶴等。剩下的
59 组在改变声符后，则完全丧失了表音功能。

（二）改换义符

改换义符指汉字中替换表意成分的现象，其中包括形声字和会意
字义符的改变。《干禄字书》中有 115 个字组属于改换义符。

功功、衷衷、恭恭、雙雙、厄厄、虧虧、規規、兒児、漸漸、羔羔、
辝辞、兹兹、甏聶、鑢爐、蜺霓、谿溪、隄堤、稽稽、階堦、灰灰、
原原、宛宛、冠冠、喬高、韜韜、牢牢、覃覃、床牀、莊荘、商商、觴
醻、邙芒、耕耕、侵侵、滕滕、峙峙、旅抙、黍黍、籑藥、敘叙、黼
黼、鼓皷、體體、款欵、宣宣、散散、舛舛、翦剪、棗棗、老老、枉
拄、驅驅、受受、寢寝、減减、凍凍、夢夢、寐寐、秘祕、庻庶、句勾、
數數、慕慕、度度、步步、泰泰、閉閉、祭祭、藝藝、勢势、塵塵、第
苐、祓祓、糞糞、奮奮、粲粲、亂乱、歎嘆、館舘、箒笋、窗窗、篡
篡、羨羨、盜盜、暴暴、剚埑、況况、勁勁、清清、臭臭、舊薔、富
冨、售售、寇宼、肉宍、凤凤、候倿、譽譽、局局、學学、悉忐、懺懺、
奪奪、節莭、決决、薁薁、熱熱、滅减、敵歓、析析、歷歷、飾餙、棘
棘、稷襖、黙黙。

其中有 3 组为会意字变为形声字，分别是宛宛、箒笋、肉宍。构字

理据由字音关系变为字义关系，从部件能够看出此字的造字意图，其造字理据有其合理的成分。其余 112 组中有 42 组改换义符后依然具有表意功能，剩下的 70 组改换义符后，则丧失了表意功能。

（三）声符义符均改换

《干禄字书》中有 8 个字组声符义符均发生改换。

黎棃、犀挥、蝯猿、莽莽、整惣、忝忝、壻聟、隷綵。

其中仅一组变化后的义符和声符都未丧失其功能，如蝯猿；另有两组，黎棃表音功能得到加强，而表意功能丧失；莽莽表意功能未丧失，表音功能丧失。其余则表音、表意功能均丧失。

（四）借用他字

借用他字是指直接借用汉字中的其他字代替本来应该使用的字。《干禄字书》中共有 3 组这样的字。

蟲虫、惱惚、殺煞。

借用他字并无造字理据可言，更多的是体现了用字方面的情况。

（五）书写变异

书写变异是指因笔画的增加、减少或改变而使得字形产生改变的情况。为了不和声符、义符的替换相混淆，本文将笔画的增加、减少或改变而不造成声符、义符替换的情况作为书写变异，同时也将偏旁类化、草书楷化以及字形结构中的位移都作为书写变异的情况。《干禄字书》中共有 129 组字属于书写变异。

庸庸、支攴、辥辥辞、俞俞、扶狀、壺壺、蘇蕬、芎芋、徒徔、臺墓、回囬、因因、黿黿、樊樊、完兒、寬寬、看看、删删、攀攀、乾乹、遷遷、邊邉、全全、權權、焉焉、飆飈、皁皐、鼇鼇、翶翶、鼂鼂、牆墻、涼涼、臧臧、當當、囊囊、皇凰、庭廷、靈霝、劉剗、流流、休休、凡几、兒兒、市市、裹裹、耻耻、齒齒、否否、亶亶、巨臣、與与、所厉、楚楚、解觧、隐隐、斷断、典典、暳暳、坐坐、寡寀、寫寫、举幷、瓦瓦、兩两、囧囙、友友、丑丑、阜旱、缶缶、臼旧、后右、苟苟、義義、譬辟、備俻、類頪、置置、彎彎、嗣嗣、巫宑、毅敍、著著、御泖、帶带、歲崴、戾戻、裔褎、字学、對对、訊訉、胤胤、晉晉、疊疊、憲宪、遁遁、㑞兎、麮麮、變變、召吕、弔吊、夏夏、匠近、恙恙、夐夐、廐廐、哭呉、肅肃、沃泼、匹远、率擧、爵爵、乞乞、厥厌、闕闑、發发、勃勃、突窊、拔抙、覓覔、益益、索索、插挿、澀涩、緝絹、鏊鏊、塈塈、直直、色色、稽稿。

书写变异的情形中只有 6 组字的变异部分保留了构字理据，分别是：遷遷，声符鬱部分改为升，有一定的表意作用；囧囙，因变为形声字而具有了表音的作用；蘇蘣、飆飈、譬辟、裔褎 4 组为部件位移，这种情况在汉字变异中较为常见，且位移并未造成部件改换，故其造字理据依然得到保留。其余 123 组字中变异部分造字理据则已丧失。

（六）省去声符

糴粜、貌皀、糴籴。

其中糴粜、糴籴两组字省去声符后，其表意效果更加明显。貌皀组则省去声符豹，而将构件皃、皀相混同，构字理据丧失。

（七）省去义符

圖畕、競竟。

此两组字省去义符后丧失了构字理据，且圖组省去囗后，已变为另一字。

（八）增加义符

泥渥、樵蕉、爪芯、舞儛、满潷、果菓、宜媠。

此 7 组字增加了表意成分，其构字理据实际上得到了更大的体现。这说明，部分俗字在使用的时候，存在使其表意更为明确清晰的发展倾向，从而导致累增字、分化字的出现，但这部分字在后来汉字规范化的过程中，又回到了原来的字形。

我们从对《干禄字书》俗字构形理据的统计和分析可知，俗字的构字理据性较弱，颜元孙认为这一部分字都不是在正规场合使用的文字，正是因为其缺乏传承性，丢失了汉字本该有的构字理据。从本质上说，将俗字理解成为错字、误字也具有一定的合理性。另外，《干禄字书》中有 12% 的俗字与现行通用字，也就是正字，字形完全一致。①颜元孙在编纂《干禄字书》时容许俗字"非涉雅言，用亦无爽"，还说"字书源流，起于上古，自改篆行隶，渐失本真，若总据《说文》，则下笔多碍，当去泰去甚，使轻重合宜"，所以"用舍之间，尤须折衷"，正是因为他看到了俗字的使用具有非常大的现实意义，所以才能辩证地看待俗字这一现象，认识到其存在合理性，也能发现其不足。颜元孙对待俗字的态度值得后来的语言文字工作者充分思考。

三　小结

《干禄字书》是一部重要的正字学著作，一方面它保留了大量的文字资料，可以帮助后来的学者窥见唐时用字的面貌，对于研究汉字的文化、汉字的演变都具有非常重要的作用，②另一方面颜元孙对待汉字俗字正字的态度，对于当前语言文字规范化的开展也具有一定的参考价值。本文通过对《干禄字书》俗字字形结构和构字理据的探析，分析了该书中俗字的构形构意特点，认为俗字更多是在构件层面的替换，笔画数、笔顺等是影响俗字笔画改变的一个重要因素；俗字的出现和流行是具有一定的历史客观必然性的。

---

① 刘中富：《〈干禄字书〉字类研究》，博士学位论文，华东师范大学，2004，第 88 页。
② 蒋礼鸿：《中国俗文字学研究导言》，《蒋礼鸿语言文字学论丛》，浙江古籍出版社，1994，第 130~140 页。

征稿函

  《燕赵中文学刊》由河北大学文学院主办，每年出版两辑，发表文稿强调思想性、学术性与可读性并重。设有文学理论与批评、语言学研究与汉语教育、比较文学与跨界研究、燕赵文史与区域文化研究等栏目（各辑略有调整）。本集刊以发表中国语言文学研究最新成果为主，欢迎海内外专家学者不吝赐稿。注释引文请作者逐条核对。稿件中涉及版权部分，请事先征得原作者或出版者之书面同意，本集刊不负版权责任。具体稿件要求及说明如下。

  一　投稿要求

  1. 本集刊由中国知网统一收录，来稿文责由作者自负，若有异议，请作者于稿件中注明。文章发表后版权归本集刊所有。未经许可不得转载。

  2. 来稿请用 Word 格式，按附件形式电邮至本集刊投稿专用邮箱，并注明作者姓名、性别、工作单位、职称、通信地址、联系电话、E-mail 等。

  3. 文章篇幅以 5000~10000 字为宜，另每期可发表长篇稿件(2 万~4 万字) 一篇或两篇。

  4. 本集刊编辑将在两个月内就来稿采用与否或修改意见答复作者。文章如经本集刊采用，不可再投他刊。

  5. 来稿正式发表后，本集刊将赠送作者该辑二册，并根据情况支付相应稿酬。

二 来稿格式

1. 本集刊论文皆为简体，请作者务必提交简体定稿。

2. 论文标题请用小三号宋体。论文题目之下请标作者姓名、单位、职称、主要研究领域。论文摘要、关键词，皆用五号楷体字，摘要 150 ~ 300 字，关键词 3 ~5 个。正文用小四号宋体字。

3. 长篇引文用小四号楷体，左右缩进两个字符。

4. 注释形式为页下脚注，小五号宋体，以①②……格式标注，每页重新编号。范例如下。

①罗宗强：《明代文学思想史》，中华书局，2013，第 95 页。

②（宋）朱熹：《朱子语类》卷一三七，中华书局，1986，第 3273 页。

③（汉）扬雄：《扬雄集校注》，张震泽校注，上海古籍出版社，1993，第 86 页。

④马自力：《语录体与宋代诗学》，《北京大学学报》（哲学社会科学版）2010 年第 5 期。

⑤〔美〕布龙菲尔德：《语言论》，袁家骅等译，商务印书馆，1980，第 355 页。

⑥Harold Bloom, *The Visionary Company*: *A Reading of English Romantic Poetry*, Rev. Ed. , New Haven: Cornell University Press, 1971. p. 461. （外文专著，最前面有中文的此处应用中文句号，否则用英文句号，下同）

⑦Jeremy Hawthorn ed. , *Criticism and Critical Theory*, London: Edward Arnold, 1984. p. 112. （外文编著）

⑧Harold Bloom, "Jewish Culture and Jewish Memory （文章标题)," *Dialectical Anthropology* （期刊名称), 1983 （10). （外文期刊）

三 投稿和联系方式

投稿信箱：353799181@ qq. com

投稿时请注明：《燕赵中文学刊》稿件

联系电话：15369238016

联系人：高永

通信地址：河北省保定市七一东路河北大学新校区 B5 座 509 室《燕赵中文学刊》编辑部　高永（收）

邮编：071000

《燕赵中文学刊》编辑部

图书在版编目（CIP）数据

燕赵中文学刊. 第 2 辑 / 河北大学文学院主办. --
北京：社会科学文献出版社，2023.1
ISBN 978 - 7 - 5228 - 1332 - 5

Ⅰ.①燕…　Ⅱ.①河…　Ⅲ.①中国文学 - 文学研究 -
丛刊　Ⅳ.①I206 - 55

中国版本图书馆 CIP 数据核字（2022）第 253665 号

燕赵中文学刊（第 2 辑）

主　　办 / 河北大学文学院

出 版 人 / 王利民
责任编辑 / 杜文婕
文稿编辑 / 公靖靖
责任印制 / 王京美

出　　版 / 社会科学文献出版社·人文分社（010）59367215
　　　　　 地址：北京市北三环中路甲 29 号院华龙大厦　邮编：100029
　　　　　 网址：www. ssap. com. cn
发　　行 / 社会科学文献出版社（010）59367028
印　　装 / 三河市东方印刷有限公司

规　　格 / 开　本：787mm × 1092mm　1/16
　　　　　 印　张：13.75　字　数：191 千字
版　　次 / 2023 年 1 月第 1 版　2023 年 1 月第 1 次印刷
书　　号 / ISBN 978 - 7 - 5228 - 1332 - 5
定　　价 / 128.00 元

读者服务电话：4008918866

▲ 版权所有 翻印必究